蒼天の月

「ん…楽にしてな…」遙より年下のくせに、妙に物慣れている仕草が少しだけ悔しい。けれども今はそれに素直に従うしかなくて、遙は初めて知る未知の感覚にただ流されてしまわないよう、その背に腕を回してしがみ付いた。

蒼天の月

可《か》南《なん》さらさ
ILLUSTRATION
夢《ゆめ》花《か》李《すもも》

CONTENTS

蒼天の月

◆
蒼天の月
007
◆
蒼天の月2
105
◆
やがて祈りになる日まで
251
◆
あとがき
272
◆

蒼天の月

月があまりにも大きく近く見えて、手を伸ばせば指が届きそうな……そんな夜だった。

月明かりに誘われるように、縁側《えんがわ》から続く石畳《いしだたみ》へと足を下ろした遙《はるか》は、庭の隅にひっそりとそびえ立つ一本の古木を見上げて、大きく溜《た》め息《いき》を吐《つ》いた。

「うわ…」

ここは、昨年亡くなった祖母がとても愛していた庭だ。春先だけでなく、季節ごとに四季折々の花を咲かせるこの素朴《そぼく》で優しい庭を、遙もとても大切に思っている。

中でも一番のお気に入りは、今を盛《さか》りと咲き誇っているこの古い桜の木だった。

月明かりに照らされた夜桜の壮絶《そうぜつ》な美しさには、ただただ圧倒されるばかりである。

風に揺れ、音もなく舞い落ちていく花びらが、まるで薄桃《うすもも》色の絨毯《じゅうたん》を敷き詰めたかのように大地を覆《おお》っている。その幻想的な世界に魅《み》せられるように歩み寄っていった遙は、そのとき桜の木の根元に寄り添うようにして立っている人影を見つけて、息を呑《の》んだ。

「……、誰?」

一瞬声をかけそびれたのは、その人の身体が青白く光って見えたからだ。月明りの加減なのかもしれないが、まるで蛍《ほたる》のように薄く淡い光が全身から立ち昇っているような、そんな錯覚を覚えた。

古ぼけた太い幹《みき》へ手を添えながら、舞い落ちる花びらをじっと見上げていたその人は、遙の声にゆっくりとこちらへ顔を向けた。

若く、とても綺麗《きれい》な男だった。青年というより、まだ少年といったほうが正しいのかもしれない。今年で大学三年になる遙より、三つか四つは年下だろうか?

すっと通った鼻筋や綺麗な弧《こ》を描く眉が、月明りの下でシャープなラインを作り出している。

けれどもその整った美しさの中には、儚《はかな》さを感じさせるようなものはなにもなく、彼の全身から発せられるオーラは不思議なほどの存在感があった。

中でもはっと目を引いたのは、深い色を宿した瞳である。澄んだ湖《みずうみ》を思わせる印象的なその両眼は、じっと静かに遙を見つめ返していながらも、強い意志を秘めた鋭い輝きに満ちていた。

「これ、アンタの木なのか？」

「……えっ？　ああ…いや、僕のじゃなくて祖母のものだけど…。祖母は昨年、亡くなって…」

訊《たず》ねられてはっと我《われ》に返った遙は、目の前の少年に思わずじっと見惚《みほ》れていたらしい自分に気づいて、慌《あわ》てて首を横に振った。

「へぇ…でも凄《すご》いな。この庭全体がとても清浄な空気に満ちてる。よっぽど古くから大事に守られてきたんだろうな。特にこの桜はとてもいい」

祖母がここへ嫁《とつ》いでくる前からあったという桜の木は、多分そうとうの樹齢《じゅれい》になっているはずだが、詳しいことは遙にも分からない。それでもそうやって昔から大切にしてきたものを人から誉《ほ》められれば、嬉《うれ》しくならないはずはなかった。

見ず知らずの他人ではあっても、太く皺《しわ》の寄った幹を愛《いと》しげに叩きながら感嘆の声を漏らした少年の言葉に、遙はじんわりと胸が暖かくなるのを感じた。

「ついつられて来ちまったけど、勝手に入って悪かったな」

「い…いいよ、別に。僕一人が眺めるだけじゃ勿体《もったい》無いし」

このあたりは都心からは少し離れているせいか、いまだあちこちに畑や林が多く残されている。その中でもこの家は特に奥まった場所に位置しているため、個人の庭にこれほど立派な桜が植えられているのを知っている者は少ないだろう。

厳しい冬を乗り越え、凜《りん》とした美しさを持つ薄桃色の花は、強い風が吹けばすぐにでも散ってしまう儚い存在ではあったが、せっかくの美しさを堪能《たんのう》してくれる者もいなければ寂しいばかりだ。

「ちょうど今夜が見頃《みごろ》だと思うし。もし…よかったらゆっくり見てってよ」

彼が誰で、どこから来たのかは分からないままだったが、この庭や古い桜を美しいと共感してくれる存在ならば、きっと突然の来訪者を祖母も喜んでくれるだろう。

それに遙自身、なぜだか目の前の少年をこのまま追い返してしまう気にもなれずに、つい引き止めるような言葉をかけると、彼はふっと口元を緩《ゆる》めて小さく笑った。

「アンタさ、お人よしとか、よく人から言われたりしないか？」

「え、なんでそれ…？」

遙の素直な反応に少年は『やっぱりな』と声をたてて大きく笑ったが、不思議と腹は立たなかった。はっきりと物を言うわりには、彼の言葉からは悪意が全く感じられなかったからかもしれない。

「きみ……」

だが、肩を震わせながら笑っている少年にふと目をやった遙は、そのときになって彼の着ている白いシャツの片袖《かたそで》が、どす黒く染まっているのに気がついた。

「まさか…、怪我《けが》してるのかい？」

右袖の肩から二の腕までぺたりと貼りついている黒い染《し》みは、月明りの下でよく見ると、赤い色をしているのだと知れる。さらにそのあたりの布地は、まるで鋭い刃物で引き裂かれたかのように破けていた。

遙に言われてようやく傷の存在を思い出したのか、彼は『ああ…』と自分の右腕へ視線を向けると、手首のあたりまで滴《したた》っていた赤い雫《しずく》をぺろりと舌で舐《な》め取った。

「こんなもん、舐めときゃ治る」

「な、治るわけないだろっ。ちょっと…なにか、なにか…押さえるものっ。ああ、そんなに腕を振っちゃ駄目だよっ」

垂《た》れてくる血液がうっとうしいのか、無造作に手

を振って血の雫を払い落とそうとする彼の手を摑《つか》み、遙は慌てて自分のジーンズのポケットを探《さぐ》った。

これほど出血が続いているなら、かなり傷は深いのだろう。慌ててハンカチを引っ張り出すと、遙は一番出血が多いと思われる肩付近にそれを当て、その上から強く押さえるようにして傷口を止血《しけつ》した。

途端《とたん》にじわりと生温いものが、ハンカチを通して指先に伝わってくる。

「こんな…ひどい…」

シャツの布地は赤黒く染まり、まるで大きな獣が爪を立てた跡のように何筋かにわたって裂けている。慌てて押さえてしまったので傷口をじっくりとは見なかったが、肉もかなり深く抉《えぐ》られているようだった。

その途端、遙は自分の背中がざわりと粟立《あわだ》つのを感じた。

自分が怪我をしたときよりも、誰かの傷口を間近に見ているほうがひどく痛く感じることがある。実際の痛みよりも、『さぞかし痛いだろうに』と考えるときのほうが、想像が膨《ふく》れ上がってより強く痛みという存在を感じてしまうからなのかもしれない。

「もしかして、そっちの手も怪我をしてるの？」

ふと遙が視線を移すと、傷口を押さえている腕とは反対側の彼の手首に、白い布が巻きつけてあるのが目についた。包帯《ほうたい》のようにも見えるそれは、手の甲を覆って腕の中ほどまできっちりと巻きつけられているようだった。

「いや…これは違う。ただの呪《のろ》いみたいなもんだから」

言いながら彼は、左手を握ったり開いたりして問題ないことを証明してみせると、遙の視線から逃れるようにすっと手を引いてしまった。

「でも、そんな風に心配してもらえるんなら、怪我をしてみるのもたまには悪くねぇな」

そうしてまるで年下とは思えないふざけた口調で遙を軽くからかうと、『あんたまで汚れるぜ？』と、傷口を押さえている遙の手を外そうとしてくる。

「駄目だよ。このまま押さえといて、早く病院に行かないと…」

せめて血だけでも止まってくれれば…と、祈るような気持ちで傷口を押さえ直した遙は、その瞬間、ふと違和感を覚えて首を傾《かし》げた。

「……あ」

その原因には、すぐに思い当たった。

これは家族以外は知らない話なのだが、遙には触れた相手の感情を感じ取ってしまうという不思議な力があった。

別に意図《いと》して探ろうとしたわけではなくても、軽く手を触れただけで相手の声にならない感情が、流れ込んでくることもある。成長するに従って、意識的にそれをシャットアウトすることも覚えたが、それでもなんの気構えもなく触れたときは、相手がそのとき思っている感情が流れてくることが多かった。

ところが、今回の彼に限ってはそれがまるでないのだ。触れたら必ず聞こえるというわけではなくとも、普通なら感情の片鱗《へんりん》ぐらいは感じ取れるものなのに。

彼からは清浄で凜とした強い波動を感じるだけで、なにも声は聞こえてこない。こんなに間近で触れている今でさえ。

こんなこと、今まではありえなかった。

なぜだろうと不思議に思いながら顔を上げた遙は、そのとき、目の前にある切れ長の瞳を見つめて思わず小さく声をあげてしまった。

「え…？」

一瞬、深い色をした静かな瞳が、薄い光を放つかのように青く輝いて見えたのは気のせいだろうか。

「アンタ……」

けれども驚いたような顔をしていたのは彼も同じで、遙の顔をまじまじと見返すと、ぽつりと小さく言葉を漏らした。

「巫覡《みこ》なのか？」

「……は？」

突然尋ねられた質問の意味を扱いかねて、遙は首を大きく傾げたが、なんの話かと問う前に、少年は遙の顎《あご》に手をやるとぐいと強く上向かせた。

「アンタの名前は？」

「へ？　あ……、沢渡《さわたり》…遙だけど…」

「ふーん…遙か。いい名前だな。アンタによく似合ってる」

突然、目の前に迫った端整《たんせい》な顔に臆面《おくめん》もなく誉められて、どきりとする。

しかも言いながらにっこりと微笑《ほほえ》んでみせた彼が、どうやらそれを本気で言っているのだと伝わってきて、遙は耳まで真っ赤に染めながら『…そ、それはどういたしまして』と自分でもわけの分からない返事を返していた。

「うん。その素直なところも気に入った。なぁ、アンタ俺と契約《けいやく》しないか？」

「契…約？」

「ああ。この家の空気は清浄だから問題ないんだろうけど。アンタみたいのが外をうろちょろしてたら、それだけでも狙われて大変だろ？」

『だから守ってやるよ』と、再びにっこり笑った少年の言葉は、遙には全く意味不明なことばかりだった。

しかし、これほど整った顔に間近で微笑まれると、なぜだか妙な迫力さえあって、年下の、しかも少年であると分かっていても、変にどぎまぎしてしまう。

「ええと……あの、悪いんだけどね。僕には…その、君がさっきからなんの話をしてるのか、ちょっと分からないんだけど……」

仕方なく、恐る恐る言葉を返すと、遙が本気で困惑《こんわく》しているのに気づいたのか、『へぇ、ほんとにアンタまっさらなのか。天然記念物モンだな』と驚いたような言葉が返ってきたが、結局詳しいことは教えてもらえなかった。

「まぁいいや。アンタには恩もあるし。今回はこれでサービスしとくな」

そのままぐいと強く腰を引かれて、遙はあっという間に彼の腕の中に捕《と》らえられていた。そうして抗《あらが》う暇《いとま》もなくまるでそうするのが自然な流れのように、彼の温かい唇が遙のそれと重ね合わされる。

「……っ？」

するりと入り込んできた舌の動きに、びくんと身体が跳《は》ねるのが自分でも分かった。

思わず密着した胸に手を突いて押し戻そうとしたが、身長も体重も自分とほとんど変わらないように見えたはずの身体は、なぜだか力を込めてもびくとも動かなかった。

「ん……」

きゅっと強く絡めてきたのは一瞬だけのことで、あとは遙の舌の形をなぞるように優しく触れていったそれは、蕩《とろ》けるような甘さを残してすぐに離れた。

キスされたのだと気づいたのは、完全に二人の身体が離れてからだ。

「き…き……、き」

驚きに、まともな言葉が出てこない。

しかもすぐに離れていったというのに、いまだ舌に残るじんとした甘さは、あの瞬間、身体を駆け抜けた痺《しび》れが紛《まぎ》れもなく快感だったことを証明していた。

「キス？　もう一回するか？」

首を傾げながら、ぺろりと自分の唇を舐めてみせた少年に、遙はとんでもないと慌てて首を振る。

「ち…ちがくてっ、……あ、傷っ！」

身体を離した際、驚きとともに手まで離してしまったことを思い出した遙は、もう一度傷口へと指を伸ばしかけたが、それは彼のほうからゆるく遮《さえぎ》られてしまった。

「いい」

「いいって…」

「もう治った。協力どうもな」

そんなばかなと遙が口を開く前に、彼はにやりと唇を歪《ゆが》めると、傷口を塞《ふさ》いでいたハンカチをどかしてみせた。

彼がそうして笑うと鋭い犬歯《けんし》がちらりと顔を覗《のぞ》かせて、それがなぜか、しなやかで綺麗な肉食獣を連想させた。

月光で鮮《あざ》やかに照らされたその顔に、思わず声もなく見惚れてしまっていた遙は、次の瞬間、彼の言葉が正しいことを自分の目で知ることとなった。

「……え？　塞がって…？」

先ほどまで、滴るほどの血を流していた深い傷は、まるで猫の引っかき傷のようにただの赤い筋だけとなっており、乾いた肉が綺麗に盛り上がっている。

彼の着ている白いシャツに引き裂かれた跡と、おびただしく染み込んだ赤黒い染みがなければ、それほど深い傷があったとはとても思えなかった。

まさか……という思いで顔を上げると、彼は鋭い眼差しを少し細めて『な？』と小さく微笑んでみせた。

「君…は？」

「俺は牙威《がい》。なにかあったら俺の名を呼びな。この名がアンタを守ることになる」

「守るって…？」

一体なにから？　という遙の心の声が通じたのか、彼は口端《くちは》をにっと上げると不敵に笑った。

「アンタを脅《おびや》かす、全てのものから」


「沢渡、こっちこっち。な、どうだった？　なに聞かれた？」

「芹沢《せりざわ》先輩、待っててくれたんですか？」

会議室の扉《とびら》を開けて薄暗い廊下《ろうか》に出た途端、遙と同じバイト生である芹沢克哉《かつや》から声をかけられた。

「警察の事情聴取《ちょうしゅ》って、ああいう感じなんだな。もっとさ、テレビみたいに『あんたは今日の何時何分どこにいたんだ？　そのアリバイはあるのか？』とか、根掘り葉掘り聞かれるのかと思ったよ」

思ったよりあっさりとした感じで拍子《ひょうし》抜けしたと笑う芹沢は、遙の大学の先輩でもある。少しお調子者なところもあるが、さっぱりとして付き合いやすい男だ。

遙は大学に通いながら週に三回、この七里《ななさと》予備校で講師のアルバイトをしている。いつもならば、まだこの時間は生徒たちが残っていてもおかしくないのだが、今夜はほとんどの教室から電気が消えており、廊下もシンと静まり返っていた。

「ああ、君たち。ご苦労だったね」

「事務長…」

遙が会議室から出てくるのを見計らっていたのか、二人の声を聞きつけて、奥の事務室からここの責任者である北村雄三《きたむらゆうぞう》が顔を出した。

小太りで額《ひたい》が禿《は》げ上がった事務長は、一見優しげに見えるけれども、かなりのやり手らしいという話はバイト仲間の中でも浸透《しんとう》している。二年前にできたばかりの新設校でありながら、集まる生徒に事欠かないのは、もともと地元にあった塾から様々な手を使って、教師ごとごっそり引き抜いたからだともっぱらの噂《うわさ》だった。

「今日のことでは生徒たちも、かなりのショックを受けているはずだ。ああ、もちろん私もだがね。それに親御《おやご》さんのご心痛も計り知れないだろうしな…。優しい君たちなら分かってくれているとは思うんだが、これは彼女のプライバシーにも関わることだからね。変な噂話を吹聴《ふいちょう》したり……、ましてやマスコミなどには…」

痛ましげに溜め息を吐きながら、やけに芝居がかった口調で話す北村の言葉を途中で遮るように、芹沢は大きく頷いてみせた。

「ええ。なにも言うつもりはありませんので」

「そうかね」

「はい。なぁ、沢渡？」

同意を求めるように肘《ひじ》でつつかれ、遙も慌てて同じように深く頷いてみせた。

「あ…あ、はい。もちろんです」

「そうか」

その答えに気をよくしたのか、北村は何度も頷き返しながら『きみたちは生徒からの人気も高いし、私も期待しているからねぇ。ぜひ今後も、続けていってもらいたいと思ってるんだ』と、二人を持ち上げながらもそれとなく釘《くぎ》を刺すような発言を残して、事務室へと戻っていった。その後ろ姿を見送りながら、芹沢は『けっ。タヌキが』と小さく毒づく。

「なぁ、一休みしていこうぜ」

これは遠回しに、コーヒーをおごれという芹沢のサインだ。

遙がこの予備校でバイトするようになったのは、突然のデートで冬季講習の講師ができなくなった芹沢から、どうしてもと頼み込まれて代わったことが始まりなのだが、とうの本人はそんなことを忘れて『いいバイト先を紹介してやったんだから、たまにはおごってくれよ』と時折こうしてたかりに来るのだ。

おごるとはいっても、安っぽい紙コップに入った八十円のコーヒーだし、遙はたいして気にしていない。しかし一階にある自動販売機に辿《たど》り着いた芹沢は、珍しく自分から代金を払い、出てきた紙コップを取り出すと、一つは自分にもう一つは遙へと手渡してきた。

「あっと…悪い、かかったか?」

「い、いえ。こっちこそ、すみません」

コーヒーを渡された瞬間、芹沢の指と触れてしまい、思わずびくりと反応した遙の手から少しだけコーヒーが跳ねたが、幸《さいわ》い手にはかからなかったようだ。

「悪い。お前、触られんのダメだったんだよな。潔癖性《けっぺきしょう》ってのも辛《つら》いよなー」

「すみません…」

遙が人に触れるたびについ身構えてしまう理由は、

もちろん他にあるのだが、世間的にはそういうことになっている。

　この力のために、遙はこれまでかなり苦労してきた。中学を卒業すると同時に家を出て、祖母の家に移り住んだのもそのせいだ。

　両親に愛されていなかったわけではない。それでも彼らは我が子の能力に本能的な恐れを抱いており、またそれを遙に悟られまいと必死に隠そうと努力して、疲れ果てていた。

　この力のことを知っていながら、なんの恐れも気構えもなく遙に接してくれたのは、昨年亡くなった祖母と、まだ幼い妹だけである。

　へたに怖がらせてもいけないので、もちろん周囲にはなるべく力のことは伏せてある。そんな事情があったとしても、芹沢と同じように周囲の友人たちは良心的に受け止めてくれているようで、それにには少し胸が痛んだ。

　潔癖性などと告《つ》げると、すかした奴と思われることもあったりするのだが、芹沢は初対面のときから『気にすんなって。人間いろいろあるほうが面白いしな』と軽く笑い飛ばしてくれた。そうした彼の大雑把《おおざっぱ》で明るい性格に救われている遙としては、コーヒーをおごるくらいたいしたことではない。

　手渡されたコーヒーにありがたく口をつけていると、芹沢は自販機の横にあるソファを指でさして、自分もその隣《となり》にどっかりと腰を下ろした。どうやら、なにか話したいことがあるらしい。

「なぁ、それでどうだった？　警察はやっぱり自殺の線で調べてるんだろ？」

「…そう、らしいですよ」

「でもコレで三人目だぜ？　さすがにこの予備校もヤバイかもな。タヌキも殊勝《しゅしょう》なこと言ってたけど、あれ本当は予備校の名前に傷がついて、生徒が減るのを恐れてるのが見え見えじゃねー？　でも今度は教室内のことなんだし、隠しようもねーよな」

　芹沢の言うとおり、この七里予備校ではここ最近、生徒が連続して自殺するという痛ましい事件が続いて起きていた。

三週間前には高校三年の女子生徒が。その二週間後に、今度は同じクラスの男子生徒が。

そして今夜は二年の女子生徒が、自《みずか》ら死を選んでいる。

初めの二件はそれぞれの自宅内で起きたものだったが、今夜の生徒は死に場所に予備校の教室を選んでいた。これにはさすがに予備校側も、知らないふりはできないだろう。

「刑事さん、他にもなんか言ってたか？」

どうやら芹沢はバイトの中で一番最後に事情を訊かれた遙が、なにか他の情報を仕入れていないかと待っていたらしい。

「いえ、別に…」

「そっか。聞いた話だけどな、菱沼《ひしぬま》は自分の持ってたカッターで、何度も首を刺したらしいぜ？　教室は血まみれで、壁にまでその血飛沫《ちしぶき》が飛んでたって。大人しい感じの生徒だと思ってたけど、すげぇよな…」

今日自殺した菱沼小夜子《さよこ》は、遙の覚えている限りではいつも休憩時間に教室の隅で本を読んでいるような、物静かな生徒だった。

その彼女が、いつものように制服のままふらりと教室に入ってきたと思ったら、突然手にしていたカッターナイフで、何度も何度も自分の首を切りつけたというのだ。

その細い刃が柔らかな皮膚《ひふ》を裂き、頸動脈《けいどうみゃく》を破り、頸骨に至るほど何度も深く。

そうして、その命が事切れるまで、それは続けられたらしい。

運悪くそこに居合わせてしまった生徒たちが、大きな悲鳴をあげて泣き叫んだほど、教室は惨憺《さんたん》たるありさまだったようだ。

幸い、まだ授業開始には早い時間だったので、集まってきている生徒も少なかったが、それでもその噂と衝撃は広まっているようだった。

遙が大学での授業を終えてここへ来たときはすでに遺体《いたい》が運び出されたあとだったが、ビルの周辺は救急車やパトカーが止まり、騒然とした雰囲気《ふんいき》に包まれていた。問題の教室は、今は入り口にテープが貼られて進入禁止となっている。

「しかもさ、噂によると前の二人も似たような死に方だったらしいってよ」

別に悪気はないのだろうが、興味津々《しんしん》といった芹沢の横顔に苦笑しながら、遙は冷め始めたコーヒーを啜《すす》った。

芹沢も生徒も、普段《ふだん》身近にはありえない事件なだけにショックを受けつつも、同時に事件に対する興味を隠しきれないようだ。その気持ちは分からなくもないが、面白半分にその死を口にするのは死者への冒瀆《ぼうとく》のように感じられて、遙はあえて芹沢の聞きたがっている情報は黙ったままにしておいた。

本当は『似たような死に方』だったのではない。

それぞれが『全く同じ』方法だったのだ。

使った刃物が包丁やナイフだったり、死に場所もそれぞれの自宅であったりと、些細《ささい》な違いがあったとしても、その方法はどれも同じ。

自分の手で、自分の喉《のど》を切り裂いているのだ。それも何度も何度も繰り返し、頸骨へと至るまで深く。

どれもがはっきり自殺と断定できているので、これまでは表立った事件とは見なされていなかったようだが、さすがに三度目ともなると警察も放っておけなくなったのだろう。

警察としては、塾生たちがいわゆるカルトな宗教にでもはまっていたのではないかと、そっちの路線で調べているらしい。

これは表面上は伏せられている情報なのだが、遙はたった今その情報を、取り調べに来ていた刑事から聞いてしまったのだった。

正確には、聞こえてしまったというべきか。

簡単な調書《ちょうしょ》のあと、『ご苦労様』と遙の肩を叩いていった年配の刑事からするりと流れ込んできた声は、とても痛ましく、やるせないものだった。

なぜ、そこまでして彼女たちは死にたかったのだろう？　そしてなぜ、同じ死に方を選んだのか。

まるで自分の身体からいらないものを削《そ》ぎ落とすかのように、何度も繰り返し切りつけられた首は千切れかけ、溢《あふ》れ出した血液は壁と床一面を赤く染め上げた。

自ら死を選ぶにしても、なぜそんな激しい方法を選んだのか？　そして一体なにがそこまで、彼女たちを責め立てたのか？

今はもうこの世にいない者たちへ尋ねることはできないけれども、こういうとき、遙はつい考えてしまうのだ。

もし……まだ彼女たちが生きているうちに、その心の奥にある声を聞くことができたのなら。

それほどまでに追い詰められた魂《たましい》が、どんな助けを必要としていたのか、もっと早く聞き取ることができていたなら。

そうしたら、もしかしたら……。

そこまで思って、遙は自分を戒《いまし》めるようにきゅっと強く唇を噛《か》んだ。

こんなことを考えてはいけない。自分から人の心を覗き見るような真似《まね》だけはしないと、きつく決めていたはずだ。

それに……たとえ事前にその声に気づいていたとしても、彼女たちの中に巣食っている心の闇まで、全て取り除いてやれたとも思えない。そんな風に思うことこそ、思い上がりというものだろう。

自分には声が聞こえるだけでなにもできないのだからと、遙は自分に強く言い聞かせると、ぬるくなったコーヒーをひと息に呷《あお》った。

「あー…くそ。もう十時半過ぎてんだな。明日も1限から講義があるってのに。さっさと帰ろうぜ」

遙がそれ以上のことを知らないと知って、興味が失《う》せたのだろう。芹沢は飲み終わった紙コップを手の中でくしゃりと丸めると、販売機の隣にあるくず入れにぽいとそれを投げ入れた。まるで興味を失った話題も一緒に、丸めて捨てるかのように。

「早く熱い風呂にでも入って、ゆっくり寝たいよ」

ぼやきを漏らす芹沢に頷き返しながら立ち上がると、遙は脇に置いてあった自分のバッグを引き寄せた。

だが、それを持ち上げようとして、思わぬ重さにぎくりと手を止める。

ずしりとした重量感が、指先を通して腕まで伝わってくるのが分かる。

バッグの中には、別にたいしたものなど入っていないはずだ。今日の講義で使った教科書とルーズリーフ。それから読みかけの文庫と、定期と財布と…。

それがなぜこんなにも、重く感じられるのか…。

廊下の薄暗い電灯の下でよく見ると、バッグの中央がぽこりと膨らんでいるのが分かる。

かさばるようなものを入れた覚えはないのに……と不審に思いつつ、バッグのジッパーへ手をかけた遙はなぜだかそのとき、バッグの膨らみ部分に言いようのない寒気を覚えた。

そう、この感じは…まるで……ボールのような丸いなにかが、ここに無理やり押し込められているような…。

恐る恐るジッパーを下げていくと、なぜだかバッグの中で、たぷん…と揺れる水音がした。

ゆっくりと口を左右に開いていく。そうして、一番初めに遙の目に飛び込んできたものは、中をたっぷりと浸《ひた》すように溜まっている赤い液体と、長くどろりと渦《うず》を巻いた、黒いなにか。

それが血にまみれた髪であることに気づいたとき、その髪の塊はまるで意思を持った生き物のように、中でずるりと蠢《うごめ》いた。

その瞬間、赤黒いものの間から覗いたなにかと、カチリと視線が合う。

「………っ」

血に濡れた髪の間から覗く、目と、耳と、鼻。

確かめるまでもなく、これは人の首なのだと直感したが、遙は声をあげることすらできなかった。

首が。

切り取られ、血にまみれた誰かの生首が、黒いもやのようなものに包まれ、バッグの中に小さく押し込められている。そんな異様な光景を前にしているというのに、悲鳴のひとつも出てこない。

芹沢は遙の様子に気づかずに、『どこかで飯でも食ってくか？』と言いながら、塾の玄関口へと向かっている。きっと遙が自分のあとをついてきていないことにも気がついていないのだろう。

芹沢のいる場所と自分のいる場所では、薄いベールで覆われた壁でもあるかのように、まるで世界が違ってしまっているのを、遙は肌で感じていた。

バッグを握り締めた手のひらにじっとりとした汗が浮かび、指先が凍《こご》えるほど冷たくなっていく。

見てはいけない。分かっているのに、視線をバッグの中身から外せない。

廊下の暗い電灯に照らされた生首は、血にまみれた赤い瞳で遙をぎょろりと見上げると、しわがれた声でなにかを囁《ささや》きながら、にぃと笑ったように見えた。

その瞬間、全身の毛がざわりと逆立った。

……怖い。こんなものと見つめ合っていたくない。

心ではそう思っているのに、呪縛《じゅばく》のように視線はそこに釘付けられたまま、一ミリも外せなくなっている。

ざわざわと蠢く長い髪は、やがてそこから這《は》い出すと、遙の腕に向かってその先端を伸ばしてきた。

ずるりと濡れた音をたてながら這い登ってきた黒髪は、なぜか妙に生温かかった。

嫌だっ……。

心の中で思わず叫びをあげたその瞬間、突然、ばちばちっと蒼い火花を散らして長い髪は弾《はじ》け飛んだ。

それと同時に、身体の自由を取り戻した遙は、手にしていたバッグをあたふたと放り投げる。

「わ……っ」

いつの間にか、声も出るようになっている。

足元に投げ捨てられたバッグはすでに膨らみをなくし、もとの平らな形に戻っていたけれども、首を包み込んでいた黒いもやのような物体は、変わらずバッグのあたりに漂《ただよ》っていた。

逃げなければ…。

そう頭では分かっているのに、足ががくがくしてうまく一歩が踏み出せない。

「アンタさー、名前を呼べって言っただろ?」

そのとき、ふいに背後から耳触りのいい声が聞こえたかと思うと、遙はぐいと強く身体を抱きすくめられるのを感じた。

「勝手に人のモンに手ぇ出してんじゃねーよ」

言いながら、後ろから伸びてきた腕が黒い物体へとすっと向けられる。次の瞬間、その指先から蒼い光が駆け抜けていくのが見えた。


ひゅっと空《くう》を切るような鋭い音とともに放たれた青白い閃光《せんこう》は、狙いどおり目の前の黒い物体を包み込むと、遙の前でぐわりと大きく燃え上がる。

「……っ」

金属の表面を爪で掻きむしったときのような、悲鳴とも叫びともつかぬ音をたてて、黒い物体は蒼い炎に全身を包まれて燃えていく。

ぱちぱちと焼けつく音とともに、焦げた臭気《しゅうき》があたりに漂い始める。

蒼く、だが周囲を明るく照らすほどの輝きを持つ激しい炎。

信じられない光景を目の当《まあ》たりにしながら、遙はそれまで肌で感じていた底知れぬ恐怖も、手に浮かんだ汗の不快さも忘れて、ただ燃え上がる炎を見つめ続けた。まるで、その蒼さに魅入《みい》られたように。

しかし風がゴウと薙《な》いだ次の瞬間、目の前で激しく燃えていた蒼い炎はふっとかき消え、同時にそこにいたはずの黒い物体も姿を消していた。

あとにはただ白い煙だけが、焦《こ》げた床からぐずぐずと立ち昇るように揺れている。

「逃げ足だけは、はえーよな」

背中越しに伝わってくる面白そうな声に、自分を抱き締めている腕の存在を思い出した遙は、はっと後ろを振り返った。

「き…君…っ」

「牙威。ちゃんと教えといただろ？　なんかあったら名前を呼べって」

確かにこの前の夜、突然庭先に現れた少年はそう言って名前を教えてくれたけれど、なぜその彼が今ここにいて、さらに先程のあれらはどういうことなのか、遙にはさっぱり分からない。

「そうじゃなくて、ええと、なんで君がここに…？」

「君じゃなくて、牙威」

「それにさっきのあれは……」

「牙威」

「………牙威…」

ちゃんと名前を呼ぶまでは、なにも答えてくれなさそうな彼に負けて、素直にその名を口にすると、牙威はにっこりと嬉しそうに笑って犬歯を覗かせた。その表情にやはりドキリと見惚れてしまう。

「ちょっ…ちょっと…離してくれるかな？」

そんな場合じゃなかったと、我に返った遙が声をかけると、牙威は少し残念そうな顔をしながらその腕の力を解いた。

「……ったく。こんなとこで喰《く》われそうになってんなよ」

だが素直に腕を離しながらも、呆れたようにぼやいた牙威の言葉に、遙はうっと言葉を詰まらせた。

あの背筋が凍《こお》るような、身体中の毛が逆立つような恐怖感が夢だったとは思えないが、面と向かって『喰われそうだった』などと言われてしまうと、今更《いまさら》ながらに脱力しそうになる。

「なんだよ。もしかしてアンタ、あれに喰われたかったのか？」

せっかく助けてやったのにと、つまらなそうに唇を尖らせる牙威を見て、慌てて遙は首を横に振った。

「ち、違う。違うよ。そうじゃないんだ。あの…ありがとう。助かったよ。本当に」

牙威が来なければ、本当にどうなっていたか分からない。目の前で起きた一連の事態は、今いちよく理解できていなかったが、彼が助けてくれたらしいことだけはちゃんと分かっていた。

じっとりと手に浮かんだ汗が気持ち悪くて、ジーパンのあたりでそれを拭《ぬぐ》おうとしたが、震えてうまく力が入らない。

「はは…。今頃になって…なんでだろうね」

「怖かったんだろ？　だからすぐに呼べばよかったのに」

震えているのを誤魔化《ごまか》したくて、引きつった顔で笑った遙を、牙威は正面から抱き寄せると、背中をぽんぽんと叩いてくれた。

ふわりと包み込むように回された腕に、遙は一瞬ぎくりと身構えたが、この前の夜と同様に、牙威が触れたところからはなにも聞こえてはこなかった。

………なんで、なんだろう？

こうしてぴったりと抱き寄せられていても、やはり牙威からはなんの声も流れてこない。ただその手を温かいと感じるだけだ。

先程もそうだった。突然現れ、窮地《きゅうち》に陥《おちい》っていた遙を守るように背後から抱きすくめてきた腕は、強く、ただ温かった。

思わず、縋り付きたくなるらいに。

「ご…ごめん。僕のほうが年上なのに」

「こういうのに年齢なんか関係ねぇだろ。それにアンタはどう見ても、頼りなさそうだしな」

遙を抱き寄せている牙威の身体が小刻みに揺れているのを見れば、顔を上げなくとも彼が今、笑っているのだと分かる。

これではなんだかまるで、自分のほうが幼い子供のようだとも思ったが、牙威ならば不思議と守られていても違和感を感じなかった。

牙威が自分より年下なのは間違いがないだろうが、その口調や態度は、妙に尊大で大人びているところがある。けれども彼から発せられる威圧感には、それを当然のように思わせるなにかがあるのだ。

本当に、不思議な少年だな。

そうして背を叩かれているだけで、いつの間にか手の震えが止まっていることに気づいた遙は、そっと息を吐きながら牙威から離れた。

「ありがとう…」

「いいや、このままでも俺はぜんぜん構わないんだけど。それよりさ、ここ、人が死んだばっかなんだろ？　他にも……何人かやられてるみたいだな」

さらりと真実を衝《つ》かれて、遙は驚いたように目を見開いた。

「どうして…それ…」

今夜、ここで自殺があったことは、先程北村が緘口令《かんこうれい》を敷《し》いていたし、まだマスコミなどにも漏れていないはずである。かなりの人目があったのだから、それも時間の問題なのかもしれないが。

それにしてもなぜ牙威は、今日のことだけでなく、過去の自殺者のことまで知っているのだろうか？

「このビル自体が、さっきの野郎の狩り場になってる。アンタもこんなところ迂闊《うかつ》に近づかないほうがいいぜ？」

そうじゃなくても、遙は狙われやすいんだし……と続けた牙威の言葉に、遙は弾かれたように顔を上げた。

「ちょ…ちょっと待って。それって……つまりここで起きてる自殺は、あの黒い物体みたいなものと関係があるってこと？」

「こんなに空気が澱《よど》んでて、関係ないと思うほうがおかしいだろ？」

そんなことありえないだろうと思いつつ尋ねてみたのに、当然のように頷き返されて、遙のほうが面食らってしまう。

「ええっと、…その、そうだ。あの黒いもやみたいなのは、一体なんなんだい？」

「あれは怨念が実体化したもんだ」

「おん、ねん？」

「ああ。――――例えば、人の恨みや憎しみ、そういう負《ふ》の感情にはすごい執念《しゅうねん》がこもってるもんだ。それが長い時間をかけて寄り集まると、それだけで強い意識体になる。それがまた成長すると、ああやって形を持って人を襲うようになったりすんだよ」

あっさりと、だがとんでもない答えを返した牙威の前で、遙は唖然《あぜん》とその顔を見返していた。確かに最近自殺が続いているのも、その手段がどれも同じだということも、変な話だとは思っていたが、まさかこんなにさらりと人ならざるものが関わっていると断言されるとは、思ってもみなかったのだ。

「だ、だって、警察も自殺だって…」

「そんなの意識をのっとりさえすれば、いくらだって人間なんか動かせるぜ？　ここの野郎が喰ってるのはどうやら生気だけらしいしな。大方自殺を唆《そそのか》して、自分はそこから漏れ出した生気だけ美味《おい》しくいただいてんだろ」

牙威の口から出てくる言葉は、まるで現実味がなくて、信じがたいことばかりである。

「そんなこと、本当に…？」

「別に、あんなのなら結構いるぜ？　普段は大人しくしているだけで、なにかのきっかけで暴れ出す。まぁそうなるとたいてい手に負えなくなるから、うちみたいな掃除屋に依頼が回ってくるんだけどな」

「掃除屋って……、きみの家はああいうのを片付けたりするのが仕事なの？」

「ああ。正式な依頼があれば動くし、それこそ御祓《おはらい》でもなんでもするぜ？」

こんな話、やっぱ信じられないか？　とどこか面白そうな顔で語った牙威の前で、遙はしばらく言葉もなく黙り込んだが、やがて首を左右に振った。

「いや…、君の言うことは信じるよ」

遙の答えに、牙威はへぇ…と嬉しそうに笑う。

にわかには信じがたい話だったが、遙はあの黒い物体をこの目で見ている。そうして牙威が放った、あの美しい蒼い炎も。

なにより、牙威の深い色を宿した瞳は、とても嘘《うそ》をついているようには思えなかった。

「じゃあ、さっきのあの炎も…、あれで君が倒してくれたってことなんだね」

「いや、追っ払っただけ。遙に手を出そうとしてたから、ついでに一発オマケもつけてやったけど。そのうちまた出てくるんじゃねぇの？」

『ありがとう』と礼を言う前に、さらりと返された答えに、遙の顔からさぁっと血の気が引いた。

出てくるんじゃねぇの？　って、そんな気軽にひどく恐ろしいことを言われても。

「ええっ？　じゃあこのまま放っといたら、困るんじゃないか」

「別に俺は困らないけど？」

確かにそうかもしれないが、そういう問題でもない気がする。

「でも、ここには君と同じくらいの年齢の生徒が、毎日集まってきてるんだ。できればもう、あんな悲しい犠牲《ぎせい》者は出て欲しくない。ええと…だから……」

しかしその先の言葉を遮るように、遙の口元へ牙威の手がすっと伸ばされてきた。

「あのさ……遙の言いたいことはなんとなく分かんだけど。別にこっちも慈善《じぜん》事業じゃないんだぜ？　頼まれもしないもんまで倒して歩くような正義の味方なんかに、なる気もないしな。依頼も契約もなしに、ただ働きはしねーよ」

確かに、牙威の言うことには一理ある。たまたま通りがかっただけの彼に、こんなことを頼むこと自体おこがましいのかもしれないけれども。

「でも……きみは、僕を助けてくれたよ？」

遙が頼まなくても牙威はこうして現れて、窮地《きゅうち》を救ってくれた。

温かい腕に抱き寄せられて、それだけで涙が出るほどの安心感をあのとき覚えた。

「そりゃ、遙は気に入ってるしな。それに遙からはちゃんと先に報酬《ほうしゅう》をもらったぜ？」

「確か、この間の夜もそんなこと言ってたよね。でもハンカチを貸しただけで、なんでそこまで…」

「違うって。遙には怪我を治すのに協力してもらっただろ？　本当はあの桜から気をもらおうかと思って寄ったんだけど、遙に協力してもらったほうが確実だし、治りも早かったからさ」

言われてあの夜のことを思い出す。庭先で出会った時、間違いなく牙威は大きな傷を肩に負っていた。けれども次にハンカチを外した時は、そこにはまるで初めから大きな傷などなかったように、新しい肉《にく》芽《が》が綺麗に盛り上がっていたのだ。

「怪我を治すって…？」

遙自身は、別になにかをしたような覚えはない。ただ流れ出る血を止めようと、必至に傷口を押さえていただけだ。

「遙から気をもらっただろ。あれ」

「気？　気って…」

相変わらずさっぱり意味が分からない牙威との会話に、遙が困惑していることに気がついたのか、牙威はひとつふうと大きく溜め息を吐くと、『あのな…』と小さく口を開いた。どうやら一から詳しく説明してくれる気になったらしい。

「この世界にはいろんな気が満ちてるんだ。大地や風や水の中にも。俺はその気をもらって、戦う時の力や回復の糧《かて》にする。これもそうだ」

言いながら牙威が指を弾くと、その指先から小さな蒼い球がぽっと飛び出した。

「わ……」

先程の蒼い炎を小さくしたようなそれは、よく見ると細かな火花を散らしており、小さいながらも燃えているのだと分かる。

それはまるで蛍のようにゆらゆらと空を舞い、淡い光を撒《ま》き散らしながらだんだんと小さくなって、やがて見えなくなった。

「でも俺自身が自然から吸収するのには限界があるし、時間もかかる。そういう時は、それを身体に溜め込んでいる人間からもらうのが一番手っ取り早いんだよ。それでこの間は、遙から分けてもらったってわけ」

「それってつまり、僕にもその……気とかいうのが、身体の中にあるってこと？」

「もちろん。……っつーかさ、遙の気はたまにしかお目にかかれないぐらい上質なんだぜ？　あの庭自体が清浄な空気に包まれていたけど、それを無意識に取り込んでる遙はすごく綺麗で強い気を持ってる。だからあの時も、俺と契約しないかって誘ったの」

牙威はそこまで言うと、遙へちらりと視線を向けて、『それだけの気を垂れ流してて、本人は無自覚なんだよなぁ』と呆れたように肩を竦《すく》めた。

もちろん遙はこれまで、自分の中にそんなものがあるとは意識して考えたこともない。だからといって、今の牙威の言葉を疑う気にもなれなかった。

「その、契約するとどうなるの？」

「契約者が俺に契約の証《あかし》を捧《ささ》げる代わりに、俺は彼らからの依頼を受けたり、守ることを誓《ちか》う。遙からはあの日気を分けてもらったから、そのお返しに俺は今ここにいるんだ」

取り交わした約束は、必ず守る。それが契約するということだと、最後に牙威は締めくくった。

「そうだったんだ……。ありがとう」

自分ではなにかをしたような覚えはなくとも、牙威は確かにあの夜、遙を脅かす全てのものから守ると約束してくれた。その約束に従って、彼は今ここにいるのだと遙はようやく理解した。

「でも、どうして僕が危険だって分かったんだい？」

「他の奴に喰われたりしないように、唾《つば》付けといたから」

「は？」

簡素《かんそ》な答えに思わず変な声を出してしまったが、ぺろりと唇を舐めてみせた牙威の仕草に、妙《みょう》な色気を感じて、もしかして…と思う。

あの日の突然のキスには、そういう意味が含まれていたのかと今更ながらに思い出し、遙は頬を赤く染めた。

「ええと。じゃあ……僕の気をあげれば牙威は動いてくれるんだね？」

「それって、俺と契約を交わすってことか？」

その瞬間、すっと鋭く細められた彼の目が青く光ったように見えて、遙は小さく息を呑んだ。

もしかして、自分はとんでもないことをしようとしているのかもしれないという思いが、一瞬だけ頭を掠《かす》める。

けれども、一度聞いてしまったことをなかったことにはできないと、遙は自分を奮《ふる》い立たせるように、大きく頷いた。

「うん。契約でもなんでもするよ。僕にできることだったら協力する。だから、あれを退治するのを手伝ってくれないかな？」

あの黒い物体だけは、なんとかしないといけない。

また新たな犠牲者が出ると知っていながら、自分だけさっさとバイトを辞《や》め、危険な場所から逃げ出すような真似はできないから。

「……いいぜ。遙がそう望むなら」

言いながら牙威がすいと差し出した手には、あの日と同じように白い布が巻かれていた。

左手だけにいつも巻かれているその存在が、なぜだか少しだけ気にかかったが、遙はそれを意識の外へと追いやると牙威の手に自分の手を重ねた。

そうして口端を上げて不敵に笑った牙威に励まされるように、その温かな手を強く握り返した。


迎えの車が来たのは、それからすぐのことだった。

ビルの前に止まった黒塗りの車から降りてきた背の高い男は、牙威の隣に立っている遙へと目を向けると、一礼してから柔らかく微笑んだ。渋い色のスーツを嫌味《いやみ》なく着こなし守谷《もりや》と名乗ったその男は、後ろへ軽く撫《な》でつけた髪とフレームのない眼鏡《めがね》が、隙のない雰囲気を作り上げていた。

「しばらくこちらでお待ちください」

守谷は遙と牙威を車へ促すと、自分は助手席から取り出した白い瓶《びん》を手にして、再びビルの入り口へと戻っていく。

そうしてビルの正面玄関で彼がなにやら言葉を唱《とな》えながら瓶を振ると、そこから零《こぼ》れ出た透明な液体が四方へと霧散《むさん》するのが見て取れた。

「……今のって、なにをしていたんですか？」

空《から》になった瓶を抱えて運転席へと戻ってきた守谷に、恐る恐る尋ねると、守谷は眼鏡の奥で目を細めて、にっこりと微笑んでみせた。

「ああ、清めの塩と御神酒《おみき》で、簡単な結界《けっかい》を張らせていただきました。これで怨念はビルからは出てこられません」

なんでもないことのように軽く答えて守谷は車を走らせ始めたが、それが口で言うほど簡単な話でないだろうことは、素人の遙でも予想がつく。

彼も牙威と同じように、特殊な能力を持っているということなのだろうか。

どちらにせよあの蒼い炎を自由に操《あやつ》っていた牙威も、簡単に結界を張ってきましたと告げる守谷も、普通の人間とは少しかけ離れているような気がする。

今更ながら遙は、自分が足を踏み入れようとしている世界はかなり大変なところかもしれないと、小さな不安を覚え始めた。

その不安が的中したのは、連れてこられた古く大きな屋敷を目にしたときである。

大きな街道を抜け、三十分ほど車で走った閑静《かんせい》な住宅街の中に、それはあった。

表通りに面して建っている神社をぐるりと囲んだ

塀《へい》に沿って車を走らせると、やがて大きな門が見えてくる。そこを潜《くぐ》り抜けると、古いけれども重厚そうな広い屋敷が遙の前に姿を現した。

屋敷の脇からも神社の本殿《ほんでん》へ向かうことができるのか、入り口には小さな鳥居《とりい》が建っており、そこから石段が長く続いている。その石段を挟むように口を大きく開いた大きな龍と、丸い玉を咥《くわ》えた二体の龍の石像が、それぞれ空を睨《にら》むように構えていた。

闇に浮かぶ屋敷を前にしただけでも、すでに気圧《けお》されていた遙だったが、なによりも一番驚かされたのは、出てきた住人たちの対応だった。

白袴《しろばかま》を着た初老の男性は、車から降り立った牙威たち一行に向かって深々と一礼すると、そのままの姿勢で迎え入れてくれた。

彼の後ろには三人の青年が控えており、彼らも同様、こちらに向かって深く頭《こうべ》を垂れている。仰々《ぎょうぎょう》しいほどの出迎えを、牙威や守谷は別段気にした風もなく受け入れていたが、一般庶民《しょみん》でしかない遙としては、かなり場違いなところに来てしまったという感じが拭えない。

「いらっしゃい」

そんな中でただ一人、玄関の上がりかまちで気さくに声をかけてきた人物に気づいた遙は、顔を上げた瞬間、小さく目を見開いた。

「冠城《かぶらぎ》へようこそ」

濃紺《のうこん》の着物が肌の白さに映えるその人物は、どうやら自分と同じ男であるらしいのだが、その柔らかな物腰や繊細な顔立ちが、中性的な雰囲気を醸《かも》し出している。後ろでまとめた長い黒髪が、一房《ひとふさ》だけ流れるようにほどけているのが、なぜだか艶《なま》めかしく目に映った。

牙威を初めて見た時も、なんて綺麗な人なんだろうかと思ったが、野性的な輝きを放つ牙威とはまた違った趣《おもむき》で、目の前の男性は遙の視線を釘付けにしていた。

「こちらはこの冠城家御当主さまのご子息《しそく》で、嵯雪《さゆき》様と申します」

「は…初めまして」

守谷の説明で我に返った遙は、じっと見惚れていたことを恥じるように慌てて頭を下げた。

「そーんな硬くならないでいいって。息子って言っても、気楽な三男坊でえらくもなんともないんだし。それより君が牙威のお気に入りの遙ちゃんだろ?」

「………はぁ」

しかしその日本的美人は、楚々《そそ》とした外見にはそぐわない軽い口調でぽんぽんと言い放つと、『ほら、そんなとこ突っ立ってないで。上がって上がって』と手招きをした。

呆気《あっけ》に取られてまともな答えも返せずにいる遙を気にした風もなく、嵯雪は遙を覗き込むようにつつと近寄ってくる。

「牙威に話を聞いたときから、ずっと会ってみたかったんだよねー。あの気まぐれ坊主が気に入った相手がどんな子なのか、気になって気になって。……へぇ、確かに可愛いね」

牙威といい嵯雪といい、顔のいい人間というのは至近距離で人と顔を合わせたとしても、全く動じないものなのだろうか?

息がかかりそうなぐらいの距離に思わず遙が頬を赤らめると、嵯雪はますます嬉しそうに笑って『うーん。いい反応』と遙の肩を抱き寄せた。

「えっと……」

肩に触れられた瞬間、いつものごとくびくりと身体を強張らせた遙に気づいたのか、嵯雪は『あれ?もしかして、触られるのだめ?』と再び顔を覗き込んでくる。

「嵯雪様。それではセクハラをするオヤジのようです」

「守谷にだけは言われたくないね、その発言」

このままでは遙が嵯雪のおもちゃになりかねないと見かねたのか、守谷が間に入って引き離してくれたが、嵯雪は一向《いっこう》にこたえた様子もなく、遙を見て

は『可愛い』を連呼《れんこ》している。

「嵯雪、人のモンに手ぇ出すなよ」

　牙威はすこぶる楽しそうな嵯雪へそう釘を刺すと、

『牙威様はこちらでお支度を…』と促す初老の男性に続いて、母屋《おもや》へと消えていった。

「はいはい。分かってます。じゃあこっちも奥に行こうか」

　嵯雪に促され、母屋とは別棟《べつむね》にある離れへと向かった遙は、奥に行けば行くほどその屋敷の荘厳《そうごん》な雰囲気にただ圧倒されるばかりだった。

　長く続く綺麗に磨き上げられた板張りの廊下や、母屋と離れを結ぶ橋げたが、まるで異世界のような雰囲気を醸し出している。

　離れといってもかなりの広さがあるそこへと足を踏み入れると、その入り口に神社の石段でも見かけた二体の龍が飾られているのに気づいて、遙は小さく感嘆の声を漏らした。

「凄い。精巧《せいこう》な彫り物ですね…」

「龍神は、この冠城家の守り神ですから。はるか昔、人々の願いを聞き入れて天から降りてきた龍は、冠城の巫覡と契約を交わし、悪鬼《あっき》を滅ぼしたと伝えられています。それが本当なのかどうかは定かではありませんが、以来、冠城家には特殊能力を持つ人間が多く生まれているのは確かですね」

　火や風といった自然を操る力のあるもの、先見《さきみ》の能力のあるもの。そうした能力者が多く生まれる冠城家では、表向きは龍神を奉《たてまつ》った神社であるが、裏では人ではとても対処できない怨念などを術で封じ込めたり、昇華《しょうか》させたりする、いわゆる御祓のようなことも受け持っているのだと守谷は簡単に説明を続けた。

　確かに部屋の中を見回しても、品よく揃《そろ》えられた調度品や屏風絵《びょうぶえ》などは、みなどれも龍にまつわるものが多いような気がする。

「インチキくさい話だけど、これでもその筋の世界では、結構有名なんだよ？」

守谷の説明を引き継いで、嵯雪はおどけたように笑ってそう告げたが、その言葉が誇張《こちょう》でないことは遙にも伝わってくる。それに牙威や守谷の力を実際この目で見てしまえば、疑う余地もなかった。

さらに守屋はそうした特殊能力を持つ者が術者と呼ばれ、普段は神社で神職《しんしょく》についたり冠城の家で修行を重ねたりしているが、依頼があればそれぞれの能力を生かして怨念と戦ったり、封じるために動くのだと、そういうことも分かりやすく説明してくれた。

守谷自身もきっと、その優秀な術者の一人なのだろう。

「ええと、じゃあ牙威も術者なんですね?」

牙威の手から、大きく燃え上がった蒼い炎。

自然にはありえないあの美しい輝きを持つ焔《ほむら》は、彼の特殊能力によって作り出されたものなのかと思って遙が尋ねると、守谷はそれには静かに首を振ってみせた。

「いいえ。彼は術者ではありません」

その横で、嵯雪が楽しそうに目を細めながら小さく笑う。

「端《はた》から見てたら、ちょっと顔が綺麗なだけの、クソ生意気なガキにしか見えないんだけどね」

自分こそまるで人形みたいに整った顔をして容赦《ようしゃ》なく悪態をつく嵯雪に、守谷が小さく『嵯雪様…』と咎《とが》めたが、嵯雪はそれに一向に構う気配もなく、さらに面白そうな顔で続けた。

「あれでも牙威は、神によって選ばれし者なんだ」

「……神に選ばれし、者?」

嵯雪の言葉を呆然と繰り返すと、横にいた守谷が大きく頷く。

そうしてその口から語られた言葉は、遙の想像をはるかに超えたものだった。

「彼は龍神なんですよ。遙さん」

ぽかんと口を開けたまま、なんと言葉を返せばいいのか分からないでいる遙を見つめて、嵯雪は『素直でいいなぁ』とにっこり微笑んだ。

「ほんとうちのクソ生意気な王子様にあげちゃうのは、勿体無い気がするね」

「なにを言ってるんですか。遙さんは珍しく牙威様が気に入られた方です。へたな手出しは無用ですよ」

「はいはい。分かってますって。本来龍はえり好みが激しいものだけど、特に牙威の場合は頑固《がんこ》だからねぇ。力不足で困ってても、絶対自分が納得した相手としか契約しないし…」

『ほんと我《わ》が儘《まま》王子で困るよねぇ』と、呆れたように肩を竦めた嵯雪に対し、守谷は当然のごとく言い返した。

「龍が決めた人物でなければ、うまく気を交わせないのだから、それも仕方のないことでしょう」

「はいはい。守谷からみれば牙威様のすることにはなにも間違いはないわけね。……すばらしき主従愛に、聞いてるだけで涙が出てくるよ」

「お誉めいただき、恐縮《きょうしゅく》です」

どうやら嵯雪は人を茶化《ちゃか》して楽しむ癖《くせ》があるようだが、守谷もそれに負けてはいない。だが二人の激しいやりとり以前に、いまだによく意味が理解できずにいた遙は、呆然とした様子で部屋の入り口に飾られている一対《いっつい》の龍に目を向けた。

「龍って…、あの龍…ですか？」

聞き間違いとも思えなかったが、まさかという思いでそれを指さすと、嵯雪は『そうそう』と、にっこり笑って頷いた。

「とはいっても、本当に龍になれるわけじゃなくてね、龍神の神通力《じんつうりき》を受け継《つ》ぐことのできる人間が、時たま生まれるってだけの話なんだけど。問題はもとが人間だから、巫覡と契約したりして気をもらわなければ、彼らは力を使うことができないんだよね」

だからこそ人々から依頼を請《う》け負った一族の巫覡

は、龍となる者と契約を交わして力を与え、龍はその代償《だいしょう》として巫覡を守り、依頼を果たす。そうやって互いに支え合ってきたのだと、嵯雪は長く続いてきたのであろう冠城家の歴史を簡単に締めくくった。

「龍は人と交わした契約で動く。反対にいえば、契約でしか彼らは動かない。けれども一度契約を交わせば、彼らがそれを破ることは決してない」

　契約を破棄することは、自分の存在価値を捨てることに等しいのだと嵯雪は告げた。

「それに牙威は結構特殊なタイプでね。破天荒《はてんこう》なところもあるけど、歴代の龍の中ではとてつもなく力が強い。そういう意味では彼と契約を交わしたなら、確実に守ってくれるし、どんな依頼でも安心して任せられるよ」

『よかったね』とにっこり笑って告げたその言葉に、頷くこともできずに遙はただ呆然とするしかなかった。嵯雪の話をよくできたつくり話だとは思わなかったが、かといってすぐに『そうですね』などと頷けるものでもないだろう。

　しかし、牙威に人智を超えた凄《すさ》まじい力があるのは、確かな事実である。

　それが龍の力を受け継ぐ者である証なのだとしたら、自分は無鉄砲《むてっぽう》にもこの冠城の守護神であるという龍神様と、契約の約束を交わしてしまったということになるのだろうか？

　そんなバカな。

「で、でもええと、……龍神…様との契約なんて、一体どうやって……？」

　今更ながら事態の大きさに気づいて、さーっと顔を青褪《あおざ》めさせた遙の言葉に、今度は嵯雪のほうが驚いたように小さく目を見開いた。

「え？　まさか、牙威か守谷からまだなにも聞いてないの？」

　その問いかけにも恐る恐る頷くと、嵯雪は『うわ…。ほんっと守谷も牙威の言うことには逆らわないというか、一筋だねぇ』と呟きながら、ちらりと脇に控えている守谷へ視線を移した。当の守谷は聞こえていないはずがないだろうに、嵯雪の嫌味を平然とした顔で受け流したまま、座っている。

「でもさ、内容も知らずに引き受けた君も、ほんとお人よしっていうか…」

半ば呆れ顔で呟いた嵯雪に、遙は『はぁ』と小さく首を竦めた。

確かに急なことだったとはいえ、よく話も聞かずに頷いてしまったのは早計《そうけい》だったかもしれない。

けれど、あの日『俺が守ってやる』と言い切った牙威に悪い感じは全くしなかったし、それになぜだか本当に牙威になら任《まか》せておけば大丈夫と思えるような安心感があったのだ。

でもこの嵯雪の反応を見ていると、今更ながらにかなりの焦《あせ》りが生まれてくる。

まさか龍との契約とは、守る代償として、生き血を吸わせろとか、指を一本くれとか…そんな危険なことだったりするのだろうか。もしかして。

「え、でも……まさか、命と引き換えとか…そんなことじゃないですよね？」

はっと思い当たった最悪な想像に、遙が口元を引きつらせながら尋ねると、嵯雪はまじまじと遙の顔を見つめ返してから盛大に吹き出した。

どうやらその想像は、大きく違う方向に外れていたらしい。

「く…ははっ、ごめん。…でも遙ってさぁ、周りの人にトロいとか言われたりしない？」

「……ええ、たまに」

謝りながらも、目元に涙まで浮かばせて笑っている嵯雪へ素直に頷くと、再び声をあげて爆笑されてしまった。そうして笑いやまない嵯雪に見かねたのか、守谷が小さく嵯雪をたしなめながらも、代わりに質問に答えてくれた。

「危険なことはなにもありませんので、ご心配はいりません。ただ、巫覡が大きな気を龍に捧げるためには、龍と深く交わる必要があります。ですので遙さんにも、少しだけ協力していただくことになりますが…」

「………それってつまり？」

龍神様である牙威と、どう深く交われと？

いや〜な予感に頬を引きつらせながら訊ねると、どうやら笑いの発作がおさまりつつあった嵯雪が、目じりの涙を拭きながら答えてくれた。

「巫覡は契約の証として龍と契《ちぎ》るんだよ。そうやって、自分の身体の中にある気を渡す。……つまり君は、牙威と寝ることになる」

そうして最後に『頑張ってね』とにっこり笑ったその瞳が、心底面白そうだったと感じたのは、別に遙の思い過ごしばかりではないだろう。


「すげぇ顔してんな」

いくつかの行灯《あんどん》を灯《とも》しただけの部屋で、ふいに横からかけられた声に、遙は飛び上がるほど驚いた。

声のほうへ視線を向けると、遙と同じように白い着物に身を包んだ牙威が、垂れ下がる御簾《みす》を持ち上げて部屋の中へと入ってくるところだった。

「が…牙威…っ」

「せっかく可愛い顔してるのに、勿体無いぜ？」

自分などよりよほど整った顔立ちをしている彼からそんなこと言われたくなくて、遙は無言のまま恨めしげな視線を向けたが、牙威はそれすらも面白そうに笑ってみせただけだった。

これほどまでに自分が緊張しているのも、顔が強張っているのも、全て牙威のせいだというのに。

「あのさ。別にあの怨念みたいに、遙を殺して気を奪おうとかなんて思ってないぜ？」

「そ、…そんなのっ、知ってるけど…っ」

それは先程守谷たちから聞いて知っている。

龍神である牙威が力の糧とするのは、遙の生き血や肉ではなく、その身の内に集められた自然の気なのである。だからこそ、殺して奪うなどということはありえない。

それはよく分かった。分かったけれども、その契約の仕方というのが問題なのだ。

「なんで？　古来から巫女《みこ》は神に捧げられた花嫁として、神と交わるって話とか聞いたことない？」

その話は嵯雪からも、すでに聞いている。

だが衝撃の事実の前で呆然とするしかない遙に向かって、追い討ちをかけるがごとく楽しげに色々と説明してくれた嵯雪の、あの綺麗な横顔を思い出すと、なんだか少しばかり恨めしくなってくるのだった。

『少しばかりのご協力を』と澄《す》まして告げた守谷にも、出来るならこれのどこが『少しばかり』なのか、問いただしてみたい気分である。

「そんなに緊張しなくても、なにも取って喰うわけじゃねぇんだけどなー…」

がちがちに固まってしまっている遙の前にひょいと腰を下ろした牙威は、低く笑って顎に触れた。それにびくりと身体が震え、心音が跳ね上がる。

「それも…わ、分かってる…けど…っ」

遙にしてみれば、心境はかなりそれに近いものがあるのだ。

遙はその穏やかな性格や、男としては不本意ながらも可愛いと言われる容姿ゆえか、それなりに女性からのアプローチを受けたことがある。

だが、実際のところこの歳になるまで初体験はおろか、キスすらまともに交わしたことはなかった。

それは人には言えないあの力のせいもあったが、なにより自分の奥手《おくて》な性格が一番のネックになっているだろうことは、遙自身よく分かっていた。

それが、まさか年下の……それも自分と同じ性を持つ男と、初体験を済ませることになるとは思いもしなかったのだが。

しかもその相手が生きた龍神様だというのだから、少しばかり悪あがきをしたくなっても仕方のないことだろう。

「ま、ある意味喰うことには違いないけどな」

「喰う…って、喰うって…」

ああそれはやっぱり…、一通り全部いたしますという宣告《せんこく》なんだろうかと、最後通牒《つうちょう》をつきつけられたような気持ちで遙はがっくりとうなだれた。

いや、巫覡として交わるのだからと念入りに禊《みそぎ》を受けさせられ、白い着物まで用意されたときから、なんとなくそんな予感もしていたのだが。

さらに言えば、部屋に足を踏み入れた途端目に飛び込んできた一組の白い布団《ふとん》が、逃げ場のない現実を突きつけてはいたのだが、やはり認めたくはなかったというか、なんというか。

「あの、あの一応確認しとくと…、僕はその、男なんですけど…」

「それが？」

それこそ今更な事実を、一応なりとも口にはしてみたのだが、牙威はさらりと聞き流した。

「男の巫覡って結構いるぜ？ もともと龍神と契約する巫覡は、男のほうが多いくらいだし。それに嵯雪も巫覡だしな」

言いながらすとんと手際《てぎわ》よく遙を布団の上に倒すと、腰の紐《ひも》へ手をかけた牙威に、遙はぎょっとして腕を突っぱねた。

「ちょ…待って待って！ 牙威！」

「なにを今更…」

確かに今更かもしれませんがっ！

「そ、その、まだ人がいるかも…っ」

心の準備が出来ていないのを誤魔化すために、そんな理由しか思いつかない自分を情けなくも思ったが、夕食や着替えを運んでくれた若い女性たちが、まだその辺にいるのではないかという恐れも確かにあった。

たとえこれからここで、なにが行われるのかを知られているにしても、その場面を実際見られるのには抵抗がある。

「ああ、用が済めばもうこっちには来ねぇよ。ここは俺しか住んでねぇし。用もないのに渡ってくるのは、小姑《こじゅうと》並にうるさい守谷か物好きな嵯雪くらいだな」

「え…え？　なんで？」

ぐるりと四方を小川が囲い、窓辺からは静かな庭園が望める立派な離れは、先程渡ってきた母屋よりかは小さいものの、かなりの部屋数がある。これだけの広さを持ちながら、ここに牙威一人しか住んでいないというのは不思議だった。

「そりゃー、同じ家に神様がいれば落ちつかねぇからだろ」

言いながら低く笑った牙威の声に、そういうものなのかなと思う。

確かに牙威はこの冠城家の守り神であるわけだし、彼のために離れを一軒構えたとしても、それぐらいここでは当然のことなのかもしれない。

「だから安心して任せときな」

「わっ。ちょっちょっと待って。あの、でもこういうのって…その、なんていうかっ…」

問題解決とばかりに先を進めようとした牙威は、遙の必死な制止の声になにかを感じ取ったのか、『ああ』と頷くと、とんでもないことをずばりと言い当てた。

「アンタ初めてなのか。心配すんなって。俺かなりうまいほうだから。契約のためつっても、どうせするなら気持ちいいほうがいいだろ？」

身体の真上でにやりと不敵な笑みを浮かべながら、これまたふてぶてしいことを平然と言い放った牙威は、そのまま遙の唇を塞いできた。

「……っ」

するりと忍び込んでくる舌を止める間もなく、強く舌を吸われて、途端に背筋へ痺れがジンと走る。

な…なんでっ？

あの日、初めて会った夜もそうだった。牙威に触れられると、それだけで甘い疼《うず》きが身体中を駆け巡《めぐ》るのだ。

「…ふ…、ん…」

鼻から抜けるようなその声が、自分のものだとは信じられない。牙威を押し戻そうとしていたはずの腕は、気づけば自分からその白い着物の胸元へ縋るように、しがみついていた。

「甘い…な」

ぺろりと唇を舐められて、それだけでびくりと身体が跳ねた。囁かれた声に思わず頷きそうになって、慌てて唇を噛み締める。

こんなのおかしい。

いくら経験のない遙でも、キスひとつでこんな風に身体が疼くほど熱くなるなんて、普通じゃないことくらいは分かる。

なのにその原因を探る間もなくもう一度深く口付けられ、遙は頭の奥まで痺れていくような心地よさに身悶《みもだ》えた。

「やっ…やっぱり、待って待っててっ！」

「なに？」

このままでは、とんでもないことになりそうだと、慌てて牙威の下から這い出そうとしてみたものの、慣れない着物の裾に足を取られてうまく動けない。

自分の下でじたばたしている遙の姿を面白そうに眺めていた牙威は、遙の両手に自分の両手を重ねると、ゆっくりと体重をかけてその顔を覗き込んだ。

「怖い？　だったらやめとくか？」

体格的にはあまり変わらないし、たいして力を込めているようにも見えないのに、手を重ね合わされただけで身体はぴくりとも動けなくなっている。その歴然とした力の差を見せつけながらも、覗き込んでくる牙威はどこか余裕に満ちていて、きっと今『やめたい』と答えれば逃してくれるだろうことは窺《うかが》い知れた。

「……や、やめないっ」

今更、そんなことできるはずもない。

小さく首を振って答えを返すと、牙威は一瞬だけ驚いたように目を瞬《しばた》かせたが、すぐに小さく笑って頷いた。

「遙も結構、強情っぱりだよな」

言いながら、鼻を擦り付けるようにして落ちてきた口付けはやはり甘く、遙の意識を簡単にさらっていく。自分から受け入れるように小さく唇を開くと、待っていたかのように温かい舌がするりと入り込んできた。

「ん…ぁ…」

あの時、牙威は契約することに関して『遙が望むなら』と告げたはずである。その言葉のとおり、これは強制でもなんでもなくて、遙が自分で選んだことなのだ。

何度も繰り返される自殺。教室を赤く染め上げた血飛沫。

それから……遙を見上げてひどく愉快そうに笑っていた血だらけの生首。

あれらを放っては置けないし、野放しにするわけにもいかないからと、牙威に助けを求めたのは遙自身だ。今更それらをなかったことにして、自分だけ安穏《あんのん》とした生活を送れるわけがない。

だからこそ、なんでも協力すると誓ってこの手を取ったのだ。

生首の前で指一本動かすことすらできなかったあの瞬間、腹の底から感じた凍えるような恐怖を、牙威の腕が消し去ってくれた。それだけでも、この手を受け入れる理由には十分な気がした。

「ふ………、牙…威…、あ…ちょっ…まっ」

「ん…楽にしてな…」

遙より年下のくせに、妙に物慣れている仕草が少しだけ悔しい。けれども今はそれに素直に従うしかなくて、遙は初めて知る感覚にただ流されてしまわないよう、その背に腕を回してしがみ付いた。

深い口付けの合間にいつの間にか着物がはだけ、布の間から差し込まれた指の動きに背が反《そ》り返る。

「ん……」

牙威の手のひらが腿《もも》を滑るだけで、信じられないくらいの甘さが駆け抜けていく。そのまま内腿を撫で上げられて、遙は咽喉の奥から溢れ出そうになる甘い悲鳴を、懸命《けんめい》に押し殺した。

「遙……」

耳元で囁かれる声とともに、首筋を熱いものが伝っていく。それが牙威の舌だと気づいたけれども、溶け出すような身体の熱をやり過ごすのに今は必死で、まともな思考など追いつく暇もない。

「や…っ」

そうしている間にも牙威はどんどん邪魔な衣類を掻き分け、指先と手のひらを使って、遙の輪郭を確かめるみたいに身体中をなぞっていく。

「そ…こ、や…っ、やだやだ…っ」

じんじんと疼く胸のあたりをしつこく舐められて、涙交じりに訴えると、粒を口に含んだまま牙威が低く笑ったのが分かった。その振動だけでも、気が変になりそうになる。

「あ……待っ…」

はだけた着物の裾からするりと奥まで手を差し込まれたとき、そういえば下着を着けていなかったことを思い出したが、それを慌てて止める間もなく、もう一度深く口付けられた。

「………っ」

すでに熱を持って硬くなり始めていた遙自身を緩く握り締められて、飛び上がるほどの羞恥《しゅうち》と快楽を、同時に味わわされる。

牙威は口付けを繰り返しながら、そのまま昂《たかぶ》る熱を、緩く絞《しぼ》るように擦り立てた。

「あぁ……っ」

こんなひどくいい快感は、知らない。

自分の手でしたときとは比べものにならないほどの深い快感は、どこまでも果てがないように思える。

濡れそぼった先端を、牙威の綺麗な指先で擽《くすぐ》るようにこすられると、それだけで達してしまいそうになって、遙は甘い悲鳴をあげた。

「や…やっ…、それ…しないっ。しない…でって…っ、牙威、牙威っ！」

子供のように舌っ足らずな声で懇願《こんがん》すると、たまらないというように、牙威は鼻先を首筋に擦り付けてくる。

「…ん？　よくない？」

分かっていて、低く笑いながらそんなことを聞いてくる牙威が、憎らしい。

その間も指の動きは一向に止まらなくて、このまま煽《あお》られたら、本気でどうなってしまうのだろうと、怖くなる。

「………っ、あぁっ！」

身体中震わせながらも、遙が必死で耐えているのが分かっているだろうに、牙威の悪戯《いたずら》な指先で丹念《たんねん》にそこを擦られて、頭の中が真っ白になる。嫌と言いつつ助けを求める先は彼しかなくて、しがみ付いた牙威の着物に指が深く皺を刻んだ瞬間、遙は呆気なく達していた。


「すげ……」

一瞬の空白のあと、耳元で呟かれた感極まったような声に、はぁはぁと息を繋《つな》ぎながらゆっくり視界を開いたが、涙で視界が滲《にじ》んでいるせいかぼやけてよく見えない。

それでも目を必死に見開くと、自分のすぐ上で艶めいた笑みを浮かべている牙威と目が合った。

………え？

その瞳が、深い蒼に変化しているのを見つけて、遙の頭から一瞬うねるような快感や羞恥が吹き飛んでいく。

あの炎と同じ色に輝く、どこまでも透き通るような蒼さ。それがわずかに細められ、笑った口元から覗く犬歯が、牙威の野性的な魅力を引き立てている。

遙は荒い息を繰り返しながらも、ただじっとその蒼さに魅入っていた。

「遙が感じてると、気も凄い速度で膨れ上がっていくんだけどさ。イク時が一番凄いのな…？」

囁くような声でかなり激しいことを言われたような気がして、カッと頰に血が昇る。

遙にはよく分からないのだけれども、遙の身体が昂るほど、その気も高められて牙威へと流れ出していくらしかった。

「も……は、…離し…て。も、いい…っ…」

忙《せわ》しない呼吸を繰り返しながら、乾いた唇を懸命に濡らすと、牙威はそれを助けるようにぺろりと遙の唇を舐めた。

「なーに言ってんだか。これからが本番だろ」

楽しげに、だがどこまでも無慈悲《むじひ》な言葉を突きつけられて、嘘だろう…と身体が強張る。

牙威の指が帯を引くと、しゅっと小気味よい衣擦《きぬず》れの音がして、わずかに引っかかっていた着物までもがあっさり取り払われた。

そのまま先程と同じように身体中を撫でられて、息を整える間もなく再び熱が高まっていく。

「はぁ…はっ…、や……っ、そんな…できな……っ」

「平気だって」

枕元にあらかじめ用意されていた白い壺《つぼ》から、なにやら甘い香りのする液体を塗りつけられて、丹念に身体の最奥《さいおう》を探られる頃には、ほとんど遙は半泣き状態になっていた。

もう、取らされている体位が恥ずかしいとか、身体の中を探る指がだんだん増えていってるとか、そういうことを考える余裕もなくて、ただただ牙威のもたらす感覚に精一杯ついていくしかない。

ところどころ引っかくように指を動かされると、今まで以上に鋭い感覚が身体の中を突き抜けていく。その甘い感覚に、遙はひどく狼狽《ろうばい》していた。

「……牙…威っ」

「ああ…やっぱりあんたの気は、あったかいよな…」

満足そうに呟く牙威の声に、もう返事をするどころの話ではない。牙威の指とか舌とかにそっと弄《いじ》られるたび、どうしようもない声が零《こぼ》れ落ちていく。

「あ、あ…っ、あっ」

ぐいと奥を突かれて、身体中にびりびりとした痺れが駆け巡った。

「ん…あああっ」

「ここ、いいの？」

「や…やっ…こす…、擦らな…っ」

「擦ってんじゃねーよ？　確かめてるだけ」

まさか身体の中のそんなところを擦られて気持ちいいなんて、考えたこともなかった遙にしてみれば、どちらも同じである。

この感覚をなんと言えばいいのだろう。

指で触れられている部分から、身体中が熱く溶け出していきそうになるのが怖くて、牙威の背中へ必死に縋り付く。だが牙威はその手をそっと掴んで離すと、互いの身体の間へと導いた。

次の瞬間、指先が触れた熱さに、びくりと身体が強張る。

「ちゃんと触ってみな？　俺も、遙と同じだからさ」

面白そうな目をして淫《みだ》らに囁く牙威の言葉で、今指で触れているのが牙威の昂りなのだと知る。思わず引きかけた指先を上からぎゅっと重ねられて、遙は初めて他人の熱を手のひらに感じていた。

ごくっと唾を飲み込みながら、こわごわとそれを撫でさすると、耳元で『ん…』と熱い吐息を漏らすのが聞こえる。

自分と同じように、牙威も感じているのだと思ったら、それがなぜだか遙に妙な安心感をもたらした。

ほっと息を吐くと、再び身体の奥を探っていた指が蠢き出すのを感じる。それに息を弾ませながら、遙はぎごちない仕草で同じように牙威のその部分へ愛撫《あいぶ》を返した。

すると嬉しそうに牙威は鼻先を寄せて、甘く口付けてくる。

自分のこんなつたない動きで、他人を感じさせることができるなんて、思いもしなかった。牙威の心地よさそうな顔をぼうっと見上げながら、なぜだか遙はその事実に震え出すような快感を覚えた。

「……な？　このまま入れたら、すげぇ気持ちいいぜ？」

そんなことを囁きながら、思わせぶりに指を動かしてみせるから、それがなんのことを指しているのかに気づいた遙は、ぶるぶると左右に首を振った。

「なんで？」

「や…っ、そんなの、絶対死ぬ…っ」

手にしている牙威が熱い。そしてひどく固い。

確かにこれでその部分を擦られれば、とんでもない快感に襲われることになるのだろう。けれども、遙はこれ以上の激しい快感に、自分が耐えられるはずがないと思った。

死んでしまう。本当に、そんな気がした。

涙を滲ませた遙の必死な訴えに、牙威は一瞬息を詰まらせたようにうっと呟くと、頬を赤く染めながらがむしゃらに口付けてきた。

「……ったく、しゃーねーな」

言いながら腰をぐいと押し付けて、再び熱を持ち始めていた遙のそれと重ね合わせると、一緒に握り込んでくる。

「……っ、あ」

呼吸までもが重なるようなキスに酔いしれながら、遙は生まれて初めて、人と触れ合う快感というものを全身で感じ取っていた。

奪われるのではなく、同時に高め合っていく感覚。

重ねられた手のひらから、触れている素肌から、伝わってくる熱さと甘さ。

「あっも、あっ…、あ……っ！」

同時にぶるっと身を震わせた瞬間、涙の膜越しに見上げた青い瞳が、同じように快感に歪められているのが見えて、遙はそれにひどく安心したように目を閉じた。


明くる朝、すっかり寝過ごしてしまった遙は、お膳《ぜん》に並べられた遅い朝食の前で縮こまっていた。

いつの間にか準備されていた替えの服や、風呂の支度だけでもいたたまれないというのに、守谷にまで開口一番に『お勤めご苦労様でした』などと微笑まれてしまうと、なんだか屋敷中の人間に昨夜のことを知られているように思えて、とてもではないが恥ずかしさに食事が喉を通るような気分ではない。

そんな遙とは対照的に、凄い食欲でお代わりまで平らげた牙威は、ひどく上機嫌《じょうきげん》な様子で守谷からの報告に耳を傾けていた。

「なんだよ、それじゃあその北村って奴は、そこに塚《つか》があることを知ってて、あえてあのビルを建てたのか？」

「ええ。駅前で再開発計画の話があがった時、近くの林だけは手をつけないように地主《じぬし》から忠告《ちゅうこく》があったのをあっさり無視したようですね。当時はかなり周囲からの反発もあったようですが、金を積んで黙らせたのでしょう」

予備校の建っている駅周辺は、昔は数々の商店街が軒《のき》を連《つら》ねていたのだが、それも時代とともに寂《さび》れ始めていた。そこへ大型スーパーが進出してきたのを皮切りに、三年ほど前から道路の整備が進み、それに合わせて七里予備校が建てられたことは遙も知っている。

けれども、あのビルが事務長である北村自身の所有物だったことや、そこに古くから塚が祀られていたのを知りながら、周囲の小さな林ごと潰《つぶ》してビルを建設したという話は初耳だった。

「そんで呪われてんなら、自業自得《じごうじとく》なんじゃねーの？　ほっとけば？」

呆れたように吐き捨てた牙威へ、遙が縋るような視線を向けると、牙威は『……分かってるって』というように手を振ってみせた。

「遙がそんなに心配しなくても、受けた依頼はちゃんとこなすって」

「そうそう。ヤリ逃げなんてことはしないよねぇ」

「嵯雪さん…」

いつの間にか部屋の入り口へと現れた嵯雪は、相変わらず脱力するような台詞《せりふ》を吐きながら、静かに中へと入ってきた。

「おはよう。で、どうだった？」

「………なにが、ですか？」

目を輝かせながら問いかけてくる嵯雪に、嫌な予感を感じて遙は一歩あとずさる。

「やだなー。昨夜の契約のことに決まってるだろ。で、で？　うまくいったの？」

「おう。ばっちりな」

できるならばあまり触れて欲しくなかった話題をずばりと衝かれ、瞬時に耳まで赤く染めて言葉を失った遙に代わって、自信たっぷりにそう答えたのは、牙威だった。

「ふーん。そりゃおめでとう。遙は可愛いし、全く牙威にとっては役得《やくとく》だよね」

「当然だろ。なんのために唾付けといたと思ってんだよ。……へへ、昨夜なんかなー…」

「そそそんな話っ、してる場合じゃないでしょう。ビ、ビルの中にいる怨念はどうするんですかっ」

朝からさわやかな笑顔でとんでもない会話をし始める二人に、遙は慌ててストップをかけたが、そうした場面に慣れているのか守谷は顔色も変えずに隣で鎮座《ちんざ》している。それを見て、遙ははぁ…とひとつ大きく溜め息を吐いた。

全く、この家の住人はみな、どこか常識から外れているような気がする。

いや……龍神様相手に、人間の常識を当てはめようとするからおかしいのかもしれなかったが。

「それなら、本日の夕刻五時頃お伺《うかが》いする旨《むね》を事務長に通してあります。結界は張ってありますが、すでにあそこは『場』となっていますので、人払いをするように警察へも協力を仰いでおきました」

「さすがに守谷はやることが素早いね。他にも誰か連れてく？」

「いえ、牙威様が出られるなら、私だけで十分かと」

仕事の話となると、さすがの嵯雪も真面目《まじめ》な顔になるらしい。簡単な打ち合わせのあと、並べられていた北村の写真を手に取った嵯雪は、皺の寄った顔を眺めて、ふんと鼻を鳴らした。

「この男も相当のタマだよね。虐《いじ》めてやりたくなるタイプだよな」

「ええ。報告によると、亡くなっているのは生徒だけではないようですね。予備校建設時に工事員が一人、……これは足場からの転落事故となっていますが、転落で首の骨が折れるならまだしも、喉が切り裂けるというのはおかしいでしょう」

嵯雪の言葉に頷いた守谷は、淡々《たんたん》とした口調でさらに報告書を読みあげていく。

どういうルートかは知らないが、たった一晩でここまで北村のことを調べ上げたり、警察にも繋がりがあるらしい冠城のネットワークの広さには、ただ感服《かんぷく》するばかりである。

「それに半年前まで、予備校で勤務していた女性事務員も、現在行方《ゆくえ》不明となっています。これだけ不審なことが続いていて、ビルのオーナーがなにも知らなかったということはないでしょうね」

そう断言した守谷の言葉を聞いているうちに、ふとある予測が頭を掠《かす》めた遙は、『まさか…』と顔色をなくした。

「ま…待ってください。半年前にいなくなった女性事務員って…、もしかしてそれって、受付にいた吉永《よしなが》さんのことですか?」

「ええ。吉永倫子《みちこ》二十九歳。休日に会社へ忘れものを取りに行くと言って出かけたきり、家に戻ってきていません。車は予備校ではなく駅前で見つかったそうですし、死体もあがらないので失踪《しっそう》なのかどうか曖昧《あいまい》なままになっていますが、これまでの状況から見ても喰われたとみてまず間違いないでしょう」

「そんな……」

彼女のことなら遙もよく覚えている。バイトに入ったばかりでまだもの慣れない遙に、『頑張りなさいよ』と檄《げき》を飛ばして励ましてくれた女性である。

ある日突然会社で姿を見かけなくなり、ただ辞めたとだけ聞かされていたのだが、それがまさかこんなことになっているとは…。

長めの髪を、いつも綺麗に後ろでひとつにまとめていた彼女が、もう半年も前に消えていたという報告は、かなりの衝撃を遙にもたらした。

端から見ても分かるほどに顔を青褪めさせ、唇を噛み締めている遙を見つめて、嵯雪も守谷も少しだけ困ったような表情で黙り込む。

ただ一人、牙威だけはきつい眼差しのまま遙をまっすぐ見据えると、強く低い声でその名を呼んだ。

「遙」

それに慌てて顔を上げると、牙威の深い色をした双眸《そうぼう》がかすかに青い光を放っているのを見つけて、小さく息を呑む。牙威はそんな遙の手を取ると、口元から犬歯を覗かせるように低く笑った。

「仇《かたき》は取ってやるよ」

繋がれた手のひらの熱さに、ぞくりとした戦慄《せんりつ》が走る。

それと同時に絶対的な安心感を感じて、遙はその手を強く握り返しながら、小さくコクリと頷いた。


昼と夜が入れ替わる、逢魔《おうま》が時。

怨念が活動を始めやすいというその時間を狙って予備校へと向かった一行は、夕日に照らされて茜色に染まったビルの前で、車から降り立った。

だが、ビルを見上げた瞬間、牙威はちっと小さく舌打ちを漏らした。

「まずいですね。結界が破れかけています」

同様に硬い表情を見せながらそう呟いた守谷に、どういうことかと遙が尋ねかけたそのとき、ビルの正面に止まった黒いベンツから、事務長である北村が降りてきた。

「おや、沢渡君」

「事務長……」

人払いをしたと聞いているのに、どうして北村がここにいるのかと遙が眉を寄せるのと同時に、すっと守谷が進んで一歩歩み出た。

「北村さんですね。私は今朝《けさ》お電話しました守谷と申します」

「……ああ、今朝の…。もしかして、沢渡君のお知り合いの方だったんですか」

守谷の名を聞いて、面倒くさいことを思い出したというように眉を顰《ひそ》めた北村は、どうやらこのはた迷惑な客を連れてきたのが遙であると気づいて、じろりと冷たい一瞥《いちべつ》を寄越《よこ》した。

それを無視して、守谷は妙に冷めた声で北村へ事務的に質問を投げかけた。

「北村さん、これはどういうことなんでしょうか。今朝、警察の方からもここを一日封鎖《ふうさ》していただくよう、お願いがあったはずですが？」

「ええまぁ……」

「でしたらなぜ、このビルの中に人が入っているんですか？」

守谷の言葉に『え？』と驚いた遙がビルを見上げると、確かに教室の窓からいくつか明かりが漏れているのを見つけて、先程守谷が『まずい』と漏らした言葉の意味を遙もようやく理解する。

すでに生徒が何人か集まってきているのか、教室の中からは、彼らの話し声も聞こえてきていた。これでは人払いどころではないだろう。

「守谷さんとおっしゃいましたかね。私どもも、できれば協力したいと思ってはいるんですよ。でも今朝、警察の方にもお話ししたんですが、今はちょうど模試の前でして、受験生にとってはとても大切な時期でしてね。たかが模試一つであっても、その後の人生に大きく関わってくるんです。そこを…ひとつなんとか分かっていただけないでしょうかね」

北村は生徒のためを想って苦渋《くじゅう》の選択をしたかのような意見を述べて、守谷からの追及を受け流すつもりらしかった。

「今ここで死んだら、その後の人生もなにもねーだろうが」

吐き捨てるように呟かれた牙威の言葉に、ぴくりと一瞬男の頬が引きつったようにも見えたが、こちらの言い分を聞き入れるつもりなど初めからないのだろう。

守谷の後ろで車に寄りかかっている少年などには目もくれず、北村はその禿げ上がった頭を撫でつけながらやれやれと溜め息を吐いた。

「もちろん、問題の教室は鍵《かぎ》をかけて立ち入り禁止にはしてありますけどね。……だいたい、この現代社会で怨念がどうのこうのと言われましてもねぇ…。そんなことで反対に多感な年頃の生徒たちを悪戯に刺激することにでもなったら、親御さんたちに申し訳ないじゃないですか」

もっともらしいことを並べ立ててはいるものの、北村が自分の体面を保《たも》つためだけに、今日も強引に予備校を開けたことは多分間違いないだろう。

だが非常識なのは突然やってきた遙たちのほうであると言わんばかりに、北村はちらりと顔を向けると、冷めた視線で遙を眺めた。

「沢渡君も、なかなか熱心な先生だと思ってたんですがねぇ。なにか……宗教でもやっておられるんですかな？　いやいや、若いのに信心深いのは結構だと思いますが、自殺した生徒たちも、なにやらカルトな宗教に染まっていたと聞きましたし…」

まるで生徒の自殺を唆しているのは、遙ではないのかとでも言いたげな北村の言葉に、カッとなったのは遙本人ではなかった。

「うわ……っ」

突然、グシャッとなにかが激しく砕けるような音が響き渡り、北村の背後に停まっていたベンツのフロントガラスがこなごなに砕け散る。

続けて、両サイドの窓にもおびただしい亀裂《きれつ》が走り、ビシビシと激しい音をたてながら、次々にガラスを打ち砕いていく。

やがて全てのガラスが砕け散り、その姿を無残なものに変えたときには、頭を抱えてしゃがみこんだ北村の肩や背中にまで、ガラスの破片が激しく飛び散らばっていた。

「そのたるみきった腹を同じように裂かれたくなかったら、言葉には十分気をつけるんだな」

喉の奥で低く笑いながら告げた牙威の言葉に、北村はゆっくりと顔を上げたが、なぜだか目の前に立っている少年を直視することができずに、震えながら視線を背《そむ》けた。

牙威は黒い車にもたれたまま腕を組むようにして立っており、指一本動かしてはいない。

けれども北村は、ただならぬ波動を本能で感じ取ったのか、牙威の前で完全に竦み上がってしまっているようだった。

まるで目には見えないなにかに押し潰されているかのように、頭を下げた姿勢のまま、北村は微動だにしない。その喉元が、息苦しさに耐えかねてごくりと唾を飲み込むと、ぽつぽつと滲んでいる脂汗《あぶらあせ》がこめかみを伝っていくのが見えた。

その瞬間。

空間を引き裂くような鋭い悲鳴が、遠くであがるのを聞いた気がした。

「ち。先に動き出しやがったか」

「中からですね」

「守谷、遙から離れんなよ」

言い終わらぬうちに、牙威は足元で竦み上がっている北村には目もくれず、ビルの中へと走っていく。

遙もその後ろ姿を慌てて追いかけようとして、だが守谷の手によって止められてしまった。

「遙さんは外で待っていたほうが賢明です」

「でもっ…、それだと守谷さんも中に入れないんでしょう?」

牙威は守谷に向かって、遙から離れるなと告げて中に飛び込んだ。ならば守谷は遙を守るために外にいなければならない。そうしたら牙威は、たった一人で戦わなければならなくなるのだ。

「僕なら平気です。もしかしたら、ただの足手まといにしかならないのかもしれないけれど、彼一人で危険な目に遭うより、守谷さんと協力してなにかできるなら、そのほうがいいに決まってる」

ここでただ足を引っ張っているだけなら、中に入っても同じ。なるべく邪魔はしないから、できるだけ牙威に協力したいと続けた遙に、守谷は少しだけ困ったように目を細めた。

「……そうですか。では、私の後ろについてきてください。決して突然走り出したり、危ないものには手を出したりしないように」

その言葉に深く頷いた遙は、守谷に続いてビルの自動扉をくぐり抜けた。途端に、目には見えなくとも、どんよりとした空気が身体中にまとわりつくのを感じて、足が重くなる。

「それから、一つ訂正しておきます。遙さんは足手まといなどではないですよ。龍は力を使うとき、巫覡が傍にいたほうが気を操りやすいんです。もし傷つくようなことがあっても、その場で傷を癒《い》やすこともできますし」

先を慎重《しんちょう》に進みながら教えてくれた守谷の言葉は、思いのほか遙の気持ちを楽にしてくれた。牙威が傷ついたときのことなど考えたくはないが、自分でも役に立つことがあるなら、それだけでついてきてよかったと思える。

巫覡がいると戦いやすいなら、どうしてそれをもっと早く教えてくれなかったのだろうとも思ったが、もしかしたら牙威も守谷も初めから遙を戦いに巻き込むつもりはなかったのかもしれないと、そこでようやく気がついた。

ビルの内部は薄暗く、外から見たときは電気がついているように見えたはずの教室も、今は真っ暗のままシンと静まり返っている。

変だ。先程まで響き渡っていた悲鳴はおろか、物音ひとつ聞こえてこない。

それに……この薄暗さはなんなのだろう？

まだ夕刻だというのに、自分の足元さえまともに見えない廊下は、まるで真夜中へと続く道のようだった。

ふと外のことが気になって窓へ視線をやると、まるで墨《すみ》でも流し込んだように真っ黒に塗りつぶされた窓ガラスが、外とこちらの世界を完全に遮断《しゃだん》していた。

「このビルごと、取り込まれてますね」

たった一晩でここまで成長するなんて異常な速さだと呟いた守谷の言葉に、心臓がどくりと脈打つのを感じる。

「邪気が強くなってきてます。自殺があったという教室は、二階ですか？」

「は、はい」

守谷の質問に小さく頷いた遙は、そのときふっと目の端を通り過ぎた光景に、なぜだかぞわりとした悪寒《おかん》を感じて、もう一度ゆっくりとそこに視線を戻した。

黒く塗りつぶされた窓。薄暗い廊下の電灯が反射の役割をなしているのか、窓には鏡のように守谷と自分の姿が映っている。

けれども映っていたのは自分たちの姿だけでなかった。二人の肩や腕に、わさわさと無数の白いなにかが蠢いているのが見える。

それが何本もの人の腕なのだと気づくと同時に、そのうちの一本が喉元まで這い登り、まるで品定めをするかのように遙の首筋を、つーと撫で下ろしていった。

「……っ」

ばっとそれを振り払い、自分の手のひらで触れられていた場所を確かめてみても、どこにもそんな腕などは見当らない。なのに冷たい指先に撫でられたときの感覚が、確かに首にはちゃんと残っているのだ。

身の毛がよだつという言葉を、まさに初めて実感する。

次第に呼吸が速くなっていくのを感じながらも、遙はもう一度、恐る恐る窓ガラスへと視線を戻した。すると、先程以上にびっしりと身体を覆うおびただしい数の腕を見つけて、遙は目を見開いたまま言葉を失った。

心臓が、凍りつく。

「……も…り」

すぐそばにいるはずの守谷へ助けを呼ぼうとしても、喉の奥に張りついたように、声がうまく出てこない。

そうしている間にも、遙の肩や腕を摑んでいる手は次々と増えていき、ずしりと重い荷物を全身に背負わされたかのように動けなくなっていた。

細くしわのよった腕のひとつが、ひやりとした感触を残して、愛しげに首のあたりを撫でていく。

まるで、ここを斬り落とすのだと、遙に教え込むかのように。

「遙さん…っ」

そのときパンパンっとなにかが弾ける音がして、急にぐらりと視界が歪んだ。異変に気づいた守谷が、背を叩いてそこに憑いていたなにかを払い落としてくれたのだと気づいたのは、それからしばらく経ってからのことだった。

「奥津鏡《おきつかがみ》、辺津《へつ》鏡、八握剣《やつかのつるぎ》、生玉《いくたま》、足玉《たるたま》、地返玉《ちがえしのたま》、死返玉《まかるがえしのたま》、蛇比礼《おろちのひれ》、蜂比礼《はちのひれ》、品々物比礼《くさぐさのもののひれ》。十種神宝《とくさのかんだから》の御名《みな》をもって、諸々《もろもろ》の禍事罪穢《まがごとつみけが》れを祓い清め給《たま》え！」

呪文のような言葉を唱えながら守谷が二本立てた指で空を切ると、黒くずるりとした物体が遙からさーと離れて、散り散りに消えていく。

「気づくのが遅れて申し訳ありませんでした。大丈夫でしたか？」

「あ…は、はい…」

どっとくる脱力感は、安堵《あんど》のためか。

知らず知らず口元へと当てた手が小刻みに震えている。それを見つけて、遙はようやく自分の全身がガタガタと震えていることに気がついた。

あんなものと…、あんなおぞましいものと牙威はいつも戦っているのか。

今更ながらに得体《えたい》の知れないものへの恐怖が湧き起ってくる。

「やはり、戻りましょうか?」

その様子を心配そうに見ていた守谷が、まるで牙威と同じようなことを聞いてくる。

だが遙は自分を気遣《きづか》う守谷の前で、再び強く首を振って、否定の意を示した。

「……邪魔じゃないなら、連れていってください。牙威のところへ」

自分が弱いことは百も承知している。

牙威のような不思議な力も、守谷のように身を守る術《すべ》も持っていない。それでももし、自分がいることで少しでも牙威の役に立てるというなら、こんなところで立ち止まっている場合ではないだろう。

遙の決意が固いことを知ると、守谷は頷き、先を急いだ。

階段を上がるたび、目には見えない圧迫感が強くなる。まるでヘドロの中を進んでいるような重い足どりを叱咤《しった》しながら一歩一歩進んでいくと、やがて辿り着いた先で、蒼く輝く光を見つけ出した。

「牙威…っ」

慌ててそこへ駆け寄ろうとした遙は、だが次の瞬間、教室の中で牙威が対峙《たいじ》している黒い物体を見つめて呆然と言葉を失った。

「かなりの気を喰って、活発化しています。あまり近づかないように」

守谷の忠告も、耳を素通りしていく。

教室の天辺《てっぺん》にまで届くほど巨大な、ぶよぶよとした黒い肉塊《にくかい》。その表面に、ぼこぼこと得体の知れないなにかがびっしりと生えている。

　正確に言えば、違うのだろうが、生えているとしか表現のしようがないそれらは、全てが首から切り取られた人の頭部であった。

　まだ新しいものもあれば、腐りかけて今にも眼球や髪が抜け落ちそうになっているものや、すでに朽《く》ち果てて目や鼻のあたりが空洞と化しているものもある。そのどれもが一様にがっと大きな口を開けて、禍々《まがまが》しいほどの赤を覗かせているのが、なにより不気味だった。

「ぐぅ……」

　目を疑うような光景と鼻を突く腐臭《ふしゅう》に、耐えきれず遙は口元を覆う。するとこちらに気づいたのか、首たちは一斉《いっせい》にぎょろりと視線を向けてきた。

　幾百《いくびゃく》もの暗く血走った目と、視線が合う。

「よそ見《み》してんじゃねよ。テメェの相手はこっちだろうか」

　刹那《せつな》、牙威の手から蒼い炎が放たれた。

　炎が表面の首をいくつか容赦なく焼き払うと、ぽっかりと開いた闇の中から、削られる金属音のような音が鳴り響く。

「牙威…っ」

「こんな危険なとこ、来てんなよ」

「だ…だって守谷さんがいなくちゃ牙威が困るんだろ。それに、僕がいれば気を扱いやすいって…」

　余計なことを……と牙威は守谷をちらりと見て舌打ちしたが、すぐに遙へと視線を戻すとにやりと小さく笑ってみせた。

「さっさと終わらせるから、そこで待ってな」

　そんなことを言いながら目を細めた牙威は、真っ暗に塗り込められた空間にいながらも、その色に決して染まることはない。

　身体のうちから薄く蒼いオーラを放ちながら、ゆっくりと彼が両手を開くと、同時にカッとその双眸が見開かれた。

　まばゆい光が牙威の両手から湧き起こる。球状になった二つの塊が、ばちばちとそれぞれ火花を撒き散らしながら、だんだんと手の中で膨らんでいくのが見えた。

「さーて、あのクソジジィの代わりにそのきったねぇ腹を引き裂いたら、なにが出てくるかな？」

すっと手を上げながら呟く牙威は、ひどく楽しそうに肩を震わせている。そうして次の瞬間、両の手から放たれた蒼い炎は、まるでそれだけの生き物のように暗闇を駆け抜けた。

『キシャヤヤヤヤ――――ッ！』

深く切り裂きながら燃え上がる炎に、ぶるぶると全身を震わせて黒い物体が叫びをあげると、それに合わせて無数の首も口々に悲鳴をあげ始める。

「ひぃゃゃやぁぁぁ……っ」

「グアアァァ……」

空間を震わすほどの大合唱に、思わず耳を塞いだ遙は、苦悶《くもん》の表情を浮かべて悲鳴をあげ続ける無数の首の中に、見覚えのある顔を見つけて愕然《がくぜん》と固まった。

「…菱…沼…？」

いつも教室の隅で俯いていたはずの彼女が、今遙の目の前で、両目から真っ赤な血を垂れ流しながら、口を大きく開けて泣き叫んでいる。

どうして……、彼女が…？

まさかという思いで、まだ比較的新しいと思える首へと視線を移すと、茶色の髪をした若い男の顔にも、かすかに見覚えがあった。

さらにその隣にも、見たことのある顔が。

「なん…で……？」

どろりと腐り落ち、耳や鼻のぽっかりと開いた部分に白い蛆《うじ》を無数に這わせたその首は、すでに判別も不可能なほど朽ちかけていたが、なぜだか遙はそれが吉永倫子のものであることを確信していた。

「ど、うして…、彼女たちまで…」

「……怨念に魂を喰われた者は、そのまま同一化してしまうことも多いんです」

「そんな…っ」

自殺に追い込まれ、気を喰われたばかりではなく、こんな場所でいまだもがき苦しんでいる。その事実に、遙は背後から強く頭を殴りつけられたようなショックを覚えた。

そうしている間にも、牙威の手から次々と放たれていく火球は激しく燃え上がり、表面の首を焦がしてはその黒い物体の中まで深く食い込んでいく。そのたび、首たちは苦しみ、悶絶《もんぜつ》の声をあげながら、血反吐《ちへど》を流して叫び続けた。

あまりに凄惨《せいさん》すぎる光景に、目を逸らして今すぐここから逃げ出したくなる。

耳にこびりつきそうな悲鳴を聞くたび、遙は胸を鷲摑《わしづか》みにされたような痛みを覚えたが、決して目を逸らしてはいけないと、必死にその姿を目に収め続けた。

あれと今対峙しているのは、牙威なのだ。

どんなに凄惨な光景であろうとも、遙の願いを聞いて、牙威はそれと向き合ってくれている。なのに自分だけこの現実から目を逸らすような真似はしたくなくて、遙は痛む胸元を手で押さえると、血が滲むほど唇を強く嚙み締めた。

そのとき、炎にごそっと削り取られ、どろりと溶けた黒い物体の中から、見慣れた紺のシャツが覗いているのに気がついた。

「芹沢先輩っ！」

「あれに触れてはいけません」

「でも…っ、中に先輩が、生徒たちも…っ」

どろどろと溶けかけている黒い物体の中から覗く足や腕は、一つや二つどころではない。

すでに予備校に来ていた生徒や、芹沢までもがあの中に取り込まれていると知って、遙の中を言葉にならない衝撃が駆け抜けた。

「先程の悲鳴はこれですね…。生きたまま取り込まれてしまったんでしょう。かなり邪気が膨れ上がっているとは思いましたが…」

遙の声に気づいた牙威が攻撃の手を止めると、どろどろと溶け出していた部分が寄り集まり、再び穴を塞ぐようにして芹沢たちを覆い隠していく。

「先輩っ！」

「遙さん…っ」

駆け寄ろうとした遙の手を、守谷の腕が強く摑んで引き止める。

その瞬間、流れ込んできた声に遙は振り向くと、叫び声をあげた。

「なんでですかっ？　なんで……まだ皆が生きているって知ってるのに、無駄だなんて…。どうしてそんなこと思えるんですかっ？」

「遙…さん？」

守谷はなにも口に出しては言ってない。けれども触れた手から流れ込んできた声は、『たとえ生きていても、ああなってしまえばもう助からない』と、そうはっきり告げていた。

生きていると知りながら諦《あきら》めようとする守谷に、遙は逃げを許さぬ声で詰め寄った。その激しい瞳を見て、守谷もへたな言い訳など通用しないことを悟《さと》ったのか、硬い表情のまま口を開いた。

「……確かに、彼らはまだあの中で生きていると思います。でも一度でも、その心と身体を怨念に取り込まれてしまえば、無理やり身体だけ引きずり出しても、魂が戻ってこない。身体だけが生きた、屍状《しかばね》態になるんです」

守谷の言葉はいつもどおり淡々としていたけれども、その声は低く苦渋に満ちていた。

以前にもこうしたケースに出くわしたことがあるのだろう。へたな希望を残して家族に抜《ぬ》け殻《がら》となった身体を返すより、今ここで牙威の手によって怨念ごと焼き払ってもらったほうがましなのだと、そう告げているようにも聞こえた。

「そんな…なにか、なにか方法はないんですか？」

「怨念から引きずり離す前に、彼らの意識を取り戻せれば、あるいは…」

意識さえ戻っていれば、強引に怨念から切り離してもなんとかなるはずだと守谷は告げたが、それがいかに難しい注文なのかはその硬い表情を見れば分かる。

傍に近づくことさえままならないのに、中にいる人間の意識を取り戻してから切り離すなど、到底できるものではない。

しかしそうして迷っている間にも、どろりとした粘着質《ねんちゃく》の黒い物体は、溶けた身体を自分で修復するかのように、穴を塞いでいく。

ずぶずぶと何人もの足や腕が飲み込まれていく光景を、ただ見ているしかできないなんて。それではなんのためにここにいるのか分からない。

どうしようもない歯がゆさに、奥歯をぎしりと噛み締めると同時に、遙の目に涙が浮かんだ。

「……どうして欲しい？」

いつの間に傍へと来ていたのか、牙威はその深く青い瞳で、遙の瞳をまっすぐに覗き込んできた。

「言えよ。なんでも叶えてやるから」

そんな大事な言葉を、こんな場面でさらりとくれる牙威に、遙は思わず縋りついて泣きだしたくなる衝動をぐっと堪えた。

守谷の言うとおり、もし彼らの意識を取り戻すことができなければ、たとえ引きずり出してもらったところでただの徒労《とろう》に終わるかもしれない。

けれども……たとえそうだと知っていても、目の前で黒い闇に取り込まれていく魂を、ただ黙って見ていることなどできそうになかった。

「遙」

遙の返事を促すように、強く呼ぶ声。それに覚悟を決めると、遙はきゅっと唇を引き結んだ。

偽善《ぎぜん》だと言われてもいい。もしも、一縷《いちる》の望みがあるのなら。

「……みんなを、助けて欲しい」

「分かった。ならちょっとだけ力を貸せよ」

遙の答えに牙威はうっすらと微笑みを浮かべると、

右手を差し出してきた。それに遙は、慌てて自分の両手を重ね、その手を強く握り返す。

目に見えない熱いなにかが、牙威と自分の間で渦《うず》巻《ま》いているのが分かる。手をつないだまま牙威が左の手のひらを開くと、その中心からすうっと剣が浮かび上がってきた。

その剣は初め青く透き通り、暗闇の中でまばゆい光を放っていたが、やがてずしりとした質量のあるそれに代わると、鋭く研磨《けんま》された鉄のような、鋭く美しい煌《きら》めきを見せた。

薄く怜悧《れいり》な切っ先が、闇に静かな輝きを放つ。

完全に物質化したところで遙の手を離した牙威は、軽く跳躍すると、何メートルも離れているはずの黒い物体の目の前にぴたりと着地した。

「守谷！」

「分かりました」

それだけで牙威の言いたいことは伝わったのか、守谷は素早く遙を庇《かば》うように前に立つと、二本の指で空を切りながら数を唱え始める。

「一二三四五六七八九十《ひふみよいむなやここのたり》！　ふるへ、ゆらゆらとふるへ…」

すると守屋の声に反応するかのように、教室の中をずるずると蠢いていた物体の動きがだんだんと弱まり、そこに縫い付けられたみたいにやがて動かなくなった。

それを待っていた牙威がすらりと剣で薙ぎ払うと、蒼い閃光が闇を走り抜け、空間を切り裂いていく。

ざしゅっと鈍い音を立てて二つに裂けた黒い物体は、ビル全体を震わせるほどの叫びをあげて、身を捩《よじ》り始めた。

『ギゲェォォォオオオォォォォ』

もう一度、牙威が剣を走らせると、広く斬り裂かれた口がぱっくりと開き、中からどろりとした液体とともに、人の身体がずるりと滑り落ちてくる。

制服を着た生徒が五人。それから事務員の男性と、芹沢の姿もあった。

「ちっ……」

粘つくそこから彼らを引き剥がすのは困難なのか、牙威は黒い物体の中に自らぐいと身体を突っ込むと、意識のない身体を引きずり出している。

女生徒の白い脚が、ゆっくりと抜け出るのが見えた、その刹那。

おたけびのような咆哮《ほうこう》をあげて、黒い物体はその全身を揺らめかせた。流れ出てきた黒い液体は、まるで生き物のように波打ち、やがて長い黒髪となって牙威へと襲いかかる。

「牙威っ！」

髪の束《たば》に強く弾き飛ばされた牙威は、空中で回転するとその場にくるりと着地した。さらにその足元を狙った攻撃を紙一重《かみひとえ》で避けると、間髪《かんはつ》いれずにまた次が繰り出される。

動けない本体の代わりに、髪は伸縮《しんしゅく》自在に蠢き、牙威の動きを封じようとしているようだった。

黒く長い髪の先端が牙威の頬をしゅっと掠めると、赤い筋が大きく走り、どうやらその一本一本が鋭く磨かれた針金のような硬さを持っていることに気づく。それでもよけるばかりで反撃をしようとしない牙威に焦れて、遙はきつく唇を噛んだ。

「どうして…っ」

「あの距離で炎や剣を使えば、傍にいる者まで傷がつきます。それに……彼らの意識が戻らぬうちは迂《う》闊《かつ》に引き離せません」

つまり芹沢たちが意識を取り戻すまで、牙威はそこから彼らを引きずり出すことも、反撃することもできないのだ。冷静な口調とは裏腹に、守谷が隣でぎゅっと強くその手を握り締めるのを、遙は見逃さなかった。

髪は見境《みさかい》なく牙威へと襲いかかり、傍に倒れている芹沢たちまでもを巻き込んで、その肉を散り散りに切り裂こうとしている。細い凶器たちを剣で受け流しながら、足元に倒れている者たちまで庇おうとすれば、どうしても牙威の動きは鈍いものになってしまう。

そこへまた新たに、体内から次の黒髪が吐き出された。

初めに腕が捕まってしまうと、脚や首、身体までもがぎりぎりと締め上げられるように次々と押さえつけられていく。

腐りかけた首が、その髪を伝って牙威へとにじり寄っているのにはっと気付いた瞬間には、生首はすでに牙威の肩へと激しく歯を突き立てていた。

ぎしっと深く食い込んだ歯が、牙威の肉を引き千切っていく光景を、遙はその目に焼き付ける。

「牙威…っ!」

叫びは、ほとんど声にならなかった。

溢れ出した血に歓喜の声をあげ、巻きついた髪の上を我先にと這い登ってきた生首たちは、血反吐を垂らしながら口をがっと開けたまま迫ってくる。

「牙威……っ!」

「テメーら、うぜぇんだよ!」

それにいい加減切れたのか、大きく叫んだ牙威の全身から、蒼い火花がばちばちと走り抜けた。すると同時に、牙威の全身を覆うように巻きついていた髪も、にじり寄っていた生首も、全てが瞬時にして吹き飛んでいく。

「人が大人しくしてると思えばいい気になりやがって。こっちはうまく力加減ができねーんだ。わらわらと寄ってくんじゃねぇっ!」

そう吐き捨てると、牙威は足元へと転がり落ちている首をぐしゃりとその脚で踏みつぶした。

「あの……」

なんだか今とても不吉な言葉を聞いたような気がして、遙が恐る恐る隣の守谷へ目をやると、守谷は苦笑を浮かべながら頷き返した。

「彼の力は強大すぎて、その分それをコントロールするのは難しいんです。思いきり力を振るえば、周りを巻き込むことになる」

だから今はただこらえているのでしょうとつけ加

えた守谷の説明に、遙は『ちょっと特殊だけど力は強い』と評した嵯雪の言葉を思い出した。

髪の束は牙威の火花に一瞬怯んだようにも見えたが、ざわりと蠢くと、再び勢いを増して牙威の周囲を取り巻いた。

芹沢たちを庇いながら攻撃を受け流すうちに、どうしても避けきれないものも出てきてしまう。

そのたび増えていく新しい傷口。食い千切られた肩からも、動くたびにまた新たな血が流れだし、牙威の着ている服を赤く染め上げていく。

その禍々しい色を見つめながら、遙は自分の愚《おろ》かさを思い知っていた。

なんて、バカなことを言ったのか。

簡単に『助けてくれ』なんて、よくも口にできたものだと今更激しく後悔したところでもう遅い。

初めて会った夜も、牙威はかなりの深手を負っていた。それはこういうことなのだ。

戦えば傷も負う。運が悪ければ、命を落とすことだってありうるだろう。そんな当たり前のことをなぜ失念していたのか。

再び絡みついた髪が牙威の動きを封じ込めると、餌《えさ》に群がる虫のようにざざっと首が寄り集まって、その腕や脚を嚙み裂こうとする。そのたび牙威の火花にあって吹き飛ばされてはいたが、あまりの数の多さにそれももはや限界がきていた。

次第に血で赤く染まっていく牙威の姿を、ただここでじっと見守るしかないなんて。そんなのはもうこれ以上、耐えられそうにない。

「守谷さん。先輩たちをあそこから引き離せば、牙威は思い切り戦えるんですよね？」

「そうですが…、遙さん？」

突然、なにかを決意したように硬い声で呟く遙を、訝しげに守谷は見つめた。

「僕がなんとか先輩たちを起こして、安全なところまで運びます。だから、守谷さんは牙威を…」

「無茶です！　だいたい、どうやって意識を支配されている人間を呼び起こすつもりですか？」

遙の申し出に、守谷は当然のごとく難色を示したが、それでも遙はしつこく食い下がった。

「先輩たちの意識を探り出して、起こせばいいんですよね？　……それなら、僕でもなんとかなるかもしれない」

「それ以前に、あれに迂闊に近づけば、遙さんまで取り込まれてしまうかもしれないんですよ？」

「そうしたら牙威も守谷さんも、きっと助け出してくれるでしょう？　それに僕が近くにいたほうが、牙威は傷の治りも早いし、力の加減ができるんですよね？」

なら、黙って見ていることはない。

先程遙に触れてあの剣を招《よ》び出したときのように、自分が牙威に力を与える存在となれるのならば、やってみる価値はある。

「遙さんっ…！」

返事を待たずに駆け出した遙を、守谷も慌てて追いかけてきたが、それ以上制止の声がかからなかったところを見ると、不本意ながらも了承《りょうしょう》してくれたらしかった。

「牙威っ！」

「バカ、来んじゃねぇっ」

それに手を伸ばすのには、勇気がいった。

それでも、傷ついている牙威に全てを任せて、自分だけ安全な場所で待っているなんてできなかった。

一番手前に倒れていた芹沢の身体に触れた途端、びりっと指先が痺れ、ざわざわとした悪寒が背筋を這い登ってくる感覚に、鳥肌が立つ。

「く……っ」

いつもの、あの奇妙な感覚が何倍にも膨れ上がって、遙の中へと流れ込んでくる。おぞましい殺意に満ち溢れた黒い意識は、触れるだけで暗い深淵《しんえん》へと引きずり込まれていくような、切迫感があった。

それが恐ろしくて、思わず一瞬手を離しかけたが、遙はごくりと唾を飲み込むと、再び握り締める手に力を込めた。

この手を、離したらいけない。

ぐったりと力尽きて横たわっている身体は、すでに呼吸すらしていないようにも見えたが、握り締めた手はまだほんのりと温かった。それが芹沢の命の温かさなのだと信じて、遙はぎゅっと目を閉じる。

牙威も、守谷も、芹沢も……自分の周りにいる者は、皆強く優しい。

彼らのさりげない優しさに、これまでどれだけ救われてきたか分からない。

それを永遠に失ってしまいたくなかった。

「すみません…」

口の中で小さく呟くように謝ると、遙は持てる力を全開に引き出して、芹沢の意識を探り始めた。

この力は人に疎《うと》まれるものなのだと理解してから今日まで、遙は自分から人の心を覗き見るような真似だけはしないでいようと、そう心に決めていた。

けれども今初めて、自分から望んでその力を使っている。

恐れがないといえば嘘になるが、ここで躊躇《ためら》って、大切なものを失うほうがよっぽど怖い。

「ん……、っ……」

だが探っても探っても、芹沢の声は聞こえてこない。まるで底無し沼にいるかのように、なんの手ごたえもないままずぶずぶと沈み込んでいく。

それに強い焦りを感じ始めたとき、遙は芹沢の意識の深いところで蠢くなにかの声を聞き取って、小さく息を呑んだ。

『……イラナイ。死ネ死ネ死ネ。斬リ落トセ…斬リ落トセ…イラナイ。死ネ。イラナイモノ…死ネ。斬リ落トセ…』

一人のものではない。

何人もの声が、重奏《じゅうそう》のように重なり合って、繰り返し甘く誘っている。まるで子守唄でも聞かせるような感覚で、その声たちは優しく死を囁いていた。

そうやって、これまで自殺に追い込まれた人の意識も支配してきたのだろう。心の一番深いところで繰り返される暗示に、一瞬遙も引きずられそうになったが、それを振りきるようにして遙は芹沢の名を呼んだ。

「芹沢先輩！　先輩っ！　しっかりしてください」

その間も遙を狙って容赦なく飛びかかる髪の束を、牙威の剣が舞うように薙ぎ払い、守谷の言霊《ことだま》が遮ってくれる。

『イラナイ……斬リ落トセ…。イラナイモノ。死ネ死ネ。イラナイ…』

何度も、甘く繰り返される声。

芹沢たちの意識に深く絡みつき、支配しているその呪縛を、遙は激しく否定した。

「いらないものなんて、なにもない！」

自分の声が届くかどうかなんて、そんなことを考える間もなかった。

「芹沢先輩、起きて！」

人は弱いから、心の中には誰でも嫌な部分を持っている。それは時折ひどく尖って、他人や自分を傷つけたりすることもある。

でも、たとえそれでも。

どんなに嫌な自分であっても、逃げ出したり、そこだけ切り離すことなんてできないし、ましてや死ななければ許されないほどの弱さなんてありえないと、遙はその甘美な誘惑を強く弾き飛ばした。

その瞬間、握り締めていた手の中から電流のような衝撃が走り抜け、芹沢の手がびくりと跳ねる。

「……う…う」

「芹沢先輩っ！」

遙の呼び声にこたえるように芹沢はうっすらと目を開けると、ひとつ胸を大きく喘《あえ》がせた。

「意識は……戻ってきているようですね。これならもう大丈夫です」

守谷は襲いかかってくる敵をかわしながら芹沢の状態を確かめると、大きな身体をひょいと肩に担ぎ上げ、教室の外へと運んでいった。

その背をほっと見送りながらも、遙は次に近くで倒れていた生徒へと手を伸ばす。

けれども、芹沢の意識を支配していた声は連動して繋がっていたのか、遙が彼らの意識を探って呼びかけるまでもなく、生徒たちは次々と意識を取り戻していった。

「遙…っ！」

そのとき、ドンッと強く弾き飛ばされる衝撃を感じるとともに、身体がぶわっと宙に浮いた気がした。

次の瞬間、床へと激しく叩きつけられることを予測して遙はぐっと息を詰めたが、不思議なことに、覚悟したような痛みは襲ってはこなかった。

そうして恐る恐る目を開けた遙がこのとき目にした光景は、かなりの間、遙にとって忘れることのできない痛い記憶として胸に刻み込まれることになる。

自分を抱き止めるようにして、庇ってくれている牙威の腕。そこには鋭い刃物のような髪の束が、深々と突き立てられていた。

刺し貫かれた腕からは、鮮血がまるで血の雨のようにぽたぽたと滴り落ちていく。

「牙威…っ！」

「いいから、そいつらを連れて早く離れろっ！」

叫ぶ遙をどんと突き放した牙威は、自由の利《き》く左手で絡みつく髪を薙ぎ払った。

声を聞きつけて戻ってきた守谷は、状況をざっと眺めてわずかに眉をしかめたが、ともかく生徒たちを早く避難させることが先決だと判断したらしい。

「彼なら大丈夫です。遙さんも、早くこちらへ」

守谷の言葉にはっと我に返った遙は、慌てて守屋にならい、生徒たちを肩に担ぐようにしてその移動を手伝い始めた。

そうだ。今は気が遠くなりかけている場合ではない。一刻も早く彼らを避難させ、牙威を自由にしてやらなければならないのだ。

そうして、守谷が最後の一人を教室から運び出したそのとき、教室の中でドンっと激しい地響きがした。

「な…に？」

慌てて中を覗き込むと、黒い物体の前に立ち塞がった牙威から、青白いオーラが立ち昇っているのが目に映る。

「いい加減、こっちも大人しくしてんのに飽きてたんだよなぁ…」

言いながらにやりと笑った牙威は、左手に巻かれていた白い布に歯を当て、ぎっと強くそれを引き千切った。

牙威がそれを外すところを、初めて目にしたような気がする。まるで生き物のようにするするとほどけていく布の下から、姿を現したそれを見たとき、遙は小さく息を飲んだ。

同時に左手を包み込むように、ちろちろと燃え上がり始めた、蒼い炎。

その手の甲には炎と同じ色をした青龍《せいりゅう》が、まるで牙威の腕へと巻きつくように浮かび上がっていた。

それがよくできた刺青《いれずみ》だと思えなかったのは、その龍自体が蒼い光を放っていたからだ。

炎は左の腕から始まって、やがて牙威の身体をも燃え上がらせ、まるで蒼い皮膜のように全身を包み込んだ。

ゆらゆらと立ち昇る陽炎《かげろう》が、幾重《いくえ》にも重なって蒼い炎の周りを取り囲んでいる。

「これはお前に喰われた奴らの分」

言いながら牙威が左手をゆっくりと掲《かか》げると、手のひらから稲妻《いなずま》のような激しい炎がほとばしった。それは教室の机を薙ぎ倒しながら闇を裂き、低く地面を唸《うな》らせて怨念に喰らいつく。

その勢いは、先程牙威が放った火球の比ではなかった。一撃でどろどろに黒い物体を溶かしながら、さらに表面に浮き出た首から首へと飛び広がっていく。

『ギィエエエッ！　ゲエエエエ……ッ』

「それから俺の分。人の肉、勝手に喰いやがって…」

さらにもう一度、牙威が軽く腕を振り払うと、さらに膨れ上がった炎がまたその手から放たれた。

全身を炎に包まれた怨念は、逃げ場を探すように悲鳴をあげながらその身を捩らせたが、それすら牙威は許さない。

「それから、遙を泣かせた分な」

低く笑いながら、牙威が片手で空間を薙ぎ払うだけで、黒い物体は目には見えないなにかに肉を抉り取られたように、ぐにゃりとひしゃげた。

「……な……」

圧倒的な、力の差。

まるで大人と子供の戦いのように、がむしゃらに蠢く怨念が軽くあしらわれている様子が、見ている側にまで伝わってくる。先程まであれだけ苦戦していたのが、嘘のようだ。

「あれが本来の彼の力です。普段はその力が強大すぎるために封印されていますが、彼が本気を出せば、このビルぐらいは簡単に吹き飛ぶでしょう」

声を失ったまま牙威の姿を見つめる遙に、静かな声で守谷が告げた。

あまりにも圧倒的すぎる力。

牙威は『神に選ばれし者』だと嵯雪が告げたその言葉の意味を、遙はこの瞬間ほど強く感じたことはなかった。

彼は――紛《まぎ》れもなく龍神なのだ。

「んじゃ、そろそろ終わりにすっか」

そう言って牙威はパンと叩いた両手を開くと、火球を作り出したときと同じようにカッと双眸を見開いた。途端にその身体を包む炎が激しさを増し、まるで大きな火柱のように天井《てんじょう》まで燃え上がる。

空間が音をたてて歪み、あちこちでばちばちと稲妻のような蒼いオーラが、火花を散らして弾け飛んでいく。

牙威の広げた両手の間には抱えきれぬほどの光の球が膨れ上がり、それは周囲をもゴウと轟《とどろ》かせるような激しい音をたてながら、手から踊るように弾き出された。

まるで野に放たれた獣のように、まっすぐと獲物に喰らいかかり、その身体ごと吹き飛ばす。

激しい閃光に、目が眩《くら》んだその瞬間。

ドンッ…とビル全体を震わすような振動がして、思わず衝撃に頭を抱えてうずくまる。

そうして再び遙が目を開けた時には、全てが終わっていた。

つんと鼻を突くような、焼け焦げた匂い。

先程まで真っ暗に塗りつぶされていた窓からは、赤いワインにオレンジを溶かしたような日の光が差し込んでいる。

「はい、おしまい」

「お疲れ様でした」

薙ぎ倒され、砕け散った机の合間には、黒い焦げ跡が床に大きく残されているだけで、あれほど巨大に膨らんでいた怨念は、もはや跡形《あとかた》もない。

「遙?」

へたり込んだまま、呆然と床の焦げ跡を見つめる遙の傍へとやってきた牙威は、目の前で軽く手を振ってみせた。

「遙?　大丈夫か?」

「え…、あ。うん」

はっと我に返って顔を上げた途端、牙威の肩口や腕から滲んでいる血の赤さが目に飛び込んできて、遙はサーと顔を青褪めさせる。

「そうだ、怪我っ!　怪我は…」

「別にたいしたことねぇよ」

「また君はそういうこと…っ。ちょっと見せて」

牙威の制止を振り切って首筋を覗き込むと、むっと鉄の錆《さ》びたような匂いとともに、食い千切られた部分が露《あらわ》となる。

そのあまりの傷の深さを目にした途端、ぐらりと視界が歪むのが分かった。

「平気だって。ま、ちょっと手を貸してくれると助かるけど」

言われなくても、そっと傷口へと手を当てながら、流れ出る血が一刻も早く止まるようにと強く願う。そうして手のひらが熱くなる感覚をじんわりと感じながら、遙は強く唇を噛み締めた。

「……ごめん。僕が浅はかだった。戦うってことの意味を……ちゃんと理解していなかった。君がこんな怪我をするって知ってたら、こんなこと軽く頼んだりしなかったのに…」

「それで？　また誰かエサになるのを黙って見てんのか？　俺はまぁ別にそれでもいいけど…」

遙は許せないんだろ？　と牙威は低く笑った。

「それに、そいつらの代わりに遙が喰われるのは、俺のほうが御免《ごめん》だね」

だから気にするなよと笑う牙威に、遙は目の奥が熱くなるのを感じていた。

「……どうしてきみは、そんなに僕によくしてくれるの？」

遙が芹沢たちを助けて欲しいと願わなければ、牙威は最初から圧倒的な強さで敵を捻り倒し、あっさりと勝っていたことだろう。

たとえ怨念の中に取り込まれた人間がいたとしても、なんの迷いもなく斬り捨てられるだけの強さを、きっと牙威は持っている。

それでも彼は遙の願いを優先してくれたのだ。たとえ自分が、深い傷を負うことになると知っていても。

いくら契約を交わしたからとはいえ、そこまでしてもらえるほどのなにかが、自分の中にあるとは思えないのに。

「気に入ったからって言っただろ」

「それだけじゃ、ここまでしてもらえる理由にはならないよ」

遙が強く首を振ると、珍しく困ったような顔をして牙威はしばらく考え込んでいたが、やがて静かに口を開いた。

「確かさ、遙と初めて会った日も俺が怪我してたんだよな」

牙威の言葉があの夜のことを指しているのに気づいて、小さく頷く。あの日、桜の下で出会った牙威は、今と同じような深い傷を肩に負っていた。

「俺にとってはこんなの日常茶飯事《さはんじ》だし、別に気にもしていなかったけど、遙はそれを見て、ひどく痛そうな顔をしてみせただろ。……だからかな?」

「…それ…だけ?」

「ああ」

たったそれだけ。

だけどそれだけで、十分心は動かされた。

怪我を治してもらった恩も確かにあったが、それ以上に他人の痛みを自分のことのように心配する遙に、どうせならこの力を貸してやろうと思ったのだと、牙威は頷いてみせた。

「それじゃダメか?」

反対に問い返されて、遙はふるふると首を振るしかできなくなる。

きっと、それが彼の本音なのだろう。誰に頼まれたわけではない。見返りが欲しいからでもない。『気に入ったから』と告げたその言葉のとおり、牙威はただ、自分の心が感じたままに動いているだけなのだと、今なら分かる。

「…ありがとう……」

そんなありきたりな言葉しか浮かばない自分をもどかしく思ったが、牙威はそれに満足げな表情を浮かべて笑った。

「謝るより、初めからそうやって素直に礼を言っとけよ。そのほうが嬉しいぜ? あ、ついでに気を分けてくれるともっと嬉しいけど」

「気なんか、いくらだってあげるよ…」

この傷がそれで早く癒えるなら、なんでもする。

牙威がその身を削って自分を守ってくれるというのならば、自分もそれと同等以上のものを返せるといいと、本気でそう願う。

本来ならば、契約とはそうした純粋な気持ちの上に交わされるべきものなのかもしれない。

だからこそ、なによりも尊《とうと》く得がたいものとなる。

龍が契約でしか動かないと言った嵯雪の言葉の意味が、遙は少しだけ分かったような気がした。

遙が牙威の傷口に手を当てている間、廊下に運び出された者たちの様子を一人一人確かめていた守谷は、最後に『心配ないようですね』と二人に告げた。

「外傷もないですし、疲労感はしばらく残ると思いますが、まず大丈夫でしょう」

力強い守谷の言葉に、遙はほっと息を吐く。

「取り込まれていた間のことは多分覚えていないでしょうし、今回の事件はガス漏れがあったということにでもしておきましょうか。せっかくですから、ついでにこちらの仕事をわざわざ増やしてくださった彼に、責任を取っていただくことにいたしましょう」

ガス漏れで処理するにはかなり無理がある状況なのだが、守谷はさして気にした風もなく、廊下の隅で腰を抜かしている男に向かってにっこりと微笑んだ。

「事務長…」

そこには、血の気の失せた顔をした北村が、口と目を大きく開けて胸をぜいぜいと喘がせていた。どうやら気になって遙たちの後を追ってきたらしいのだが、逃げることも教室に足を踏み入れることも出来ずに、そこでずっとうずくまっていたらしい。

「おいオッサン。そんなとこに座ってないで、とっとと救急車でも呼んでやったらどうなんだ？　アンタの大事な生徒がこれだけ倒れてんだぜ？」

しかし牙威と怨念との戦いを一部始終見ていたらしい北村は、見開いた目で牙威を見上げたまま、ガタガタと震えているだけで動き出そうとしない。

「ひ…、ひぃーっ！」

「大丈夫ですか」

腰が抜けてしまったのか、立つこともままならない様子であるのに気づいて遙が手を差し伸べたのだが、北村はそれには目もくれず、震えた指で牙威を示すと、掠れたような叫び声をあげた。

「…ば、化け物…、化け物が…っ！」

その言葉が、ずきっと深く胸に突き刺さる。

あれだけの力を見たのだ。そう叫びたくなる気持ちは分かる。分かるけれども。

次の瞬間、遙は北村を平手で張り飛ばしていた。

生まれて初めて、思いきり人を殴った気がした。

出来るなら握りこぶしで殴りたかったが、そこはさすがにぐっと堪えて我慢した。

「な……、なにを…」

「助けてもらったら『ありがとう』でしょうっ？ そんなことも習ってこなかったんですかっ？」

人を殴ってしまったことによって手のひらがじんじんと痺れて痛んだが、それでも遙は後悔などしていなかった。

牙威は化け物なんかじゃない。

僕たちを、ここにいる全員を守ろうとしてくれていたのだ。その身をかけて。

化け物だなんて、呼ばせない。絶対。

容赦なく北村を殴りつけた遙に、しばらく牙威も守谷も言葉をなくしてポカンと眺めていたが、やがてぷぷっと大きく吹き出した。

「ほんと、遙には負けるよな…」

呆れた様子でそんな感想を漏らしながらも、牙威は遙を強くぎゅっと抱き寄せた。その顔には、とても嬉しそうな笑みが浮かんでいた。


「おかえり。……うわ、これまた派手だね」

玄関先で遙たちを出迎えてくれた嵯雪は、血にまみれた牙威の姿に眉を顰めると、すぐに医療道具と着替えを用意してくれた。

「簡単に済む仕事だったはずだけど？ この情けない有様はなんなのかな」

車の中でもずっと遙が気を分け与えていたため、ほとんどの傷はすでに塞がりかけていたが、それでも深い傷はまだ血を滲ませているものもある。

それにぶつぶつと嫌味を漏らしながらも、救急箱から清潔なガーゼを取り出す嵯雪は、本気で牙威のことを心配しているからこそ、そう言っているのだろう。

守谷は事件のあらましと、牙威の浄火により怨念を祓い終えたことを報告すると、最後にポケットの中から白いハンカチを取り出した。

「なんですか？　それ……」

ハンカチの真ん中に置かれた、錆の浮いた小さな金属の欠片《かけら》。その所々が黒く焼け焦げていた。

「ああ、あれの元凶だろ」

差し出されたものを一緒になって覗き込んでいた遙だったが、牙威のさらりとした言葉にのけぞるように、後ろへ下がった。

あれの元凶って……もしかして。

「なにかの刃かな？　先が山型になってる」

「多分、鋸《のこぎり》ではないかと…」

怨念の元であることを知りながら、全く臆した風もなく、嵯雪は無造作にそれをひょいと摘《つま》み上げる。

「あのあたりは七里峠《しちりとうげ》と呼ばれていた地域で、昔は『鋸引き』が盛んだったようです。当時使われていた鋸の刃に、人々の恨みつらみが染み込んでいたんでしょうね」

『鋸引き』とは、罪人を生きたまま首だけ出して土に埋め、その横を人が通り過ぎるたびに鋸を引かせるという、昔あった残酷な処刑法のひとつである。七里塚はそれによって亡くなった人々を弔《とむら》うために建てられたものだったらしいと聞いて、遙はわずかに眉を顰めた。

あれだけの数の首が、いまだ浄化しきれず眠っていたのかと、その刃に染み込んだ人々の無念さを強く思い知らされる。

「本当に残酷なのは、それほどの思いを残させた人間自身なんだろうね。怨念なんて、もともと人の思いの欠片でしかないんだからさ。思いを残すのが人間なら、それによって苦しむのも人間なんだから、ある意味自業自得なのかもしれないけどね」

さらりと当主の息子らしからぬ発言をした嵯雪は、『これは神社のほうで供養《くよう》してもらうよ』と、ハンカチごとそれを受け取った。

「そういえばさ、遙はどうやってあいつらの意識を取り戻したんだ？」

新しく用意されたシャツに袖を通しながら、牙威が思い出したように訊ねてくる。その質問が、怨念に取り込まれていた人間の意識を呼び戻したときのことを指しているのだと気づいたが、遙はなんと説明すればよいのか分からず、『えっと…』と口籠《くちご》もってしまった。

この能力のことを打ち明けるのは、遙にとってかなりの勇気を要した。これまでなるべくそれを知られないようにと、ひた隠しにして生きてきたのだ。

けれどもこれだけ冠城一族の秘密に関わっておきながら、今更素知らぬふりはできないだろうと、遙は小さく息を吸い込むとようやく覚悟を決めた。

「僕には……その、幼い頃から触った人の感情とか、たまにだけれど…読み取れてしまう力があって…」

その力を利用して、怨念に支配されていた人たちの意識を探り出し、反対にこちらから彼らに向かって呼びかけてみたのだ。

初めての試《こころ》みにもちろん不安はあったものの、いちかばちかでやってみたら思った以上に効果があって、自分でも驚いたと素直に白状すると、牙威も嵯雪も守谷までもが珍しく苦笑を浮かべてみせた。

「へぇ、そうなのか。でもやっぱ、遙って怖いもの知らずっつーか…」

「ある意味とっても、ツワモノだよね」

そうなのかって……、そんな軽い一言で。

決死の覚悟で秘密を打ち明けたというのに、あまりにあっさりとした反応に拍子抜けしてしまう。

「あの…怖いとか、思わないんですか？」

「なにが怖いって？」

牙威は遙のその問いかけにも、切れ長の瞳を面白そうに細めてみせただけだった。

「遙は怖いっていうより、カワイイでしょ」

「巫覡はもともと媒体《ばいたい》として色々な気を受け入れやすいですから、そういうことがあっても不思議じゃないのかもしれませんね」

笑って茶化す嵯雪も、それなりに納得しているらしい守谷も、特に気構えているような様子は見受けられない。それを知って、遙は大きく溜め息を吐いた。

常識の通じない人たちだとは思っていたが、こうも簡単に受け入れてもらえるとは思っていなかったために、その驚きは大きかったが、やはり嬉しさは隠せなかった。

家族でさえ、本質的なところで受け入れがたかった力。

この力を抱えて生きていく限り、遙は自分が深く人と関わることなど一生できないのではないかと思っていた。

自分の存在が、そこにいるだけで恐怖の対象となりえる事実が重かった。

それを、この人たちはたいしたことではないと言う。それがどんな言葉よりも嬉しかった。

「大体さぁ、そんなの気にしてたら遙の前に座ってる傍若無人《ぼうじゃくぶじん》な王子様なんか、どうなるわけ？　自然の理《ことわり》を無視しまくってるんだよ？」

「嵯雪。お前にだけは言われたくない」

嵯雪の言葉に、牙威は心底嫌そうに眉を寄せたが、その表情が珍しく年相応に幼く見えて、つい笑ってしまう。

確かに生きた龍神様を前にすれば、人の世の常識など塵《ちり》にも等しい存在だろう。それでも、こうやってありのままの自分を受け入れてもらえるということが、どれだけありがたいことなのかを、遙は初めて実感していた。

「用が済んだならさー、お前らとっとと散れよ。邪魔だ邪魔」

「うわ…可愛くない」

しっしと手を振って追い出そうとする牙威に文句を垂れながらも、素直に守谷と連れ立って離れをあとにした嵯雪は、ひどく楽しそうな声をあげて笑っていた。

二人が出ていってしまうと、もともと人気《ひとけ》のない離れはシンと静まり返る。途端にそわそわと落ちつかない気分になってきて、遙はそれを誤魔化すように嵯雪が置いていった救急箱を手元に引き寄せた。

「そ、そうだ。傷口、もいっかい消毒しとこっか?」

「別にいいよ。それよりさ、どうせ治療に協力してくれる気があるんなら……」

「うわ…っ」

ぐいと腕を引かれて、牙威の腕の中へと倒れ込む。そのまま強く抱き寄せられた形になった遙は、ぴったりと密着した牙威の胸の熱さにかーっと顔を赤らませた。

「しよーぜ? 今すぐしよう」

「わーっ。だからどうしてすぐそうなるの?」

言いながら覆い被さるようにして唇を寄せてくる牙威に、遙は慌ててその肩を押し返す。

力では到底敵《かな》わないと思っていたのだが、予想に反してその反応に牙威はあっさりと身を引いた。

「……なんだよ。遙のほうから、いくらでもしてあげるって言ったんだろ?」

「が…牙威…っ」

た、確かにそれに近いようなことを言ったかもしれませんが。

なんかその言い方だと、激しく誤解を招くというか、いや……することには変わりないから、それも間違っていないと言われればそのとおりなのかもしれないし…。

あたふたしながら、なんと答えればいいのか迷っていると、牙威は遙の前でまるで小さな子供のように唇を尖らせた。

「ちぇ。せっかく邪魔者は叩き出したってのに…」

どうやら本気で拗《す》ねているらしいと知って、それには慌てて首を振る。

「いや…だって、あの…ほ、ほらまだ風呂も入ってないし…っ、着替えもまだだしっ」

昨夜とは違って、準備がまだなにも済んでないことを理由にあげると、牙威にはあっさり『そんなもん別に必要ねーよ』と返されてしまった。

「どうせあれは形式的なもんだし。要は契約するって気持ちだけあればいい」

「え…えっと、でも、ほら…お手伝いさんたちとかが、いつ来るかもしれないし…っ」

昨夜も着替えだ風呂だと、準備が済むまでの間、入れ替わり立ち替わり若い女性が出入りしていたのだ。

それに今更往生際《おうじょうぎわ》が悪いと言われようとも、昨日の今日ですぐに抱かれることへの抵抗感がなくなるわけではない。遙自身にも、少しぐらいの心構えが必要なのである。

「ああ、それなら平気だって。どうせあいつらなら、しばらくはこっちに渡ってこねぇし」

「え、どうして…？」

「封印布《ふういんふ》が解けてるからな。怪我が治るまでは新しいのを巻いても効果ないし。ま、そのほうが俺は邪魔されなくっていいけど」

言いながら牙威が面倒くさそうに振ってみせた左手を見て、もしかして……とふと思う。

あの白い布で、牙威は本来の力を抑えているのだと確か守谷が言っていた。今も牙威の左腕には再び白い布が巻かれていたが、それはいつものようにきっちりと巻かれたものではなくて、ただあの青い龍を隠すためだけに当てられているようだった。

「それがないと、……力が、暴走するかもしれないから？」

「なんだ、守谷に聞いたのか？」

牙威はそうだとは答えなかったが、その曖昧な笑みを見た瞬間、遙はなぜだかこれまでにもふとした折に感じることのあった違和感の謎が、解けたような気がした。

牙威を見かけるたび、頭を下げてかしずくたくさんの大人たち。用がなければ誰も渡ってこない、人気のない大きな離れ。

まるで、凄まじい力の前にひれ伏しながらも、それに近づくことを恐れるように、彼らは牙威と一線を引いている。

確かに、牙威の力はとても強い。怨念すらあっさりと焼き払われてしまうほどに。

その強大な力に恐れを抱くのは仕方がないと理解しながらも、それを認めてしまうのはなんだかとても辛いものがあった。

「そんなの……勝手すぎるじゃないか」

守り神だと崇《あが》め奉りながら、その裏で祟《たた》ってくれるなと恐れを抱く。それが普通の人の心理かもしれなかったが、やはり納得はいかなかった。

「ま、俺は確かに人間じゃねぇからな」

「そんなこと…っ」

まるで、あのとき『化け物』と叫んだ北村の言葉が正しいと、肯定しているようにも取れる言葉に、遙は強く首を振る。だが牙威は、それにただ低く笑ってみせただけだった。

「力があったところで、ホンモノの神様になれるわけでもないけどさ。それでもすでに人間からはみ出してるってことは、自分が一番自覚してるさ」

そうあっさり認めた牙威に、遙はぎゅっと胸が締めつけられるような痛みを感じた。

神でもなく、人でもなく。

生き物としては、とても不完全な存在。

その凄まじいまでの力を、この目で確かめておきながら、それでもなんてそれは痛い言葉なんだろうかと遙は思った。

異端《いたん》に見られることの辛さは、身に染みて知っている。牙威が背負っているものは、自分などとは比べものにならないほど大きく、重いものだということも分かっている。

それでも、すでに人じゃない存在であると言いきる牙威が、痛くて痛くてたまらなかった。

「それでも牙威が牙威なら、僕にはなにも変わらないよ。きっと、守谷さんや嵯雪さんにとっても」

こんなときに気の利いた台詞のひとつも言えない自分が悔しくて、遙は溢れ出そうになる涙を誤魔化すように、鼻をすすった。

牙威はそんな遙へ、少しだけ驚いたような表情を見せたが、やがて困ったように苦笑を零した。

「そういう遙だから、気に入ってんだよな…」

そっと触れてきた手がとても熱く感じられて、一瞬、びくりと身体を強張らせる。

すると、牙威は慌ててぱっと手を離した。

「そっか…悪い。ダメなんだっけ？」

なんのことかと思っているうちに、牙威は遙の手に触れるか触れないかという微妙な位置で、手をかざしてみせる。

「わりぃけど、少しだけ我慢してくれるか？　本当はこれだけでも結構、ありがたいんだ」

牙威の手と遙の手の間には、一センチほどの距離があった。だがその間に伝わる空気は柔らかく、確かなぬくもりを伝えてくる。

「これなら平気だろ？」

その言葉を聞いて、『ああ』と思った。

牙威は先程教えた遙の力のことを、気にしてくれているのだろう。

その力を牙威は恐れないと言った。彼ならばきっとその言葉に偽《いつわ》りはないと思う。

それでもあえて触れようとしないのは、遙自身を気遣っているからなのだろう。

「いい、よ」

たまらなかった。その優しさが痛かった。

そんなんじゃなくて。

「ちゃんと触ってよ…」

自分からその手を摑み、強く引き寄せた。

『人と触れ合うのに臆病であってはいけない』と、そう何度も繰り返し教えてくれた祖母の言葉を思い出す。遙は初めてあの言葉の意味が、分かったような気がした。

人と触れ合えば、時にはすれ違って痛みを生むこともあるけれども、それ以上に暖かいなにかがある。それをもっと知りたいと思う。

牙威は急に自分から抱きついてきた遙に一瞬驚いたようだったが、すぐに笑って背中を抱き締め返してくれた。

その腕は初めのときから変わらず、やはりとても温かかった。


牙威に触れられていると思うだけで、肌がざわめく。それだけでなく、触れる肌に昨夜とは違う熱を感じて、遙は戸惑いを隠せないまま身悶えた。

「ん……っ、あ」

口付けの甘さも、なにかが違う。身体中を撫でられて、その手のひらの熱さに我を忘れた。

自分から触れて欲しいと思う相手と抱き合うことは、こんなにも満たされるものなのかと、その心地よさに眩暈《めまい》を覚える。

ただ必死についていくしかできないのは昨夜と同じなのに、自分から欲しがっている今は、些細な動きにさえ感じてしまって、全身に震えが走る。

「やっぱ途中までにしとくか？」

その震えを怯えと感じたのか、牙威が覗き込むようにして聞いてくる。

初めて契約を交わしたときも、牙威は遙にそう聞いていた。今も頷けば、きっとそこで解放してくれるつもりなのだろう。

牙威は自分が人と違うことを知っているのだ。恐れられて当然だと、そう思っている。だからこそ、無理強《じ》いをするつもりはないのだろう。

初めからそうだった。彼はいつも遙の考えを尊重し、その意思に従おうとするだけで、自分からはなにも望んだりしない。

遙はそれにはっきりと首を振ると、自分から腕を伸ばしてその背に縋りついた。

「……ちゃんと…する」

「ほんと負けず嫌いだよな」

目を細めながら笑う牙威は、年下なのにどこか尊大で、そのくせどこまでも強く、優しい。

その指で身体の中までまさぐられると、それだけでどうしようもなく息が上がっていく。自分の身体でありながら、どこにこれほどの熱が隠されていたのかと驚くほど、牙威に触れられた部分から、その熱は全身に広がっていった。

これほど優しく触れられて、嬉しくならないわけがない。特に家族とも触れ合えずにいた遙は、これまでずっと人と深く触れ合うことをどこかで諦めていた。

「牙…威…っ」

どんなに親しい間柄でも、激したり、反発したりすることがあって当然だろう。それを口にしないでいるからうまくやっていけるのだし、また相手の気持ちが読み取れないからこそ、もっと言葉や態度で理解しようとして、人は手探りながらも努力する。

そんな関係を、自分は一生望むことはないのだろうと思っていた。

牙威に出会うまでは。

「いれて、いい？」

指で深く確かめながら、牙威はこんなときでも遙の意思を聞いてくる。それに泣きそうになりながらも、遙はがくがくと何度も縦《たて》に首を振った。

「……っ、あ、……あぁっ！」

牙威が折り重なるようにして腰を進めた瞬間、遙

は逃げずに全てを受け入れる。

「ん……、息、吐いて…ゆっくり…」

穿《うが》たれて、深く交じり合う。

自分の身体の中で、他人の一番熱い部分を感じる奇妙な感覚。それなのに全部埋まった瞬間、安堵感すら覚えた。

遙を気遣ってか、繋がったまま動こうとしない牙威がやるせなくて、小さく身悶えると、牙威は喉元に口付けながら、そっと低く尋ねてきた。

「痛いのか？」

聞かれて首を横に振る。その動きで目じりに浮かんでいた涙が一筋、流れ落ちた。

「じゃあ、怖い…？」

「ちが…う。そ…じゃない」

嘘ではない。怖くはなかった。

もし怖いと思うことがあるのなら、それは牙威ではなく、自分自身に対してだろう。

自分の中にありながら、ずっと気づかぬふりをしていた貪欲《どんよく》さを、怖いと思う。

「へ…きだから、いいから…」

もっと触れて欲しい、求めて欲しいと思う気持ちが止められなくなっている。

それに応えるようにゆっくりと動き出した牙威が、次第にそのスピードを増していくまで、そう時間はかからなかった。

「あっ……あっ、あっ……、牙…威」

ありのままの自分を深く求められる行為は、ひどく遙を狼狽させたが、それと同時に安心感も与えてくれた。

初めて知る人の肌の熱さと、その安らぎ。

「遙…、遙…」

切羽《せっぱ》詰まったような声で名を呼ばれ、奪い尽くすように全身を撫でられて、初めて遙は自分が飢《う》えていたことに気がついた。

ただ、自分以外のぬくもりに触れてもらえるという、その単純で愛おしい行為に涙が溢れる。

「あぁ……っ」

　牙威は媒体である自分に触れることで、深く癒されるのだと語っていたが、もしかしたら癒されているのは自分のほうかもしれないと……意識が途切れる寸前、遙はそんなことを思っていた。


　明くる朝。

　再び寝過ごしてしまった遙は、今度こそいたたまれぬ思いで、牙威と一緒に朝食を取っていた。

　正確に言えば、寝過ごしたのではない。起きようと思っても、起き上がれなかったのだ。

　いくら互いに欲しがっていたとはいえ、歯止めなく何度も肌を重ねたのは行きすぎだったかもしれない。過度の快感は身体にかなりの負担を残していて、遙は今朝目が覚めたとき、足腰に力の入らぬ自分に愕然とするしかなかった。


「いやー、凄いねぇ。牙威は傷がすっかり癒えたところが、今日も絶好調だね」

　にやにやと笑う嵯雪から指摘されなくとも、すでに三杯目になる飯を箸《はし》でかき込んでいる牙威が、有り余るほどの力を漲《みなぎ》らせているのは遙にも分かる。

　昨日の、中途半端に契約を交わした朝とは比べものにならない。巫覡ときちんと交わると力が安定すると言った守谷の言葉を、身をもって教えられた気分だ。

「よかったね。これでしばらく牙威は力不足に悩まされることもないし、遙も身の安全が保障されて一石二鳥。おまけにうちも儲《もう》かって一石三鳥ってところかな」

　ついでにそう楽しげに笑った嵯雪が、転んでもただで起き上がるような性格はしていないことも、今回嫌というほど思い知らされた。

　嵯雪は今回の事件に関するもろもろの請求を、そこに巣食っていた怨念を打ち祓った件だけでなく、生徒たちを救い出した分まできっちりと上乗せして、北村に叩き付けたのだ。

「この世に呪いなどないと言い放つ豪胆《ごうたん》な北村さんのことですから、うちのように怪しげな宗教団体など、到底信じられないのも無理はありません。ですので、これは無視してくださっても結構なのですが…」

請求書を片手に嵯雪がにこやかに笑うと、北村はさーと血の気を失いながら、首を大きく横に振ったと聞いている。

この申し出を蹴ったら、今度こそ自分が呪い殺されてしまうのではないかと竦み上がっていたのだろう。

「なに言ってんだか。別に遙は、今後も契約を続けるって決めたわけじゃないぜ?」

しかしひどく上機嫌な嵯雪の言葉を否定したのは、当の本人の遙ではなく、食後のお茶をすすっていた牙威であった。

「そっちこそなに言ってんの。牙威みたいな我が儘王子が気に入る相手なんて、そうそういないんだから、ここはちゃんとお願いしとかないと…」

人差し指をぴっと立てて力説する嵯雪を無視して、牙威はぷいと横を向いてしまった。

「それは遙が決めることだろ。周りがごちゃこちゃ言うんじゃねぇよ」

「でも……遙なら、玉《ぎょく》にだってなれるかもしれないっていうのに…」

「ギョク?」

聞き慣れない言葉に遙が小さく首を傾げると、嵯雪は部屋の入り口に飾られている一対の龍を指し示した。

「あれだよ。右の龍が口に咥えている玉のこと。龍の宝珠《ほうじゅ》とも呼ばれてる」

その輝きは美しく、時には龍を惑《まど》わせながらも、龍に無限の力を与えることのできる唯一無二《ゆいいつむに》の宝玉。

「龍神様って言っても、器が人間なんだから完璧《かんぺき》な存在じゃないのは牙威を見てれば分かるだろ？　契約しないと力は使えないしね。けれどももし龍となる者が玉を見つけ、それを得ることができたなら、なにものにも侵《おか》されない完全な存在になると言われてるんだ」

もしかして……嵯雪は自分に、牙威にとってのそうした存在になれと言っているのだろうか？

「あの…、そ、そんなたいそうなものになれる自信はないんですが…」

思わず口元を引きつらせながら答えた遙に、嵯雪はぷっと吹き出すと、『ほんと素直だね』と楽しげに笑った。

「大丈夫。もし本当に遙が牙威にとっての玉なら、周りがなにもしなくとも運命が勝手に導くさ」

「おい…いい加減、勝手なことばっか言ってんじゃねーよ。遙が本気にするだろうが」

牙威の怒気をはらんだ声を聞いても、嵯雪は『別にありのままを伝えただけだよ』とどこ吹く風である。

「龍と玉は互いに引き合う運命にある。ともに生きてともに死ぬ。だから玉のことを運命の恋人とか、龍の半身とか呼ぶんだろ」

一対の、完璧な存在。

龍は玉を恋い慕《した》い、玉は龍にその身を捧げて力を注ぐ。互いに互いを失えば、生きてはいけない。だからこその半身。

嵯雪の話を聞きながら、遙はそれはなにも龍と玉だけの話ではないのかもしれないと思いつつ、一対の龍を見上げた。

誰にでもきっと一生のうちに、全身全霊をかけて望みたくなるような誰かと、出会えるときがある。

そして、もしそんな人に出会えたならば、決してその手を離してはならないのだろう。

「あの…嵯雪さんに言われたからってわけじゃないけど、僕はできるならこのまま契約を続けたいと思ってます」

自分にとって、それがまだ誰なのかは分からなくとも、今しばらくは牙威の手を離したくないと強く思ったから。

はっきりとそう告げた遙に、けれども難色を示したのは牙威のほうだった。

「無理すんなって。遙はお人よしだから、流されてんだよ。俺が最初に遙に契約しようって誘ったのは、ただ遙を守ってやろうと思っただけで、別にこの家に巻き込もうとしたわけじゃないぜ？」

牙威の言葉に嘘がないのは分かっている。牙威はいつも遙の選択に従ってくれているだけで、初めから見返りを期待したりはしなかった。

「もともと遙は一般人なんだし、こんな世界と無理して関わることねーよ。俺ももう、なるべく会わないようにするし……」

だがどんなときでも人の目をまっすぐ見て話す牙威が、珍しく視線を逸らして呟くのを聞いて、遙は目をすっと細めた。

自分で『もう会わない』と口にしておきながら、拗ねたようにそっぽを向く姿は歳《とし》相応に見えてなかなか可愛らしくもあるのだが、今の台詞にはかなり聞き捨てならないものがある。

「もし……昨日のことも、ただ流されただけとか思ってるなら殴るよ。それからもう会わないとかいうのも殴る」

「……殴ってから言うなよ」

ぺちっと軽くはたかれた頬をさすりながらぼやく牙威と、手をあげた遙の姿を交互に眺めながら、守谷と嵯雪はぴきりとその場に固まっていた。

「うっわー…、なんかほんと怖いもの知らずっていうか…」

「遙さんには、時折驚かされますね…」

外野の声はこの際無視して、文句があるなら言ってみろと言わんばかりに、遙は牙威の深い色をした瞳を見つめ続けた。

「……なんだよ。じゃあ遙は本気で契約続けるつもりなのか？」

「うん」

守谷や嵯雪に言われたからではない。

それはすでに昨夜、遙が自分で決めていたことだ。

「それって、俺と寝るってことだぜ？　本当に分かってんのかよ？」

「分かってるよ。分かってるから、昨日もしたんだろ」

牙威にしてみれば、昨夜のことは怪我をさせた責任からだと思っているのかもしれないけれども、互いにあれほど求め合って、分け合ったあの時間を、怪我の責任とか、流されただけだとか、そんな言葉でくくられるのは我慢がならない。

「なんでだよ？　わざわざそんなめんどいことしなくっても、遙にもしまたなにかあったら、名を呼べばいつでも飛んでいくぜ？」

そう尋ねながらも、はにかんだような笑みを浮かべる牙威につられて、遙も口元をほころばせた。

「そういうのをね、困ったときの神頼みっていうんだよ」

「あ、うまいね」

ポンと手を打って笑った嵯雪をちらりと横目で眺めると、『すみませんけど、嵯雪さんはちょっと黙っててください』と黙らせる。

珍しく厳しい遙の態度に目を丸くしつつも、嵯雪は素直に口を閉じた。

「助けて欲しいときだけ君に頼って、自分は何もしないのは卑怯《ひきょう》だと僕は思う」

本当は、そんな理由ばかりではないけれども。

まだこの気持ちに、どんな理由をつければいいか分からないから、今は伝えないでおく。

それでも昨夜、必死に繋いだ手の温かさを、離したくないと願う気持ちは確かにここにあるから。

「……ほんっと、見かけによらず負けず嫌いなんだよな。それに結構、手も早いし」

呆れたように呟きながらも、牙威は満足げな笑みを浮かべて笑ってくれた。

「まぁ、そうだよな。だいたい遙はさぁ、自分が怨念とか引き付け易《やす》い体質だってこと、自覚してねぇようなところがあるし。俺がずっと傍で守ってやらなきゃ駄目だよなー」

　急にいつもの調子を取り戻したのか、傲慢《ごうまん》な口ぶりで決めつける牙威の姿に、嵯雪も守谷も肩を震わせながら、声を殺して笑っている。

　牙威の嬉しそうな表情を見ただけでも、遙が契約を続けたいと言ったことを、彼が本気で喜んでくれていることは遙にも伝わってくる。なのにそれを素直に言葉にできないあたりが、牙威らしい。

「あのさ、ちょっと聞いてもいい？　それ、初めて会った時も言ってたけど、なんで僕が狙われやすいわけ？」

「美味《うま》そうだからだろ」

「へ？　おいしそうって、僕が？」

「そう」

　遙としては真面目な質問をしたつもりなのだが、対する牙威も、これまた真剣に答えを返しているつもりらしかった。

　説明不足な主に代わって『自然の気を身体に溜めている巫覡は、龍だけでなく怨念などにも力を与えることになるのですよ』と、守谷があとから説明してくれたが。

「これまでは遙の家が結界の役割を果たしてたみたいだし、もしかしたら遙のおばあさんって人も、巫覡としてはかなり強い力を持ってたのかもしれないね」

　そう呟いた嵯雪の言葉を聞いて、遙はなんだかようやく腑《ふ》に落ちたような気がした。

　今までずっと、自分は守られていたのかもしれない。いつも暖かく清浄な空気を持つ、あの家と祖母に。心も身体も。

　そうして振り返って考えてみると、あの夜、庭で牙威と巡り合ったのも、自分の亡《な》きあと一人になってしまう遙のことを最後まで心配していた祖母の、遺志《いし》だったのかもしれないと思えてきた。

「ま、これからのことは心配すんなって。他の奴らに喰われる前に、俺が全部喰ってやるからさ」

言いながらにやりと笑って、牙威はその瞳を一瞬青く輝かせた。そうして『そうと決まれば早速当主にも伝えて、色々と準備を進めなくちゃね。ほら、牙威も一緒に来るんだよ』と浮かれて騒ぐ嵯雪とともに、母屋のほうへと消えてく。

「……今のあれ、冗談《じょうだん》…ですよね？」

「さぁ、どうでしょうか」

私の口からはなんともと言いながら、にっこり笑った守谷の瞳だけは笑っていなくて、遙の背筋に冷たいものが伝わっていく。

「まぁ、毒を食らわば皿までと言いますし。遙さんも覚悟を決めておかれたほうが、よろしいかもしれませんね」

結局、主人のためなら多少の無理難題は構わないと思っているらしい忠実な臣下《しんか》が相手では、勝ち目などないことを遙は悟った。

やっぱり、早まったかもしれない…。

牙威と出会ってから、すでに何度目になるか分からないその言葉が一瞬頭を過《よぎ》ったが、それでも、たとえ死ぬほど悩んでみたところで、きっと自分はいつも同じ答えを出すのだろうなと感じて、苦笑を零しながらも遙は小さく頷いた。

蒼天の月2

――――――――その日の夜は、いつもとなにかが違っていた。

ふと気がつくと、ベッドを抜け出した覚えもないのに、なぜだか突然居間《いま》にいた。

もう、とっくに眠ってしまったと思っていたのに。今日はいい子じゃなかったから、夕飯はなしの日だった。

大きな手で思い切り叩かれた瞬間、よろけて机の角にぶつかり、ばっと流れ出た血で洋服を汚してしまった。そうしたらまた『お前がちゃんと立っていないからだ』と叱られた。

痛かったけれど、泣いたらまた叱られるのが分かっていたから、泣かなかった。そうしたら『反省が足りない』と言われて、もう一度叩かれた。

『もういいからあっちに行け』と手を振られて、ようやくベッドの中へと潜り込む。

起きているとお腹が空くから、寝てしまったほうがいい。寝ている間は悪い子にならないし、痛くもない。

だからこういう夜は小さく小さく身体を丸めて、頭から布団《ふとん》を被《かぶ》ってしまう。そうして目覚めれば、朝になっているはずだった。

なのに気づけば自分は、薄暗い居間の中央でポツンと一人立っている。

天窓から月明りが差し込んでいるためか、電気がついてなくともうっすらと見える部屋の中は、どこか甘く、錆《さ》びた鉄のような匂いが充満していた。

なぜこんなところに、自分は立っているのだろうと思いながら周囲を見回すと、暗い足元でごそごそと蠢《うごめ》くいくつかの影に気がついた。

ピチャピチャと、水をすするような音。

ぼり、ぼりりと固いなにかを嚙《か》み砕《くだ》く、咀嚼《そしゃく》音。

暗くてよく分からなかったが、寄り集まった小さな影たちは、そこでなにかを食べているらしいということは、直感で理解した。

影たちはこちらに気づく風もなく、足元にうずくまったまま一心不乱になにかを食べている。

……一体なにを？

背筋を這《は》い登ってくるぞくりとした悪寒を振り払うように、ゆっくりと一歩踏み出しながら、寄り集まっている影たちを覗き込む。するとその中心に、大きな塊《かたまり》がごろりとひとつ、転がっているのに気がついた。

「……っ、……ひぅ………う……」

絶望と恐怖に歪《ゆが》められた瞳が、そこにはあった。

引き裂かれた腹からは、臓腑《ぞうふ》の一部が奇妙な形でずるずると飛び出している。

小さな影たちは、昆虫のように節《ふし》くれだった細長い手足を器用に使いつつ、それらを奪い合うようにして貪《むさぼ》り喰っていた。

「………っ」

人が、喰われているのだ。

なのにまだ生きている。

こちらに向かって助けを求めているのか、その人は口をパクパクと開き、けれども腹筋が破れているために口からはひゅーひゅーと空気音だけが漏れてくるだけで、言葉にならない。

それでも弱々しくこちらへと手を伸ばしてくるのに気づいて、慌ててその手を摑《つか》もうとした瞬間、ふと……自分も今なにか、生温かくぬめったものを摑んでいたことに気がついた。

恐る恐る手元に視線をずらすと、自分の両手が真っ赤な血の色に染まっているのを見つける。

………これ、は？

その手のひらに握られた、温かく、ぬめった感触。

部屋の中に絶え間なく響く、骨肉をすする音を聞きながら、握り締めていた手のひらをゆっくり開いていくと、濡れた指先からそれがぽとりと伝わり落ちた。

赤く、温かい、肉片が。

「……っ、………ぃ……ぁぁっっ！」

声にならない叫びが喉《のど》の奥からほとばしったとき、

…………目に映る世界の全てが、真っ赤に染め上げられた気がした。

全てが、毒々しいほどの血の赤に。


玄関の引き戸を開けた途端《とたん》、目に飛び込んできた見覚えのある靴に、遙《はるか》は苦笑を浮かべながら靴を脱いだ。

どうやら、今日もまた逃げ出してきているらしい。

「牙威《がい》」

廊下《ろうか》を渡って居間に足を踏み入れると、そこに予想どおりの人物の姿を見つけて、小さく微笑《ほほえ》む。

「おっかえりー」

無邪気《むじゃき》に笑って手を振る牙威に、遙は一瞬眩《まぶ》しさを覚えて目を細めた。

「ん？　どうした」

「ううん。ただいま。……いつから来てたの？」


夏の盛りを過ぎたとはいえ、夕方を過ぎてもいまだ蒸し暑い日が続いている。それを気にした風もなく、居間から庭へと続く縁側《えんがわ》に腰を下ろしていた彼は、薄く差し込む月明かりを浴びながら遙をふいと見上げてきた。

その瞬間、重なった瞳にドキリと胸が高鳴る。

綺麗《きれい》なラインを描く眉の下にある、深い色をした瞳。遙はいつもそれを見るたび、吸い込まれそうな錯覚を覚えてしまう。

牙威と知り合ってからすでにもう四ヵ月以上も経つというのに、いまだ目を奪われずにいられないのは、その瞳が冴え冴えとした青に変化したときもまた、美しいことを知っているせいかもしれなかった。

「そんなに待ってないぜ？　今日でテスト終わるって言ってたから、そろそろ帰ってくる頃《ころ》かなと思ってさ。でも大学って、結構忙しいんだな」

しょっちゅうこの家に入り浸《びた》っているせいで、すっかり遙の行動まで把握《はあく》しているらしい牙威は、目を細めながら小さく笑った。そんな風に無邪気に笑うと歳相応に見えなくもないのだが、牙威とともにいると遙は自分のほうが年上だということを、つい忘れがちになってしまう。

もともと整った顔立ちをしているものの、そこに脆弱《ぜいじゃく》さを感じさせるものはなにもなく、むしろ傍《そば》にいるだけで周囲を圧倒するようなオーラを持つ牙威は、今年大学三年になった遙などよりも、よほど存在感や威厳《いげん》があった。

それはもしかしたら、彼が持つ不思議な能力のせいなのかもしれなかったが。

「な…なに見てたの？」

思わず見惚《みほ》れてしまったことを誤魔化《ごまか》すように、慌《あわ》てて視線を逸《そ》らすと、牙威はぽんぽんと自分の横を叩いてみせた。どうやら隣《となり》に座れということらしい。

「ほら…」

促されるまま縁側に出て、その隣に腰を下ろす。

夜の静寂《しじま》の中、虫の音だけが響き渡る庭は、昼とはまた違った趣《おもむき》で二人の心を和《なご》ませてくれる。

「ああ…今年は植え直さなかったのに、ちゃんと咲いたんだ。凄《すご》いね」

満月にはまだ少し足りないが、雲ひとつかかっていない月明りは、二人の足元に影を作るほど明るく、庭に咲いている秋桜《コスモス》たちを淡《あわ》く照らし出していた。

この庭の主《あるじ》だった祖母が亡《な》くなってから、ちゃんとした手入れはあまりできていないけれど、それでも花は今年もまた力強く咲いている。その生命の美しさに、知らず唇《くちびる》から溜《た》め息《いき》が漏れた。

そういえば、牙威と初めて出会ったのもこの庭だったっけ……。

あの夜も、牙威は月明りの下、庭の隅で静かに咲き誇る桜をただじっと見つめていた。自然や人の体内に流れる気を糧《かて》にすることで、その身に秘めた力を発揮することができる牙威にとって、この庭の気はとても清浄で居心地《いごこち》がいいらしい。

祖母がとても大切にしていた庭は、今はやりのガーデニングのように計算して整えられたものではなかったが、さりげなく植えられた草花がこうして四季の移り変わりを教えてくれる。遙にとってはかけがえのない存在であるそれらを、牙威も大切に思ってくれているのが嬉《うれ》しかった。

本来ならこんな古びた平屋《ひらや》ではなく、彼が守護《しゅご》する冠城《かぶらぎ》の地には大きな屋敷があるはずなのに、牙威はたびたびその屋敷を抜け出しては、こうしてこの縁側で寝そべっていたりするのだ。そのたび、牙威の付き人兼守役《けんもりやく》でもある守谷《もりや》が車で迎えに来るのも、もはや恒例《こうれい》のようになってしまっている。

それからしばらく無言のまま、二人で夜風に揺れる秋桜を眺めていたが、ふと鼻先を掠《かす》めた消毒薬の匂いに、遙は『ん？』と眉を顰《ひそ》めた。

「ね、牙威。なんか今……あれ？」

「あ……いや、それはちょっと」

牙威の着ている薄いシャツの胸元に、なぜだか違和感を感じて遙がそっと指を這わせると、牙威はなぜだか少し顔を顰めながら、身体を引いた。

「ちょっと見せて！」

その動きで自分の推測が正しいことを確信した遙は、逃げかける牙威の襟元《えりもと》をがしと摑《つか》むと、シャツのボタンに手をかける。

「うわ…、と。遙のスケベー」

「いいから見せる！」

ふざけた風にしなを作って誤魔化そうとする牙威を許さず、少し乱暴にシャツを搔《か》き分けると、ちょうど右肩のあたりから胸にかけて大きく巻かれた包帯が目に飛び込んできて、それに思わず絶句する。

「な……」

「いや…あのさ、これ…見た目は派手そうに見えるけど、そんな深くないし、たいしたことなくて…」

「なんで…っ、早く言わないの！」

包帯に隠れていて直接傷を見ることは叶《かな》わなかったけれども、それがかなり大きなものだということは推測がつく。

何日か前に彼と会った時には、こんなものなかったはずだ。ということは、あの日別れてから、今日までの間に作られた傷なのだろう。

「いや…、これくらいなら自力でなんとかなるかなーと…」

「なんとかなんて、なってないじゃないかっ」

あははと笑って軽く流そうとする牙威を許さず、一喝《いっかつ》する。普段《ふだん》の温厚さが嘘《うそ》のように激しい怒《いか》りを見せた遙に、牙威はびっくりしたように目を瞬《しばたた》かせた。

「こういうときこそ大きな気が必要なんだって、言ってなかったた？　いくら龍神様《りゅうじん》だからって、無敵なわけじゃないんだろ⁉」

「……はい。そのとおりです」

遙の迫力に気圧《けお》されたのか、牙威は降参《こうさん》するように片手をあげて頷《うなず》いてみせた。

そうなのだ。牙威は一見すると、人より少し綺麗な顔立ちをした普通の少年にしか見えないのだが、ひとたび秘めた力を解放すれば、清浄なる蒼い炎と破魔《はま》の剣《つるぎ》を自由に操《あやつ》ることができる、生きた龍神なのである。

初めてそれを耳にしたときは、あまりにも非常識な現実に、遙も思わず眩暈《めまい》を覚えたものだが、実際その力の凄《すご》さを目の当たりにすれば疑う余地もなかった。

しかしそうして龍神の神通力《じんつうりき》を持ってはいても、牙威自身の肉体は普通の人間となんら変わりはない。怪我《けが》をすれば血を流すし、いくら再生能力が高くても、最悪の場合、命を落とすことだってありえる。

それを防ぐためにも、彼は巫覡《みこ》と呼ばれる人間と契約《けいやく》を交わす必要があるのだ。

「これじゃ、なんのために僕と契約してるのか、分からないじゃないか…」

ひょんなことから、彼の巫覡として契約を結ぶことになった遙は、今回の牙威の怪我に自分の力不足を感じて小さく溜め息を吐いた。

そんな遙の落ち込みに気づいたのか、牙威は慌てて『違うって』と大きく首を横に振る。

「いや、ほんとに遙にはいつも助けられてて、ありがたいと思ってるし。これはただちょっと、ヘマしただけで…」

龍の中でも特にえり好みの激しい牙威は、遙と出会う以前は力不足と分かっていても、気に入らない人間とは契約を交わすことはなかったらしい。

彼の従者である守谷などは、『無謀《むぼう》な主《あるじ》を助けてくださって、ありがとうございます』と、常々遙に感謝を捧《ささ》げているぐらいである。その遙が、役立たずなわけがないだろうと牙威は続けて力説してみせた。

「だから、できればさ…、今日はちょっと気を分けてくれると嬉しいなーと思ってはいるんだけど…」

さらに鼻の頭をぽりぽりと掻きながら、いつになくしおらしい態度で呟《つぶや》く牙威に、遙はようやく困ったような笑みを浮かべた。

怪我をした時点で呼んでくれれば、すぐにでも駆けつけたものを。きっとどうせ、遙が大学の試験や学祭などで忙しいのを見越して、遠慮していたに違いない。

普段《ふだん》はかなり強引だったりするくせに、こういうところでは、牙威は変に気を遣《つか》ったりするのだ。

それは遙を、強引に日常生活から切り離したりしないようにと、彼なりに気にしてくれているからなのだろう。

「そんなの、いくらでもあげるよ…」

遙がそう口にした途端、牙威はそれまでの殊勝《しゅしょう》な態度が嘘のように、にやりと口端《くちは》を歪《ゆが》めて面白そうに笑った。

「……ほんとに？　いくらでもくれんのか？」

彼がそうして笑うと、鋭い犬歯《けんし》が口元から覗《のぞ》いて、それがやけに艶《つや》っぽく目に映る。特に月明かりの下で見る牙威の大人びた笑みには、なんとも言えない男らしい色香が漂《ただよ》っていて、ついじっと見入ってしまうことも多かった。

からかいを含んだようなその笑みに、はっとした遙は、自分が言った言葉の意味を振り返って、かーと顔を赤らめる。

巫覡が身体の中に溜め込んでいるという清浄な気を龍に渡すには、相手の龍とその身を深く交わらせなければならない。つまり遙は牙威に向かって『いくらでも抱いていいよ』と、自分から誘いをかけたようなものなのだ。

これまで同性とはもちろん、異性とも性的な関係を持ったことのなかった遙は、その行為に付きまとう戸惑いをいまだ拭いきれずにいる。契約のためとはいえ、男でありながら抱かれる形でその身を交わらせることも、牙威によって身体が蕩《とろ》けそうなほど高められていくことも、たまらなく恥ずかしいし、なによりも心地よすぎて自分が変になってしまうのではないかと、恐ろしくなることもあるくらいだ。

それでも怪我をしている牙威の前で、今の発言を覆《くつがえ》すようなことだけはしたくなくて、遙が顔を赤らめたまま小さく頷くと、牙威は一瞬だけ驚いたように目を見開いた。

牙威からいつも色々と気を遣ってもらっているのは、十分に分かっている。

初めて抱かれた夜から今日まで、すでに何度か身体を重ねてはいるものの、彼が最後までことに及ぼうとすることは滅多《めった》になかった。

遙の身体に触れているだけでも、十分気はもらえるからと、その指や唇で身体中余すところなく愛撫《あいぶ》されることはあっても、牙威は手や口で触れ合うだけで終えてしまうことのほうが多い。

まれに最後まですることもあったが、それは牙威自身がこうして怪我をしたときや、大きな力を必要とするような難しい依頼を受けたときだけで、それもこれまでに片手で数えられる回数しかなかった。

経験値の少ない遙は、ほんの些細な接触だけでもいつも息絶え絶えとなってしまうため、牙威もそのペースに合わせてくれているのかもしれなかったが、契約を交わすと決めた以上、変なところで遠慮などしないで欲しいと思っている。

強引に契約させられているわけではない。自分も牙威の助けとなりたいと願い、牙威に必要としてもらえることを嬉しいと、そう思っているから。

「…うん。いいよ。そのほうが怪我も早く治るんだし…」

目元まで赤らめながらそう呟く遙に、牙威は少しだけ複雑な表情を見せると小さく笑ってみせた。

「ほんと、遙はお人よしだもんな…」

「牙威?」

困ったように眉を寄せている牙威に、もしかして傷が痛むのかと問いかけたが、牙威はそれには首を振ると遙の頰《ほほ》へとその指を伸ばしてくる。

間近で重なった瞳は黒曜石《こくようせき》のような深く優しい色をしていて、それは遙をまっすぐ見つめると、ふっと綻《ほころ》ぶように細められた。

「触れても…いいか?」

牙威はよく、触れる前にこうして遙に確認を取る。

それは人との接触に恐れを抱いている遙を、牙威なりに気遣ってくれているからなのだろうと分かってはいるけれど。

「平気だって。君には触れられても、なんの声も聞こえてこないって、いつも言ってるよね」

言いながら遙は、自分から牙威の指先を取って引き寄せ、頰にそっと触れさせた。

初めて会った夜から、牙威にだけは発しない力。

遙には幼い頃から、触れた相手の感情を読み取ってしまう能力があったのだが、不思議なことに、牙威からはいつも凛《りん》とした綺麗なオーラを感じるだけで、その心の声は聞こえてこなかった。

だからこそ安心できるし、だからこそ……怖いと思うこともある。

心の声を聞くことは、その人の内側を盗み見ることに近いから、なるべくしないようにしようと決めていたのに、実際、どこまで深く触れ合っていても、相手の声が聞こえてこないというのは、怖いものだということも牙威に触れて初めて知った。

それでも、なんの躊躇《ちゅうちょ》もなく触れ合うことのできる肌の熱さに、泣きたくなるほどの喜びを感じてしまう。

いつも、家族でさえ触れ合うことを恐れていたから。

「君に……触られてると、安心するよ」

ほっと息を吐きながら、その手に頬をすり寄せる遙に、牙威はどこか切なげに眉を寄せると、ついで激しくその背を抱き寄せた。

「が……」

名前は、その唇に飲み込まれて。

瞬時に跳ね上がる体温に、眩暈を覚える。

「ん……」

奪われているのは、身体の中に流れる気だけのはずなのに、本当にそれだけなんだろうかと、たまに疑いたくなるときがある。

キス一つで、意識までもが、さらわれていくような気がするから。

「ん…、ぁ……」

思わず、鼻の奥から抜けるような甘い喘《あえ》ぎが漏れてしまって、恥ずかしさに耳を塞《ふさ》ぎたくなったけれども、それ以上の心地よい疼《うず》きに全てを預けてしまいたくなる。息まで奪っていくのかと思うくらい、強く吸われて、ジン…と腰の奥に痺《しび》れが走った。

キスをしているだけなのに、まるで身体を繋《つな》げているのと同じくらい、深く交わっているような気がする。

牙威に触れられていると、どうしようもなく乱れてしまうのはいつものことだが、それでも些細《ささい》な動き一つでこんなにも身体が熱くなるのが、不思議でならないときがある。

それが分かっているのか、牙威は重ね合わせた唇を離して低く笑うと、いつの間にか服の中へと忍《しの》び込ませた指先で、遙の感じる部分を中心に愛撫し始めた。

「……っ…あ…、そその…それ…ちょ…と」

「なに？」

ここまできてやっぱりダメとか、そんな殺生《せっしょう》なことを言うつもりはないのだが、やはり敏感な部分を弄《いじ》られて、感じてしまうことへの恥ずかしさは拭《ぬぐ》いきれない。それでも触れてくる牙威の指先は優しくて、大事にされていると分かるから、遙は湧き上がる羞恥《しゅうち》を呑み込むように目をぎゅっと閉じた。

ジッパーの下げられる音が、ひどく淫《みだ》らに耳まで届く。それと同時にそっと入り込んできた指先に、期待にも似た怯《おび》えを感じて遙は身体を震わせた。

「おや……すみません」

その瞬間、頭上から降ってきた声にはっと目を開ける。

「わわわっ、も、守谷さんっ」

声のしたほうへと顔を向けると、ぽっかりと浮かんだ月明りのもと、庭先に立っている人物が目に飛び込んできた。

「が…牙威、ちょっとストップ…っ、牙威って…ばっ」

それが牙威を迎えに来たらしい守谷であることに気づいて、慌てた遙は外野など無視してとっとと先へ進めようとしている牙威の身体を、ぐいと強く押しのけた。

「お取り込み中とは露《つゆ》知らず」

申し訳ありませんでしたと頭《こうべ》を垂《た》れながらも、いつもと変わらず飄々《ひょうひょう》としている守谷に対し、牙威は頭をがしがしと掻きながら『……お前なぁ…』と低く唸《うな》っている。

どうやら、いいところで水を注されたことを本気で惜しんでいるらしい。

それでもしぶしぶながら退《しりぞ》いた牙威は、ついでに遙の身体もぐいと引き起こしてくれた。

その手に従いながら、遙は守谷の視線から逃《のが》れる

ように、乱れまくった服を慌てて整え始める。

「何度か玄関のほうでお声をかけたのですが、お返事がありませんでしたし、電気もついていらっしゃらないようでしたので、勝手ではありましたが庭のほうに回らせていただきました」

その途端、他人の濡《ぬ》れ場《ば》に遭遇《そうぐう》してしまったのなら、守谷のほうこそいい迷惑だっただろう。

しかし冠城家きっての優秀な術者であり、彼の敬愛する龍神様とともに、日々人ならざるものと戦っている守谷は、これくらいでは全く動じることもないらしい。暑さをものともせず、いつもどおり濃い色のスーツでピシリと固めた彼は、相変わらず一分《いちぶ》の隙《すき》さえ感じさせなかった。

「守谷……お前さ、気がついたんなら、せめて終わるまで静かにそこで待ってろよ」

「がががが、牙威っ！」

不機嫌《ふきげん》な顔のままとんでもない注文をつける龍神様に、慌てたのは隣にいた遙のほうで、耳まで真っ赤になりながら叫び声をあげる。

「そうしたいのも山々だったのですが、始められてしまえば、どれほどで終わられるのか分かりかねましたし。遙さんの意識があるうちに、お話ししなければならないこともございましたので…」

しかしそれを受けた守谷からも、これまたさらりととんでもない言葉を返されて、遙は恥ずかしさに倒れ込みそうになりながら顔を覆った。

涼しげな顔のままツーポイントの眼鏡《めがね》をすっと上げた守谷は、真っ赤になって俯《うつむ》く遙と、ふて腐れた顔をしている彼の主人に、『申し訳ございませんが、続きはのちほど屋敷のほうで、ゆっくりとお願いいたします』と悪びれもせず再び頭を下げた。

「え、屋敷って…僕もですか？」

「ええ。本家に呼ばれておりますので、遙さんもご足労《そくろう》願えますか？」

本家からの呼び出しと聞いて、ふいに漂う空気が引き締まる。牙威はさらに面白くなさそうな顔をして、ちっと大きく舌を鳴らした。

「最近、人遣い荒いんじゃねぇ？」

「牙威様がようやく特定の巫覡を持ったのですから、本家としてはここぞとばかりに活躍していただきたいのでしょう。あの家らしいですね」

愚痴《ぐち》る牙威に対し、守谷も冷たい目をしたまま、冠城本家に対するきつい評価を告げる。守谷は冠城に属してはいるが、仕《つか》えているのはあくまで牙威個人であると自負《じふ》しているため、牙威に関することには本家《ほんけ》相手であろうと容赦《ようしゃ》がないらしい。

「分かりました。すぐに用意します」

言いながら遙は立ち上がると、部屋の戸締まりや出かける準備をするために、家の中へと戻った。

本来巫覡となる者は、常に龍とともにあるために冠城の家で過ごすものが多いらしい。遙も冠城へ移ってくることを強く勧められているのだが、祖母が残してくれたこの家を離れるわけにもいかずに、せめて大学を卒業するまでは、必要があるときだけ牙威のもとへ通う形態を取らせてもらっているのだ。

冠城の中では反対意見もあったようだが、遙がもともとは部外者だったことや、祖母が残してくれたこの家全体が、自然の結界《けっかい》のような役割を果たしているということもあって、今は特別に許可してもらっている。

それに遙自身になにかあれば、すぐに牙威へと伝わるのだから、身の危険を感じることもない。

「もしかしたら、長くなるのかな……」

試験や学園祭のためにしばらくは休講が続いていたのだが、もしものことを考えて、大学に通うときに必要な物品も鞄《かばん》に詰めておくことにする。

遙へ冠城本家からの呼び出しがかかるとき……それはつまり、牙威が契約を必要とするような、厄介《やっかい》な依頼が来たのだということを意味していた。

「はーるかちゃん、いらっしゃーい」

「わわ…」

守谷に連れられて冠城の玄関をくぐった途端、突然抱きつかれそうになった遙は、後ろからぐいと強く引かれて牙威の腕へと抱き寄せられた。

「嵯雪…、勝手に触んな」

「けちくさいな。久しぶりなんだからいいだろ。減るもんじゃなし」

玄関の上がりかまちでは、冠城家の三男である嵯雪がその白い頬を膨らませている。

長い黒髪を後ろで束ね、仕立てのいい深い藍色の着物を優雅《ゆうが》に着こなしている彼は、相変わらず男にしておくのが勿体《もったい》無いほどの美人で、牙威とはまた違った意味で人目を引きつける、魅力ある人物だった。

だがこの慎《つつ》ましやかな美人が、見た目に反してかなりの曲者《くせもの》であるということは、この数ヵ月の間で遙も身に染《し》みて知らされているのだが。

「嵯雪さん、お久しぶりです」

「元気だった？　試験は終わったの？」

最近は遙が冠城の家に出向くよりも、牙威が遙の家へ遊びに来ていることが多かったため、嵯雪とは顔を合わせる機会がほとんどなかったのだ。久しぶりに間近で見た嵯雪は、相変わらず透《す》けるように肌が白く、どうやら夏の間もほとんど日に焼けることがなかったようである。

「ええ、なんとか。あとは追試がなければいいんですけど…」

「平気でしょ、遙なら。ともかく上がって」

言いながら嵯雪は、『私は他に呼ばれていますので、これで』と一礼して消えていった守谷の代わりに、牙威の住むいつもの離れではなく、本家の大広間へと二人を導《みちび》いた。

無言でそのあとについてきた牙威は、すでに用意されていた座布団にどかっと腰を下ろすと、『それで急になんの用なんだよ』とぶすっとしたまま口を開く。

「……機嫌悪いね。なにかあった？」

「え…ええ、まぁ…」

小さく耳打ちしてくる嵯雪には悪いが、その理由など、とても遙の口からは言えそうにない。

けれどもそうして言い淀《よど》む姿になにかしら感じるところがあったのか、嵯雪はニヤリと口端《くちは》を上げると、美形らしからぬ邪《よこしま》な笑みを浮かべてみせた。

「そういやこの前、誰かさんは妖魔《ようま》に気前よーく胸のあたりを食いつかれて、見事な風穴《かざあな》開けて帰ってきたもんねぇ。その穴、もう塞いでもらったの？」

「……分かってんなら、もっと守谷を遅くに迎えに来させるか、終わるまで待つよう言っとけよ。これからってときに邪魔《じゃま》しやがって」

「ははは。でも牙威が満足するまで待ってたら、いつになっても遙と話なんかできないでしょうが」

爽《さわ》やかに笑いながら、これまた頭を抱えたくなるような会話を平然と繰り広げる二人の間で、遙は赤くなったり、青くなったりと大忙しである。

いくら公認の間柄とはいえ、こうした話題はいまだ顔から火が出るほど恥ずかしかったが、それよりも今は嵯雪の告げた言葉のほうが気になった。

「胸に穴って…、そんな大きな怪我だったんですか？」

眉間《みけん》に皺《しわ》を寄せながら、チラリと牙威を盗み見る。

『見た目は派手だけどたいしたことない』などと笑っていた牙威の言葉を、そのまま鵜呑《うの》みにしていたわけではないが、まさかそれほどまでに大きな傷だとは思っていなかったのだ。

「大きいっていうより、深かったんだよね。こう…肋骨《ろっこつ》が見えるくらいにぐしゃっと抉《えぐ》られて……」

「嵯雪っ！」

その説明に、みるみると顔色をなくしていく遙に気づいた牙威は、嵯雪に向かって『余計なことを言うな』と牙《きば》を剝《む》いてたが、嵯雪は『事実だろ？』と涼しい顔で受け流している。

「遙に心配をかけるのが嫌《いや》なら、もっと自分の身に気を配るんだね。龍だって不死身じゃないのは、自分が一番よく分かってるはずなんだから」

いつもは軽い調子で、遙や牙威をからかっては楽しんでいるような嵯雪なのだが、今日は珍しくすっと声のトーンを落とすと、静かな声を押し出した。清楚《せいそ》な表情に浮かんだ笑みは、さすがに匂い立つように美しかったが、その目はまるで笑っていない。

「いい加減、無謀《むぼう》な戦い方はやめないと。これじゃあ、自分から猶予《ゆうよ》を縮めることになるのは分かってるはずだろう。それを…」

「嵯雪！」

続く嵯雪の言葉に、牙威はその深い色をした瞳を青く光らせた。

それは一瞬のことだったが、そのあともまっすぐ嵯雪を見つめ返す瞳には、静かな怒りが滲んでいるのが見て取れる。

「俺のやり方は俺が決める。それでいいはずだろ。周りにとやかく指図されるいわれはないぜ？」

有無《うむ》を言わせぬ低い声で牙威が言いきると、嵯雪はしばらく黙り込んでいたが、やがて『はいはい、分かりました。悪かったよ』と片手を上げた。

いつもの雰囲気《ふんいき》とは違うぴりぴりとしたやりとりに、横で見ていた遙のほうが驚いてしまう。

「牙威…？」

「ああ、別に気にすんな」

気にするなと言われても。

普段《ふだん》仲がいい二人の姿を知っているだけに、本気を滲ませたその会話には戸惑わずにいられない。嵯雪は嵯雪なりに牙威を心配しているのだろうが、それを分かっていながら、牙威もあえてそれ以上の言葉を制しているようにも見えた。

「失礼いたします。楓樹《ふうき》様がお越しになりました」

その気まずい雰囲気を割るように襖《ふすま》越しに若い女性の声がかけられる。しばらくしてすっと左右に扉が開くと、中からは白袴《しろばかま》を身につけたがっしりとした体格の男性が姿を現した。

「わざわざご足労いただきまして、申し訳なかったですね」

おっとりとした声で、牙威と遙にねぎらいの言葉をかけながら部屋へと入ってきたのは、冠城家の長男であり、嵯雪の兄でもある冠城楓樹だった。

彼は滅多に表へは出てこない現当主の代行役についており、術者の管理や、様々な依頼の承諾《しょうだく》に至るまでを一手に引き受けている。いわば、冠城の要《かなめ》とも呼ばれる人物で、遙もこれまでに何度か顔を合わせたことがあった。

冠城家の血筋か、さすがにかなりの美丈夫《びじょうふ》なのだが、当主代行という立場にありながら、そんな威圧感が微塵《みじん》も感じられないのは、そのおっとりとした人のよさそうな話し方のせいだろうか。

楓樹は当然のごとく牙威に上座《かみざ》を譲ると、自分はその前に腰を下ろし、傍《そば》で控えていた従者に頼んでいくつかの資料を手渡した。

「早速《さっそく》で申し訳ないんですが…今回の依頼は、彼女を守護《しゅご》していただきたいのです」

学校の遠足にてとられた写真だろうか。手渡されたピンナップには、リュックを背負ったクラスメイトとともに細い身体をした少女が写っている。

他の子供が笑っているのに対し、その少女だけは無表情のまま、なにかを見透すような目でカメラを見つめ返していた。

「生田万理《いくたまり》さん、11歳。現在は市内の小学校に通っています」

「ふーん…で？　コイツがなにに狙われてるって？」

「最近、テレビのニュースなどで騒がれている、野犬の事件はご存知《ぞんじ》ですか？」

楓樹の問いかけに、遙も首を縦《たて》に振った。なにしろ連日のように報道されている事件である。

都内や神奈川《かながわ》県内にかけて何匹もの野犬が出没《しゅつぼつ》し、群れを作っては人を咬み殺しているというその事件は、先月半ば頃からはじまっており、すでに六人もの犠牲者《ぎせい》が出ていた。

ある母子家庭《ぼしかてい》が襲われたときなど、母親の遺体《いたい》はすぐに発見されたのだが、母親と一緒に暮らしていたはずの4歳の少年の姿はなく、残っていた血痕《けっこん》から、犬に襲われたあとそのままどこかに引きずられていったのではないかとまで噂されていた。

警察や消防では山狩りといった大がかりな捜索が行われており、野良犬たちを端《はし》から回収しているようだが、いまだ被害が絶えないところを見ると、問題の群れはまだ捕まっていないらしい。

一部の自治体では夜遅くの外出禁止例が出されるなど、事態は深刻化していて、一刻も早く事件の収《しゅう》拾《しゅう》を望む声が日増しに強まっていた。

「それがなにか…?」

「混乱を防ぐためにも、これは一部の者にしか知らされていない情報なんですが、遺体は咬み殺されたのではなく、喰い殺されたと言ったほうが正しいような状態でしてねぇ。しかも、その歯型はどれも犬のものではないんですよ」

「え?」

重要機密だと言いながら、まるで『昨夜の天気は雨でしてね』とでも言うように、さらりと告げられた言葉に目を丸くする。

野犬による事件として、これだけ大々的に取り上げられているのに、その犯人が犬ではないというならば、一体なにが人を襲っているというのだろうか?

「つまり人間を喰い散らかしてるそのクソ野郎ってのは、俺みたいな奴が駆り出されなくちゃならないような、そういう類《たぐい》の相手ってことなんだろ?」

言いながら、手渡された資料を一瞥《いちべつ》した牙威がふんと鼻を鳴らすと、楓樹は『はい、そのとおりです』と、鷹揚《おうよう》に頷いてみせた。

嵯雪も手渡された封筒から、鑑識《かんしき》の結果や写真を取り出してざっと目を通すと、同じように頷く。

「こんな風に肉ばかり喰い散らかすところを見ると、

多分妖魔の一種だろうね。もし怨霊《おんりょう》なら、魂《たましい》のほうを主に喰らうだろうし。しかも急所を外して狙ってるあたり、恨《うら》みの線も濃い。この犯人は、わざと生きながら自分が喰われていく感触を、被害者たちに味わわせたかったみたいだな」

「胸クソわりぃ奴」

手渡された何枚かの写真に目を通した牙威も、さすがにその綺麗な柳眉《りゅうび》をひょいと寄せると、低くそう吐き捨てた。

牙威の手の中にある写真を、眼の端でちらりと捉えてしまった遙も、それにうっと声を詰まらせた。一目見ただけではなにが写っているのか判別がつかなかったが、赤黒く血塗られたそれは、人の亡骸《なきがら》というには奇妙なほどあちこちばらばらに散らばっており、まさしく喰い散らかされたという表現がぴったりである。

思わず血が下がっていくような感覚に遙が眩暈を覚えると、それを見越したように、温かな手がぽんぽんと背を叩いてくれた。

それが牙威の手のひらであるのに気づいて、遙は小さく息を吐く。当たり前のように、ただ隣にいてくれるその存在に、ひどくほっとする。

「先程の少女も、先日それらに襲われた被害者のうちの一人なんですよ。その際、父親は彼女の目の前で死亡。母親のほうも傷を負って、現在は入院中です。幸《さいわ》い彼女は怪我もなく元気なのですが…」

まさかこの世ならざるものが世間《せけん》を徘徊《はいかい》し、騒がせているという事実が公《おおやけ》になるのは、国としても好ましくないらしい。政府のある筋から、事件が解決するまで彼女を冠城で保護し、守護して欲しいとの依頼があったのだと楓樹は告げた。

「……それで？　俺に子守りをさせようっていうんだから、どうせそれだけじゃないんだろ？　わざわざ遙まで呼び出してさ」

確かに守護するだけなら、わざわざ牙威でなくてもいいはずである。

冠城には、それぞれの特異能力を生かした者が控えており、守谷のように退魔から守護までこなす優秀な術者も少なくはない。また普段は表で他の職業についていながら、依頼があれば契約を交わして動く能力者も、全国のあちこちにいるらしい。

そうした術者や能力者でも手に負えないような相手に出会ったときに、牙威は駆り出されることになっている。つまり牙威が相手にするのは、ほとんど大物ばかりだと言っていいだろう。

それを、ただの一介《いっかい》の少女の守護をさせるというのだから、なにかそれなりの理由があるはずだと皮肉げに笑ってみせた牙威に、楓樹は穏やかな表情で微笑み返すと、『よく分かりましたねぇ』と頷いた。

「実は…彼女は能力者らしいんですよ」

「能力者というと、守谷さんたちと同じような？」

「ええ、まだその能力は未知数ですが。今回の事件がきっかけで、急に目覚めさせられたんでしょうね。これまで襲われた家族は、ほとんど皆殺しだったのにもかかわらず、彼女と彼女の母親が生き残ったのは、そのためです」

当主代行である兄の言葉を横で大人しく聞いていた嵯雪は、それにふーん鼻を鳴らすと、『なるほどね』と頷いた。

「まだ目覚めたばかりじゃコントロールなんて無理な話だし、反対にいつ暴走するかも分からない。それに彼女がこのまま敵に喰われでもしたら、奴らに力を与えてしまいかねないってわけか…」

だからこそ、牙威に白羽《しらは》の矢《や》が立ったのだろう。まだ力が不安定な彼女を守護しつつ、狙ってくる敵を討ち祓うくらい、牙威なら容易《たやす》いはずである。

「どうでしょう。やっていただけますか？」

「……言っとくけどな。ガキは苦手だぜ？」

龍である牙威は、自分が納得した上で契約を交わした仕事でしか動かない。それを十分に承知している楓樹は、分かっていますと頷きながら、遙を振り返った。

「遙さんはどう思われますか?」

「えっ?」

いきなり話を振られて焦りつつも、机の上に置かれた写真にちらりと目をやれば、先程と同じように、ガラスのような目をした小さな少女の姿が目に飛び込んでくる。

目の前で父親を殺され、母を傷つけられた少女。それだけでなく、突然目覚めた未知の力にも、きっと戸惑っているに違いない。遙自身、物心つく前からあった自分の力に、どれだけ悩まされてきたことか。

様々な不安を抱えて、たった一人で震えているだろう姿を想像しただけでも、胸が痛む気がした。

「もし、僕でできることがあるなら……力になってあげたいとは思いますけれど…」

だがそれは、自分が決めるべきことではないだろう。

しかし、楓樹はその答えに嬉しそうに微笑むと、『なら問題はないですね』と頷いた。遙が『うん』と言えば牙威が動くことは、すでに承知しているのだろう。

もしや余計なことを言ってしまったのだろうかと、ちらりと牙威のほうへと視線を向けると、牙威はぽりぽりと鼻の頭を掻きながらも、それに反論するつもりはないようである。遙が決めたことならば従うといった様子の牙威に、遙は慌てて首を振った。

「ま、待ってください。で、でもまだ牙威は怪我も治っていませんし…」

「ええ、ですから遙さんに、こうしてお越しいただいてるわけなんです」

つまりこれはもしかして、遠回しながらも『とっとと交わって、早く怪我を治してやれ』と、そう言われているのだろうか…?

にっこり笑ったまま凄い言葉をぺらりと吐くところは、さすがに嵯雪の兄である。一見、穏やかそうに見えるからこそ、たまに見せるその有無を言わせぬ口調に、誰も逆らえる者はいないのだろう。

思わず固まってしまった遙の横で、牙威は嫌そうに眉を寄せると、『兄弟揃《そろ》って余計なお世話だ』と低く吐き捨てた。

しかし楓樹も嵯雪と同じように、不機嫌そうな牙威を前にしていても、それを一向に気にした様子は見られない。

「では。遙さん、よろしく励んでくださいね」

「は…はぁ……」

そう答えはしたものの、一体なにをどう励めというのだろうか。

嵯雪と違って優しい言い回しではあるが、その実、やはりとんでもないことを言われているような気がする。

しかし、それに対する反論など見つかるはずもなく、遙は口元を引きつらせながら小さく頷くしかできなかった。


守谷に連れられて現れたその少女を見たとき、遙はなぜだか、身体のどこかがツキンと痛むような感覚を覚えた。

「初めまして、万理ちゃんだよね」

写真と同じく、無表情な小さな顔。零《こぼ》れそうに大きい目だけが、まるでガラス玉みたいに透き通って目立って見える。

半袖《はんそで》のブラウスから伸びた小枝のような腕に、くるくると巻かれている包帯《ほうたい》がやけに白く感じられ、目の縁に大きくテープで貼られたガーゼも、痛々しい印象を抱《いだ》かせた。

「僕は万理ちゃんのお母さんが入院している間、しばらく一緒に暮らすことになった沢渡《さわたり》遙です。よろしく」

「………」

同じ目線で話しかけながら右手を差し出してみた

けれど、それを無言のままじーと見つめ返され、手のやり場に困ってしまう。

「あ、あのね。これから万理ちゃんが暮らす離れには、僕の他にもう一人牙威っていう人がいて、万理ちゃんとは僕より歳が近いから、友達になれると思うよ」

「遙さん……歳が近いからといって、友人に向いているかどうかは…」

　なんの反応も返さない万理に、手を引っ込めながらも慌ててそう言いつくろうと、守谷は非常に申し訳なさそうな顔でこっそりと小さく呟いた。

「そ、そうですね…」

　その言葉どおり、万理の守護者であるはずの肝心の牙威は、『ガキは苦手だ』などと言って、先に離れに戻ってしまっているのである。

　そうじゃなくとも、普段から嵯雪に散々『我《わ》が儘《まま》王子』と評されている彼のことだ。小さい子供に合わせて接するのは、確かに難しいことかもしれなかった。

　これからの日々を思ってこっそり溜め息を吐くと、万理が無言のまま、遙の顔をその大きな瞳でじっと見上げているのに気がついた。

「ええと、万理ちゃん？　どうしたのかな？」

「遙さん、実はですね…」

　守谷は片手で眼鏡をすいと上げると少し言いにくそうに、万理が事件以来、精神的ショックで言葉を発しなくなってしまったことを説明してくれた。

「診察した医師は、多分一時的なものだろうから、しばらくゆっくりして様子を見るようにとのことでしたが…」

「そう…なんだ…」

　無理もないことかもしれない。目の前で父親を喰い殺され、母親を傷つけられたのだ。

　万理自身も、あちこち青痣《あおあざ》や傷があり、満身創痍《まんしんそうい》といった状態なのである。

「うん。分かった。なら、無理に話そうとしなくてもいいから。でも…もし万理ちゃんがいいと思うことがあったら、頷いて教えてくれると嬉しいんだけど。嫌だなって思うことがあったら、首を振ってくれればそれで分かるし……」

ガラス玉のような瞳を見つめ返しながら、ゆっくりと話しかけると、万理はしばらく何かを考え込むように遙を見つめ返していたが、やがて小さく頷き返した。それにほっとしたように、遙は微笑む。

「じゃあ行こうか」

橋のような長い渡り廊下の向こう側には、牙威の住んでいる離れがある。

一人で住むには立派すぎるほどのそれは、龍神である彼のためだけに建てられたものらしい。敷地の広い冠城家には、本家の他にも、いくつかこうした離れが建てられていた。

「へぇ、可愛《かわい》い子だね」

牙威とともに先に離れへと渡っていた嵯雪は、やってきた万理を見つけて優しく微笑んだ。中性的で柔《やわ》らかな面差しが警戒心を抱かせないのか、嵯雪が『よろしくね』と声をかけると、万理も素直に頷き返す。

しかし次の部屋へと一歩踏み込んだとき、万理の足はそこで張り付いたように動かなくなってしまった。部屋の中では、窓の桟《さん》に軽く腰かけた牙威が、じっとこちらを眺めていた。

「紹介するね。彼がここの持ち主で……」

「…………っ」

言いながら牙威のほうへ歩き出した瞬間、万理はばっと身を翻《ひるがえ》すと、遙の後ろへ隠れてしまった。そうして遙のシャツの端をぎゅっと握り締めたまま、小さく震える万理の姿を、誰もが啞然《あぜん》と見つめてしまう。

「な…に、どうしたの？」

「万理さん？」

冴しむような遙や守谷の声も、万理には届いていないようである。

牙威の視線から逃れるようにその身を隠しながらも、遙の陰から牙威をそっと窺《うかが》う万里の姿は、本気で怯えているようにしか見えなかった。

「……おい」

牙威が声をかけると、ますます萎縮《いしゅく》したように身を縮こませていく。そうしてぴたりと遙に身を寄せる万理に、牙威はその頬をピクリと引きつらせた。

「なんだ、お前。ケンカ売ってんのか？」

牙威が切れ長の眼差しをすっと細めると、万理はビクリと大きく身体を震わせた。もともと整った顔立ちをしているせいか、牙威がそうして凄むと、怜悧な刃物のように冷たく冴えた印象を与えるのだ。

「が、牙威。脅《おど》かしちゃダメだよ」

慌てて遙が間に入ったが、それがますます癇《かん》に障《さわ》ったのか、むっとしたように牙威はその口もとを引き結んでいる。

「でも彼女も凄いね。本能で知ったのかな？　遙の後ろなら大丈夫だって…」

「確かに……牙威様が相手なら、一番効果的ではありますね」

横でしみじみと納得している嵯雪たちの言葉に、そんな場合じゃないでしょうと思わず脱力しそうになりながらも、震えている小さな子供を放っておくわけにもいかず、遙は驚かせないようにそっとその手を差し出した。

「万理ちゃん？」

呼びかけに、背に張りついた小さな身体がピクリと震えたような気がしたが、こたえはない。

「おいでよ。大丈夫だから」

再び誘いかけると、ようやく万理はその細い指をおずおずと伸ばしてきた。

「はー、さすがだね。遙には保父《ほふ》さんの能力もばっちり健在だ」

「……誰が保父だよ」

二人の微笑ましい姿を見て喜ぶ嵯雪へ、牙威が呆れたようにぼそりと呟くと、嵯雪はそれをふふんと鼻先で笑い飛ばした。

「なに言ってんの。普段からこーんな大きくて我が儘な子供を手懐《てなず》けて、ちゃんと教育もしてくれてるんだから、保父さんがぴったりだろ」

容赦のない切り返しに、牙威の深い色をした綺麗な瞳が、まるで獣が獲物《えもの》を狙うときのような鋭いものに変化する。

「大きな子供って……、まさかそれ、俺のことじゃねぇだろうな？」

「おやびっくり、自覚がなかったとはね」

「嵯雪…てめぇ…」

「嵯雪様……。せめてもう少し小さな声でお願いします」

いつもは二人の仲裁役《ちゅうさいやく》となるはずの守谷まで、フォローだか肯定《こうてい》だかよく分からない突っ込みを入れているのが恐ろしい。

そんな彼らのやりとりをびっくりしたような表情で眺めていた万里が、ぴったりと自分にすり寄ってくるのを感じて、遙はその手をそっと握り返した。

それを目ざとく見ていた牙威は、再び頬を引きつらせると、大股《おおまた》で遙たちのもとまでずかずかとやってくる。

「おい。お前、遙にあんまりべたべた触んじゃや……って、おい！　逃げんな！」

しかし、万理は近づいてきた牙威の姿を目にした途端、再び遙の背中へと隠れてしまい、言葉を交わす余地すら与えてくれない。

「ま、万理ちゃん？　さっきから一体どうしたんだろう？」

「子供は敏感ですからね。特に万理さんは能力者でもありますし、もしかしたら牙威様の本来の力や姿を、感じ取っているのかもしれません」

淡々《たんたん》とした守谷の言葉に、そこでようやく遙も合点《がてん》がいった。

牙威の中に住む、龍の力。

人では決して持ちえない、眩しいほどの蒼い煌《きらめ》き

は、全てのものを焼き尽くす凄《すさ》まじさを併《あわ》せ持っている。

それを抑えるために、龍の証《あかし》が刻まれた彼の左手にはいつも白い布がきっちりと巻きつけられていた。巨大すぎる力が溢れ出さないように、特殊な呪《じゅ》を施《ほどこ》した封印布《ふういんふ》によって、それを封じているのだ。

それでも彼の全身から溢れ出るオーラは、自然と激しい色を放ってしまっている。それが能力者の万理には、ただならぬ気配のように思えてしまうのかもしれなかった。

遙からみれば、牙威を包み込む空気は、いつもピンとしていながらも、どこか暖かく優しいものに感じられるけれども。

「……これだから、ガキは苦手なんだよ」

牙威は自分を見つめたまま怯えている万理の前で、諦《あきら》めたようにそうぼそりと呟いた。

それでもその声に、いつものような強い響きを感じないところを見ると、もしかしたら拗《す》ねてしまっているのかもしれない。

そんな姿も、たまには歳相応で可愛いなどと遙が思っていることを知ったら、きっとさらに不機嫌になるに違いないだろうが。

「ともかく、これじゃ守護もできねーだろ」

「でも遙のことは気に入ったみたいだよ」

ぴたりと背へ張り付いたまま、遙の指をしっかりと握り締めている万理を嵯雪が指でさすと、万理はますます遙へその小さな身体を寄せてきた。

そんな風に縋《すが》られれば、遙も万理の手を無理に放せなくなってしまう。

「どうしよっか。こんなに怯えてんのに、無理やりここに置くのもかわいそうだし……」

「では、本家のほうにお部屋を用意いたしましょうか」

「なら遙も一緒に、しばらく本家に泊まってもらったほうがいいね」

「ちょっと待った!」

勝手に話を進めていく嵯雪と守谷に、牙威は慌てたようにストップをかけた。

「別に遙は、コイツの子守りのために呼ばれたんじゃねーだろうが。なんで遙まで本家なんだよ。遙はこっちで俺と一緒にいればいいだろうが」

「……あれ？　こっちがお膳立《ぜんだ》てしてあげたときは、大きなお世話だって言ってなかった？」

痛いところを衝かれて牙威がぐっと詰まると、すかさず嵯雪は遙へ向き直り、その綺麗な顔を寄せてくる。

「遙はどう思う？　こんな小さな女の子が親元から離れて、知らない家に一人きりだなんて心細いと思わない？」

「そ、そうですね…」

勢いに押されて頷くと、さらに畳《たた》みかけるように嵯雪は言葉を続けた。

「それに、牙威が万理ちゃんの傍にいられなくても、遙が代わりに彼女の傍にいれば、もしなにかあってもすぐ牙威まで伝わるだろうし。どうせ離れてても、遙の異変はすぐに分かるんだから」

そうなのだ。牙威は『何かあったときは、名前を呼べば飛んでいく』と約束してくれたとおり、遙が危機のときにはいつも必ず現れてくれる。

「せっかく懐いてくれてるのに、無理に引き剥がすのもかわいそうだしね…」

「ええ…それは、そう思いますけど…」

その答えに、嵯雪はにっこり笑って『じゃあ決まり』と立ち上がった。

「万理ちゃん、向こうに遙と一緒の部屋を支度《したく》させるから、こっちおいでよ。ね、大丈夫だから」

そうして、お得意の人畜無害《じんちくむがい》そうな穏やかな笑みを浮かべると、優しく万理に手を差し出す。

いつも牙威にばかり遙を独占されてしまって悔《くや》しいとぼやいている嵯雪は、本気で今回のお泊まりを喜んでいるらしく、万理の細い手を取ると、ウキウキとした足取りで離れを出ていってしまう。

守谷も『あとはよろしくお願いします』と一礼すると、とばっちりはごめんだというように、さっさと二人のあとを追っていった。

「ええ…っと、……あの」

残された遙が恐る恐る隣の牙威へ視先を向けると、牙威は無表情のまま仁王立ち《におうだ》ちになっている。

うわー……。これをどうよろしくしろというのか。思わず先に逃げ出していった守谷にまで、恨み言を言いたくなってくる。

「あの、勝手に決めちゃってごめん…」

「や、この場合は仕方ねーだろ。嵯雪の楽しそうな顔を思うと、むかつくけどな」

しかし、牙威はそれに大きく溜め息を吐いてみせただけで、『むかつく』と言いながらも、さほど怒ってはいないようだった。

「それより……遙のほうこそ平気なのか?」

「なにが?」

尋《たず》ねると、『さっきも、アイツにべったり張り付かれてただろ?』と返されて、遙は牙威がなにを気にしているかに気がついた。万理に触れられることで、その心の声に遙が引きずられるのではないかと心配してくれているのだろう。

そういう牙威のさりげない優しさに、暖かいものを感じて遙は小さく微笑み返す。

「うん。それは多分平気だと思う。特に万理ちゃんの声は、ほとんど聞こえてこないから…」

初めて手を繋いだときから、万理の心には張り巡らされた壁のようなものがあるのを、遙は感じ取っていた。

遙の力は、毎回必ず触れた相手の感情を読み取れるというものではないのだが、それでも相手の感情が聞こえにくいものかどうかぐらいは分かる。

万理が牙威の視線から逃れるように遙の背中へ張り付いたときも、なぜ彼女が逃げようとするのか分からなかったぐらい、万理からはほとんど感情らしい声が伝わってこなかったことを告げると、牙威は

『え?』というように驚いた顔をしてみせた。

「そういうことって、よくあるのか?」

「うーん……普通はあんまりないんだけど、そういう人もたまにはいるよ。万理ちゃんみたいに、ほとんど感じ取れないのは珍しいんだけど」

別に声が聞こえないこと自体は、それほど驚くような話ではない。自分の中で意識的に感情を抑え込んでいたり、もともと外へと気持ちが表れにくい人間もいたりするのだ。

だがそれは、牙威のように清浄なオーラに包まれているのとはまた違うため、全く聞こえてこないというわけではないのだが。

それでもふいに流れ込んでくる声を、意識的にシャットアウトしようとしなくていい分、万理とならば一緒に過ごしても大丈夫だろうと判断したのだが、牙威はなぜだか難しい顔をしたまま、気づけばむっつりと黙り込んでしまっていた。

「牙威?」

「いや…そっか。……なら平気だな」

声をかけると、牙威ははっとしたように苦笑を零《こぼ》したが、いつもは毅然《きぜん》としているはずの瞳が揺れているように見えて、なぜだかドキリとしてしまう。

「あの、あの…さ。今日だけでもこっちに泊まらせてもらおうか?」

「なんで?」

「ほ、ほら…怪我のこともあるし、……もともとそのために呼ばれたわけだし…」

なんとなく牙威と離れがたく感じていた遙は、先程からずっと気になっていた傷の具合を口実に、目元を赤く染めながらもおずおずと提案してみたのだが、それにはあっさりと首を横に振られてしまった。

「ああ、それなら別に平気だから気にすんな。さっきももらったし」

「さっきって……、あ、あんなので足りるの?」

牙威の言っているのは、ここへ来る前に、遙の家の縁側で交わしたキスのことだろう。結構長い間、深く口付けていたことは事実だが、嵯雪は先程、牙威が受けた傷はかなり深いと話していた。

その傷がそんなに簡単に治るものなのだろうか？

「もともとほとんど治りかけてたヤツだったからな。ほら…、いいからさ。早く向こうに行ってやれよ」

それどころか、言いながらトンと優しく背まで押されてしまい、それにはさすがに遙も面食らってしまった。

確かに万理を一人で放っておけないとは思ったが、まさかこんなにあっさり牙威が許すとは思っていなかったのだ。

「…牙威、もしかして、怒ってたりする？」

うぬぼれているつもりはないが、いつもよりなんだか牙威がよそよそしい気がして、恐る恐る尋ねてみたのだが、『なんで？』ときょとんとした顔を返されて、ますます困惑《こんわく》してしまった。

これは、本気で気にしていないということなのだろうか。


「……仕事の依頼も…、なんだか勝手に引き受ける形になっちゃったし…」

「あのな。もし俺が本気で嫌《いや》だと思うなら、その時点でちゃんと断ってるぜ？　それくらい周りも承知してるだろ」

呟くと反対に、そう軽く笑い飛ばされてしまったが。

「ま、俺としてはどっちでもよかったし。遙が決めたならそれでいいさ」

そうしていつもどおりの言葉をくれる牙威に、遙はぎゅっと胸のあたりが締め付けられるような、切ない感覚を覚えた。

いつもそうだ。牙威は一見、自分の意志で強引に動いているように見せていても、最後の選択は遙自身に委《ゆだ》ねてくる。

そうやって、遙の意思を一番に尊重《そんちょう》してくれるのだ。

それは彼が、遙の気持ちを慮《おもんぱか》ってくれているからだということは十分に分かっているけれども、ならば彼の本当の気持ちはどこにあるんだろうと、最近ふとそんなことを考えてしまう。

牙威は、いつも心の奥底にある自分の望みを、あまり口にしようとしないから。

「じゃあ、おやすみ」

優しく送り出してくれる声に、なぜだか遙はツキンとした胸の痛みを感じて、慌ててその場から立ち上がった。

確かに牙威の言葉どおり、胸の傷がもう塞がっているというのなら、自分がここにいる必要はないのだろう。

だが『それならもう用はないよ』と言われたような気分になるのは、どうしてだろうか。

遙は視線を逸らしたまま『おやすみ』とだけ返すと、振り向きもせず、本家へと続く長い渡り廊下を早足で歩いた。

そうしなければ、なぜかそこから離れられなくなりそうな気がして、怖かった。


万理が冠城に来てから四日が過ぎても、その声が戻る気配はなかった。

ようやく腕の包帯は取れたが、こめかみの傷はいまだ大きなかさぶたとなって残っている。

それによく見れば肩や、太腿《ふともも》あたりにも強くぶつけたような青痣がいくつもあって、それが赤紫から黄色へと変色しているのが痛ましかった。

それでもだいぶここの暮らしに慣れたのか、万理は冠城家で働いている女中たちからも、よく可愛がられている。色素の薄い髪や肌も、ガラス玉のような大きな目も、まるで人形のようで可愛らしいと評判だった。

ただ、それが遙には少し痛々しく思えたけれども。

万理からは、相変わらずその感情は読み取れないままである。このくらいの年代の子供は一番喜怒哀楽がはっきりとしていて、分かりやすいのが普通だと思うのに。

万理は、消えてしまった彼女の声と同様、自分から全ての感情を消し去っているような部分がある。だからこそ、その心の声はほとんど聞こえてこないし、それが周囲からはまるで人形のように見えてしまっているのだろう。

あの日以来、万理はずっと遙のあとを黙ってついて回っている。一緒にいたからといって特別なにかをするわけでもないのだが、広い庭を散歩しながら、綺麗な色の鳥が遊びに来るのを眺めたり、本を読んだりと、時間は穏やかに過ぎていっている。

けれどもそうして長い間一緒にいながら、遙は万理が笑ったところも、泣いたところも、一度として見たことがなかった。

身の回りのことは自分でできるし、食べ物に関しても好き嫌いはない。そういう意味では大人しい、よくできた子供と言えなくもなかったが、小さな我が儘のひとつも言わない万理を見ていると、まるでどこかに感情を置いてきてしまったかのような、そんな錯覚を覚えずにはいられない。

きっとまだ事件のショックから立ち直れていないからだろうという予想はついたが、時折、あの透き通ったガラスのような目で、じっと空《くう》を見つめる万理を見ていると、なぜだか初めて万理と会った時に感じた痛みを思い出してしまうのだった。

このまま屋敷に閉じこもってばかりいるのでは、万理の精神衛生上もよくないだろう。そう考えた遙は、嵯雪とも相談して万理を外に連れ出してみることに決めた。

「万理ちゃん、今日はお母さんに会いに行こうか?」

朝食後に、庭先で本を読んでいた万理に問いかけると、万理は読みかけの本からぱっと顔を上げ、すぐに何度も頷いてみせた。

自分から言い出さなくとも、やはりひどく気にしていたのだろう。その様子を目にして、遙はもっと早く誘ってあげればよかったなと、後悔した。

守谷が付き添って車を出してくれることになり、病院の面会時間に合わせて屋敷を出る。

一応、出かける前に牙威にも知らせておこうかと思ったが、どうやら外出しているらしく、離れにその姿は見えなかった。

「守谷さん。牙威を見かけませんでしたか？」

「ああ、この時間ならお出かけになってると思いますが、なにかお急ぎのご用ですか？」

「い…いえ……」

まさか、顔が見たかっただけとは言いにくい。

せっかく冠城に来ていながら、初日以来、遙は牙威とほとんど顔を合わせていなかった。もともと牙威はあまり本家に顔を出そうとしないのだが、万理が来てからは、全くといっていいほどこちらには渡ってきていない。

また遙のほうも、万理がべったりと張りついていたために、なかなか離れへ顔を出すことができずにいた。

実家にいたときのほうが、もう少し頻繁《ひんぱん》に会えていた気がする。それも牙威が、遙の家まで遊びに来てくれていたからこその話だったが。

できれば今日ぐらいは、顔を見てゆっくり話がしたいなと思いながら、病院の駐車場で車を降りた遙は、守谷に連れられるようにして、万理とともに彼女の母親のいる病室へと向かった。

エレベーターを三階で降り、廊下を右手に曲がると病室がいくつか並んでいる。その中のひとつに、『生田千穂《ちほ》』というプレートがかけられた個室があった。

ドアをノックしようとしたとき、ちょうど食器を下げに来ていたらしい看護士が、半開きになっていたドアから遙たちを見つけて『あら』と嬉しそうに微笑む。

「生田さん、ほら…お嬢さんが見えたわよ。よかったわね」

言いながら看護士は遙たちに向かって軽く会釈《えしゃく》すると、部屋を出ていった。

「守谷さん…」

「お加減はいかがですか?」

万理を預かる際に、すでに面識があったのだろう。千穂は守谷の姿を認めると小さく頭を下げた。

疲れきった様子の千穂は、リクライニングされたベッドにぐったりと身体を寄りかからせている。

万理とよく似た面差しの彼女は、もとはかなりの美人だったのだろう。だが今はその顔に深い皺が刻まれ、ひとつにまとめて結ばれている髪は乱れて、とても三十半ばとは思えないほど老《ふ》けて見えた。

「初めまして。沢渡といいます。万理ちゃんとは、同じく冠城の家でお世話になってまして……」

遙の話を聞きながら、千穂は一瞬だけ隣に立っている万理に目をやったが、すぐに視線をベッドへ戻すと大きく肩で溜め息を吐いた。

「この子……なにかまた、やらかしたんですか?」

「え? いえ…あの……」

「ここに連れてこられても困るんですけど…。私はこんな状態で面倒なんか見きれないし。せっかく預かってくださるっていうから、お願いしたのに……」

「ち、違いますよ。万理ちゃんは、とっても素直ですし、いい子にしてます。今日来たのは、お母さんのお見舞いに……」

疲れたように呟く千穂に、遙は慌ててそうじゃないことを説明した。

「そう…。じゃあ別に用がないなら、万理はここには連れてこないでください」

「え?」

「私はまだこんな状態だし…。そんなときに子供の顔を見ると、疲れるのよ…」

淡々とした口調で告げられた言葉に、遙は思わず自分の耳を疑った。大きな事件があったとはいえ、万理もそれに巻き込まれた、いわば被害者である。

夫を亡くし、自分も傷を負った千穂が脱力感に見舞われているのもわかる。けれども、唯一《ゆいいつ》のよりどころである母親に、面と向かってそんなことを言われてしまったら、万理があまりにも辛《つら》すぎるのではないだろうか？

ひやりと冷水を浴《あ》びせられたような気分で、遙は隣に立つ少女へと視線を向けたが、万理は相変わらず無表情のまま、ガラス玉のような目で母親をじっと見つめていた。

「あの……でも、万理ちゃんはお母さんのことをとても心配してますし…」

だからこそ『会いに行こうか』と誘ったときに、一も二もなく頷いてみせたのだ。そうした万理の想いだけでも分かって欲しかったのだが、千穂は遙の言葉に再び溜め息を吐くと、こめかみのあたりを指で押さえながら首を振った。

「……それ、本当に万理がそう言ったの？　……そんなことないわよね。この子は、母親の私から見ても感情に乏《とぼ》しい子なんだから。昔っからそう。なにをしてあげたって、なにかを買ってあげたって、全然喜びもしないような、冷たい子なのよ」

「そんな…、そんなわけないです！　お母さんのこと、万理ちゃんずっと心配してて。だから今日も…」

苦々しく吐き捨てた千穂に、それは誤解であることを懸命《けんめい》に伝えようとしたのだが、かえってそれは千穂の気持ちを逆撫《さかな》でしただけのようだった。

「勝手なこと言わないでちょうだい！　なんにも知らないくせに！」

言いながら、キッと強い視線を遙へと向けてきた千穂は、激昂《げっこう》したように大きく声を張りあげた。

「あの夜だってそうだったわっ！」

「生田さん。身体に障りますから…」

落ちつかせようとする守谷の声も、耳に届いてないらしい。

千穂は苦悶《くもん》の表情を浮かべると、髪を振り乱しながら、傍にあった枕をきつく摑んだ。そうして、身体全体を大きく戦慄《わなな》かせると、カッと見開いた目で遙たちを見つめ返してくる。

「目の前で、この子の父親が助けを求めてたのにっ。私が気づいたとき……、この子はただ見下ろしてるだけだった。顔も手も…あの人の血を全身に浴びたまま、ただぼーと突っ立ってるだけだったのよっ？……なんで？　なんでそんなこと……。助けを求めてたのにっ。助け…を…っ」

ぶるぶると全身を震わせながら、激しく叫んだ千穂の声は、まるで慟哭《どうこく》のようだった。身体の奥に溜まったしこりを一気に押し流すかのように、その両目からは、どっと涙が流れ落ちていく。

「万理ちゃん…っ」

千穂の叫びに追い立てられるように、万理は突然くるりと身体を翻すと、部屋の外へ駆け出していった。

「万理さん！」

「いいです、僕が行きます。守谷さんはお母さんのほうを…」

守谷に声をかけてから、遙が万理のあとを追って廊下に出ると、ちょうど閉じかけていたエレベーターへ乗り込む小さな背中が見えた。次に来るエレベーターを待っていられず、隣にあった階段で一階まで駆け下りる。

外来診療が午前までのせいか、人気《ひとけ》の少ないロビーをきょろきょろと見回すと、ガラス張りになっている自動ドアの向こう側に、しゃがみ込んでいる背中を見つけて遙はほっと息を吐いた。

その後ろ姿は小さく、ひどく頼りなげに見えた。

「……万理ちゃん」

声をかけると、万理はしゃがんだままの姿勢で遙を振り返り、零れそうな大きな目でじっと見上げてくる。

そこには、久しぶりに母と会えた喜びのようなものはなかったけれども、代わりに拒絶されたことへの悲しみや、恨みも見えなかった。

四日前に、冠城の家で出会ったときから変わらない、綺麗なガラス玉のような瞳。そこから万理の感情を窺《うかが》い知ることはできそうにない。

「……あの…ね、お母さん、きっと今は疲れてるだけだと思うんだ。色んなことがあったしね。でも……元気そうでよかったね」

そんな言葉しか思い浮かばない自分を、遙は激しく情けなく思ったが、万理は無表情のままそれでも小さくコクンと頷いた。手を差し伸べると、小さな指がおずおずと返されるのに、安堵《あんど》する。

しかしその細い指先を握り締めた瞬間、さーと流れ込んできた感情に、遙ははっと顔を強張《こわば》らせながら隣に立つ万理を見下ろした。

突然堰《せき》を切ったように万理から流れ込んできたそれらは、はっきりとした声にはなっていなかったが、安堵や悲しみ、切望や痛みといった色んなものが複雑に入り混じっているのが分かる。

そしてそのどれもが、こんなに小さな子供が持つ感情にしては、あまりにも切なく悲しいものばかりであった。

それらはすぐ流れるように消えてしまったが、遙はそのとき、万理がこれほどまでに自分の感情を押し隠そうとしていたわけが、なんとなく分かったような気がした。

きっと…今日だけじゃない。これまでにも、万理はああして邪険《じゃけん》にされることがあったんだろう。

それでも、母の無事な姿を一目見ようと会いに来た万理の気持ちを、違《たが》えてしまいたくはなかった。

「ね、万理ちゃん。アイスでも食べて待ってようか？」

「……………」

守谷が戻ってくるには、まだしばらく時間がかかるだろう。遙はわざとその場の雰囲気を払拭《ふっしょく》するように明るい声で問いかけたが、万理は色素の薄い大きな目を瞬かせただけで、それに頷き返してはくれなかった。

「アイス嫌い？」

尋ねると、おずおずと首を振る。まるで逡巡《しゅんじゅん》するかのように視線を巡らせている万理を見ながら、遙はもしかしたら…と思う。

万理は、甘え方を知らないのかもしれない。

これまで一緒にいても、なにかをねだったり、我が儘を言ったことのない万理を見ていると、本当に甘えてしまっていいのか、欲しがってもいいのかと、いつも心のどこかで迷っているように見える。

嬉しいことがあっても、それをうまく表せなくて黙り込むから、きっと母親が言うように『なにをやっても喜ばない』と誤解されていくのだろう。

「なら一緒に食べようよ。僕も食べたいし。そうだ……お土産《みやげ》に嵯雪さんたちにも、家の近くのお店で買って帰ろうか。牙威も好きだと思うし」

牙威の名を出したとき、繋いでいた小さな指がわずかにピクリと震えた気がした。

もしかしたら、いまだ万理は牙威を恐れているのだろうかとも思ったが、今度は万理も素直に首を縦に振った。

「じゃあ、まず二人で好きなの買いに行こっか」

これだけ大きな病院ならば、どこかに売店があるはずだ。

ぐるりと見回すと、一階の隅に売店を示したプレートと矢印がかかっている。それを見つけた遙は、万理の手を繋いだまま奥へと続く廊下へ足を向けた。

非常口へも繋がってるらしい廊下は、外来時間を過ぎたせいかかなり薄暗く、小さな蛍光灯だけがわずかに灯されている。

万理の手を引いたまま、廊下の角を曲がったとき、遙はぐにゃりとした、なにか柔らかいものを踏みつけたような気がした。

………え?

なにを踏んだのだろうと、足を上げて確かめようとしてみたのだが、反対にぐいと足を強く引かれてそれは叶わなかった。

「いた……っ」

ぎゅっと足首のあたりがきつく締まる感覚。それに慌てて足元へ目を向けると、そこには皺の寄った、茶色い枯れ木のようなものがぎっちりと巻きついていた。

なんで、こんなものが……？

振り払おうとしてみても、ぎっちりと摑まれているのか、足は床に貼りついてしまったかのようにピクリとも動かない。よく見れば、巻きついている枯れ枝の先が細く五本に分かれており、わさわさと蠢きながらもしっかりと遙の足首を摑んでいるのが分かった。

ぎりぎりと足首を締め上げてくるその力強さに、痛みよりも戦慄《せんりつ》が先に立つ。

これ、枝じゃ…ない。

「万理ちゃん、下がってっ」

いつの間にか、目の前の床には黒い染みのような影がじわじわと広がっている。その中心から伸びてきた枯れ木のようなそれは、やがて遙の足首を摑んだまま、ずるずると床から這い出し始めた。

そうして……、それが全身を現したとき、遙は背筋へぞくりとした震えが走るのを感じた。

「な……に？」

そこには、まるで昆虫のように節くれだった長い手足を持つ、小さな生き物がいた。

ぽこりと膨らんだ腹。茶色く干からびた皮膚《ひふ》に覆われた手足は、奇妙なほど細長く、それをまるでカエルのように折り曲げて這いつくばっている。

背中や肩にはごつごつとした骨が浮かび上がり、ぎょろりとした白目の多い血走った目だけが、皺だらけの顔の中で異様なほどくっきりと見えた。

顔の中央に二つ並んだ黒い穴は、鼻なのだろうか。耳元近くまで裂けた口に唇はなく、ちろちろと長い舌を覗かせている。その姿はまるで昔どこかの寺で見た、地獄絵図の中の、角《つの》のない小鬼のようにも見えた。

さらにその一匹目のあとを追うように、床の黒い染みからぼこぼこっと新しい腕が伸びてきたかと思うと、それらは続々と穴から這い出し始める。

『キィエエエエエ、キィエエエエ』

カエルを捻《ひね》りつぶしたような高音域の鳴き声を繰り返しながら、その醜い生き物たちは口元から涎《よだれ》らしきものをぽたりぽたりと滴らせた。それが床に届いた瞬間、じゅわ…と湯気のような煙が立ち昇っていく。

高温なのか、それとも、塩酸《えんさん》のように高濃度の液体なのか。

どちらにせよ、あれに喰いつかれたらひとたまりもないだろう。

ごくりと唾《つば》を飲み込みながら、ともかく万理をこの場から離さなければと、遙は急いで振り返った。

「万理ちゃん、早く逃げて守谷さんのところへ……っ」

言いながら摑まれた足首をなんとか振りほどこうと遙が暴れてみても、細い指はがっちりと食い込んでいて、容易《たやす》く外れそうにない。自由になる右足で蹴り上げてみたが、摑まれている足首にかえって焼け付くような痛みと熱さを感じただけだった。

そうしている間も、その奇妙な生き物たちはじりじりとこちらに近づいてきている。

しかし、危険が刻一刻《こくいっこく》と迫っているというのに、万理はなぜだかそこに立ち尽くしたまま、ピクリとも動き出そうとはしなかった。

「万理ちゃんっ…!」

ともかくこのままでは万理までが危ないと、遙はその身体を庇うように遠くへぐいと押しやったが、万理はおぼつかない足取りで二、三歩離れただけで、すぐにまた立ち尽くしてしまう。

そうしてふらふらと全身を揺らしていたかと思うと、突然、万理は雷《かみなり》にでも打たれたかのようにビクビクッと大きく身体を震わせ始めた。

「…うっ、ううぅぅ……!」

地の底から響いてくるようなその呻き声が、万理の口から漏れているのだと気づくまでに、遙はしばらく時間がかかった。

万理は低くうめき声をあげながら、かっと目を見開くと、寄り集まった小鬼たちを見つめて、ぶるぶると震え続けている。

あまりにも異様なその様子に、遙が再び手を伸ばした瞬間。

「……………いぁぁぁぁぁ…っ!!」

万理の口から放たれた引き絞られるような悲鳴が、空間を切り裂いた。

同時に、万理の色素の薄い髪が、風もないのにふわりと逆巻《さかま》いていく。

まるで彼女の周りにだけ、目に見えない空気の流れがあるように。

「万…理ちゃ……」

ふいにあちこちで、こぽこぽこぽ…と配水管に水が流れるような音が響きだす。

それと時を同じくして、万理の周囲には透明な揺れる球体がいくつも姿を現し始めた。

「え……これ…、水?」

まるで無重力の空間に大量の水をばら撒《ま》いたかのように、それらはふわりと宙に浮いたまま漂《ただよ》っている。

そうしてそこに透明な道筋でもあるかのように、次第に長く細く繋がっていった水の塊は、しばらく万理の周囲をしゅるしゅると舞っていたが、やがて素早く姿を変えると、突如敵へと襲いかかった。

『ギィエエエエエッ』

凄まじい勢いで円を描くと、それらはバシュっという激しい音を響かせながら、遙の足を摑んでいた腕を切り落とす。

跳ね飛ばされた腕が床に叩きつけられ、悲鳴があがるのと同時に、どす黒い体液がびしゃ…っと床や壁に飛び散った。

足首の拘束《こうそく》が解かれても、いまだなにが起きているのか理解できないまま、遙はその凄まじい光景を、ただ啞然と見つめ続けるしかなかった。

鋭く牙を剝くように、容赦なく襲いかかる水の刃《やいば》。

まさか…これが、万理の隠された能力だというのだろうか。

「………っ、…ぁぁぁぁっ」

万理は両耳を手で押さえながら、狂ったように声にならない悲鳴をあげつづけており、それに共鳴するかのように水はさらに勢いを増して宙を舞っていく。

「万理ちゃん…っ！　もういいっ、もういいから…っ」

このままでは万理のほうが壊れてしまいそうな気がして、遙は慌てて万理のもとへと駆け寄ると、その身体を強く抱き締めた。

止まらない震えと悲鳴が遙の身体にまで伝わって、激しい振動を伝えてくる。

「万理ちゃん…っ！」

きつく抱いてその名を繰り返すと、突然ぴたと動きを止めた万理の身体は、痙攣を起こしたように二、三度引きつり、ついでがくりとうなだれた。同時に空を舞っていた水の塊もぴたりと止まり、その形を失いながらばしゃりと床に流れ落ちる。

「万理っ、万理ちゃん？」

どうやら、意識を失ったらしい。腕の中でずるずるとくずれ落ちていく身体は、ぐにゃりとしていて、まるで力が入っていないかった。

遙はその場に膝を着き、なんとかその身体を落とさぬように抱え上げる。だがそのとき、漂ってきた澱《よど》んだ空気にはっと顔を上げた遙は、新たな敵が今にも飛びかかろうと構えているのに気がついた。

いつの間にか、囲まれてしまっている。

遙と、遙の腕の中でぐったりとした万理を睨みつけてくる、ぎょろりと血走った大きな目。

耳まで裂けた口からは、剣山《けんざん》のような細かな歯がびっしりと覗いている。

フー、フー…という低い呼吸音とともに、口元から溢れ出した唾液が床に向かって滴り落ちるのが、なぜだかスローモーションのように遙の目に映った。

じゅっと焼けつく音が、やけに大きく鼓膜へ響く。

――――牙威…っ。

腕の中の万理を庇う仕草で抱き寄せながら、心の中でその名を叫んだとき、遙の目の前をすっと黒い影が横切った気がした。

『ギィヤヤヤヤッ、ギャッ』

激しい悲鳴に顔を上げれば、今にも襲いかからんとしていたはずの小鬼が、遙たちの足元でもがきながら、どす黒い液体を溢れさせていた。

そこへ再び狙いを定めるかのように旋回《せんかい》しながら、凄まじいスピードで舞い戻ってきたのは、一羽の大きな鳥だった。

ばさばさと羽音をさせながら、大きな翼で逃げ惑《まど》う獲物《えもの》を追い詰め、鋭く鉤状《かぎじょう》に尖った爪が深く肉を捕らえる。

そうしてその鋭い嘴《くちばし》で、べりべりと容赦なく引き千切った肉片を飲み干していく姿は、まさしく猛禽《もうきん》類のそれであった。

「鷹《たか》……？」

なぜそんなものがここにいるのかと不思議に思うより先に、その凄まじい光景に呆然と見入ってしまう。どす黒い体液を撒き散らしながら、無惨に引き裂かれていく仲間の姿に恐れをなしたのか、他の小鬼たちはサササと遙たちから離れた。

「汚ねぇ手でこいつに触るな」

ふいに低い声が響くと同時に、後ろから肩をぐいと抱き寄せられた。万理ごと庇うようにその腕へと抱き込まれた瞬間、遙は自分の身体からどっと力が抜けていくのを感じていた。

振り向かなくても分かる、聞き慣れた、低く耳触りのいい声。

そして力強く、温かな腕。

「失せろ」

言葉とともに、伸ばされた手がざっと空を薙ぎ払うと、そこから青白い閃光《せんこう》が放たれ、まばゆい炎となって鬼たちに襲いかかる。逃げ惑う小鬼たちを瞬《また》く間に飲み込んだそれは、ゴウッと音をたてて燃え上がった。

　捕らえた小鬼を一匹も逃がさぬように、蒼い炎は小さく渦《うず》を巻き始めると、やがて床に広がっていた黒い染みごと呑み込んでいく。

　そうして最後はその黒い染みもろともに、ふっと姿をかき消した。

　あとに残ったのは、あちこちに跳ね飛んだ黒い血痕と、干からびた一本の腕。

　深い穴のように黒い染みが広がっていた床は、ところどころ表面のコーティングが溶けてはいるものの、いまはもうただの床に戻っている。

「何かあったら名前を呼べって、いつも言ってんだろう?」

「牙威……」

　固い声に恐る恐る振り返ると、そこには想像どおりの人物が、深い青色の瞳を細めながら仁王立ちになっていた。

　綺麗な顔立ちに変わりはないが、そのきりりとした口元が、ムッとしたように結ばれているのを見れば、彼の機嫌があまりよくないことは伝わってくる。

　それでも牙威が来てくれたというだけで、言葉にはならないほどの安堵感を覚えて、遙は思わず涙が溢れそうになってしまった。

「……ごめ…ん、ありがと…」

　鼻をすすりながら素直に礼を言うと、牙威はその場でピシと固まったように動かなくなり、ついでがしがしと乱暴に頭を掻きながら『クソ…』と小さく吐き捨てる。

「……ったく、怪我はないか?」

「あ…いや、うん……そうだ!」

　そこでようやくはっと我《われ》に返った遙は、腕の中でぐったりしている万理の顔を覗き込んだ。

「万理、万理ちゃん? しっかり!」

「急に力をフルで使ったから、許容量オーバーでぶっ飛んだんだろ。……かなり派手にやらかしたみたい

だな」

「遙さん！　…よかった、ご無事でしたか」

牙威と同様に不穏な空気を感じ取って駆けつけてきたらしい守谷は、遙とともにいる牙威の姿を見つけると、ほっとしたようにその胸を撫で下ろした。

「守谷、お前来るのが遅《おせ》ぇんだよ」

「すみません。…ああ、ちょっと失礼します」

守谷は遙たちの前で腰を下ろすと、腕の中でぐったりと気を失っている万理の額や首筋に触れて状態を確認し、それから大丈夫だというように頷いてみせた。

「やはり、餓鬼《がき》でしたか？」

床に残された一本の腕へちらりと視線を向けながら、遙から万理の身体を受け取った守谷は、そう牙威へと問いかけた。

「ああ。かなりの量の餓鬼が、さまよい出てきてるみてぇだ。しかも万理と呼び合ってやがる。……楓樹の野郎、分かってて人に押し付けたな」

苦々しく告げた牙威の言葉で全てを理解したのか、守谷は『そうでしたか』と頷いてみせたが、なんのことだか分からずに遙は首を傾《かし》げた。

「餓鬼…って、さっきの小さな鬼みたいな奴のことですか？」

「ええ。人肉を食べていると報告にあったので、多分そのあたりではないかと予測はしてたんですが。もし餓鬼なら、本来は地獄の入り口付近にいるはずなんです。そこで死んでも死にきれずにさまよっているような、強欲《ごうよく》な人間の肉を喰らってる。個体そのものにたいした威力はないですが、寄り集まると厄介《やっかい》ですね」

「そんなものが…どうしてここに？　それに…万理ちゃんと呼び合ってるって……どういう意味なんですか？」

守谷の腕に抱かれた万理を見つめながら、不安そうな表情を見せる遙の背をぽんと叩いた牙威は、なんでもないことのようにあっさりとそれに答えをくれた。

「そのまんまの意味。呼んでるんだろうな、アイツ自身が」

「まさか……」

あんな風に……全身を震わせながら餓鬼を恐れていた万理が、自分から餓鬼を呼び寄せているとは、信じがたい。しかし守谷までもがそれを肯定するかのように、頷いてみせた。

「内側から呼ばれでもしなけりゃ、餓鬼みたいな下等な妖魔が、こんな結界バリバリの中には入ってこられないぜ？」

冠城の屋敷があるあの地は、それだけでも聖域《せいいき》の役割を果たしている。

妖魔だけでなく、生き物も霊も、冠城に仇《あだ》なすものは弾かれるしくみになっているのだ。それと同様、冠城家と深く関わりのあるこの病院も、普段から術者たちの手によって強い結界が張られているらしい。

それなのに、突如《とつじょ》としてあれだけの餓鬼が結界の中にぞろぞろ現れるなんて、他に理由は考えられませんと守谷も続けた。

「で、でもっ、万理ちゃんは僕を助けようとしてくれてたんです。あの不思議な力まで使って。……それなのに、自分から呼び寄せたりなんてことをするでしょうか…？」

「もしかしたら…どちらも無意識のうちなのかもしれませんね。餓鬼と呼び合ってしまうのも、それに反発して力を使ってしまうのも」

「なんで…そんなことが…」

守谷の腕に抱きかかえられている万理は、顔色も悪くぐったりとしていて、いつもよりますます小さく、頼りなく思える。先程、あれだけの力を放った人間とはとても思えなかった。

ショックを隠し切れない遙の隣で静かにたたずんでいた牙威は、ふと気づいたようにその足元へとしゃがみ込んだ。

「この辺だな。……結界を強引に歪めて、異空と繋がる穴を開いてやがる。なまじ力がある奴はとんでもねーな」

言いながら、黒い染みが消えていったあたりへ牙威が左腕をかざすと、その手を包み込むようにばちばちっと蒼い火花が散って、俯く牙威の横顔を一瞬だけ美しく照らしだす。

遙の目にはなにが起きたのかさっぱり分からなかったが、牙威はその一瞬で、結界の綻《ほころ》びを修復したようだった。

万理が餓鬼と呼び合っているという話は、遙には受け入れがたいものではあったが、それでも牙威や守谷が嘘をつくとは思えない。

ならばやはり、万理は無意識のうちに、自分から餓鬼を呼び寄せているということなのだろうか。

あれほどまで……ひどく、恐れていながらも。

「ともかく帰ろうぜ。全部それからだ」

青褪めた顔をしたまま、遙は牙威の言葉にただ頷くしかできなかった。


「おかえり。大変だったね」

すでに連絡がいっていたのか、車が到着するとすぐに出迎えてくれた嵯雪は、家人に頼んで意識を失ったままの万理を家の奥へと運ばせた。

「ほら、牙威もご苦労様。……って、なにをそんなにぶすったれた顔してるのさ?」

他にもかなりいるはずだという餓鬼のことが気になっているのか、牙威は終始《しゅうし》無言で、車の中でもムッとしたようにその形のいい眉を寄せていた。

みんなで離れへ渡ったあとも、牙威はどすっと定位置に腰を下ろすと、ひどく不機嫌そうな顔のまま嵯雪を睨み上げている。

「楓樹は？」

「いつもどおり、お勤め中」

そんな牙威のきつい視線を受け流しながら、嵯雪はすとんと遙の隣に腰を下ろした。

「あいつ、万理が餓鬼と呼び合ってるのを知ってて、こっちに押し付けたな？」

「いやー…、そこまでは確信してなかったみたいだけどね。でもこれではっきりしたんじゃない？」

あっさりと肯定してみせるあたり、当然それは嵯雪の中でも予測されていた事実だったらしい。

ならばもしかして、万理が餓鬼と呼び合う理由も嵯雪は知っているのかもしれないと、遙はどうしても気になっていたそれを問いかけた。

「あの…、どうして万理ちゃんは餓鬼と呼び合ってしまうんでしょうか？　それって、万理ちゃんの力のことと何か関係があるんですか？」

あんなにも恐れながら、なぜ引き寄せずにいられないのか。

もしそれが、あの隠された力のせいだというならば、それはひどく悲しいことだと思う。能力があったがゆえに狙われ、それによって家族とともに襲われたのだとしたら。

「それももちろん、理由のひとつではあるだろうけどね。でも、それとあの子が自分から餓鬼を呼び寄せている原因は、また別だと思うよ」

言いながら、嵯雪はお茶とともに運ばせてきた新しい資料の中から、何枚かの写真を抜き取って遙たちの前に差し出した。

「実は色々と調べてみたら、面白いことが分かってきてね。これまで襲われた家庭は場所も職種も様々なんだけど、ひとつだけ共通していることがある。どの家も、ここ一年以内に子供が死んでるんだ。それも、みんな事故かなんかで」

「事故？」

「そう。親の不注意で階段から落ちたり、風呂場で滑って熱湯の中で溺《おぼ》れたり…ね。栄養失調で肺炎《はいえん》を併発《へいはつ》なんてものもある」

「それって…」

聞きながら、背筋にぞくりとした寒気が走り抜ける。

その話からは事故というよりも、ある予感めいたものを感じさせたが、それを認めてしまうのは怖かった。

「はっきりとした証拠《しょうこ》はないので、どれも注意勧告程度で済んでいるようですが、親による虐待《ぎゃくたい》に間違いがないでしょうね。そのうちの何名かは、生前に児童相談所に一時期預けられていたこともあるようです」

資料にざっと目を通しながら、守谷は何枚かの写真をこちらにも手渡してきた。

身体の一部だけを、写し出した写真。

そこには幼児独特の柔らかそうな肌が写されていたが、そのどれもがところどころ青や紫に変色していたり、一部が赤く腫《は》れ上がったりしていた。

煙草を押し付けられた痕なのか、赤くただれた小さな穴から膿《うみ》が出ているものもあれば、ミルクやオムツの交換もろくにされず、垢《あか》だらけで痩せ細った乳児の手足が写されているのもある。

この前目にした血だらけの写真とは、また違った意味での凄惨《せいさん》さに、思わず目を背《そむ》けたくなってくる。

「誰かに似てると思わない？」

「万理ちゃん…も、…そうだったってことですか？」

出会ったときから、細く、傷だらけだった万理。

小枝のような細い指先や、いまだ青痣の残る腕。目元のキズも、いまだ癒えてはいない。

あれらは餓鬼に襲われたときにできた傷なのだろうと、勝手にそう思い込んでいたけれども、もしそうじゃないのだとしたら。

「さぁ…それは分からないけどね。あの子自身はなにも語らないし。ただ、あの子が病院に運ばれてきたときに診察した医師の話によると、痣や傷は新しいものから古いものまであったそうだよ。それと左上腕部《じょうわんぶ》に自然治癒《ちゆ》した骨折の跡が見つかってる。乳幼児期に骨折した場合、気づかれずに完治《かんち》してしまうことも少なくない。でもレントゲンをとれば、奇妙な歪みでくっついているのがすぐ分かる」

どれも確たる証拠にはならない。

けれども、疑わしきサインはいくつも出ている。ガラスのような瞳。なにも語らない声。

母親に拒絶された瞬間、遙の中へと流れ込んできたあまりも複雑すぎる感情。

目元のかさぶたも、身体中に残る痣や傷も。それら全てが、彼女が両親から受けたものだとしたら。

「もし……本当にそうなら、あの子が無意識のまま餓鬼を引き寄せていたとしても、不思議はないと思うよ。親の愛情を得られずに死んだ子供たちが、飢《う》えた餓鬼となって今回の事件を引き起こしているのだとしたら、同じ立場にある人間が彼らの想いに引きずられないはずはない」

静かな嵯雪の言葉に、遙はぎゅっと強く目を瞑《つぶ》った。

なぜ、気づけなかったのだろうか。こんなにも近くにいて。

無意識に餓鬼を呼び寄せてしまうほど、万理がなにを求めているのかを。

「なんとか……、なんとか万理ちゃんが、餓鬼に引きずられないようにすることはできないんでしょうか？」

「それはなんとも言えないね。引きずられたくないと抵抗しているからこそ、力を使ったんだろうと思うし。それでも、たとえ無意識のうちであっても本人が同化することを望んでいるんだとしたら、餓鬼を呼ぶことを周りが抑えるのは難しいと思う」

餓鬼と同化し、生きたままその腸《はらわた》を引き裂いてやりたいと思うほどに、親を恨むのか。

それとも、ただ人として救われたいと願うのか。

どちらもきっと、万理の心の中には存在している。

だからこそ、相反して難しいのかもしれない。

きっと万理はこれまでも、たった一人でいろんなことに耐えてきたのだろう。

「そこまで分かってんなら、そんなのと遙を一緒に置いとくんじゃねーよ」

「なんだ。結局それが、牙威の不機嫌な理由のわけか」

ぼそりと呟かれた牙威の言葉に、嵯雪はポンと手を打った。

「遙にべったりのあの子を、引き剥がしたくても引き剥がせなくて、ずっとイライラしてたもんねぇ」

「な、なに言って…」

袖から出した扇子《せんす》でぱたぱたとあおぎながら、嵯雪は『なら初めっから、素直にそう言えばよかったのに』などと笑って、牙威をニヤニヤと眺めている。

思わぬ言葉に牙威が声を詰まらせると、守谷までもが、なぜだか穏やかな笑みを浮かべて『そうですね』と頷いてみせた。

「嵯雪、テメーいい加減なことばっかり言ってんな！　守谷も妙《みょう》に納得してんじゃねぇよ。だいたいなぁ、万理みたいなガキを遙と一緒に外に連れ出したら、狙われんのは当然だろうが！」

「あのっ……、本当に守谷さんは悪くないんだよ。今日のことは、僕から万理ちゃんを病院へ連れていって欲しいって頼んだんだし」

「いえ、目を離したのは自分の責任ですから」

矛先《ほこさき》が守谷にまで向いてしまったことに、慌てて遙はフォローを入れたが、恐縮《きょうしゅく》しまくる遙に対し、反対に守谷からは『すみませんでした』と頭を下げられてしまった。

「いいんだって、二人ともそんなに気にしなくて。この我が儘王子はねぇ、万理ちゃんに嫌われてるから遙の傍には行けないし、初めに理解あるフリしちゃったもんだから、今更遙に離れへ戻ってきて欲しいとも言い出せなくて、ずっとやせ我慢してたからさ。拗ねてるだけなの」

涼しい顔で凄いことをぺらりと口にしながら、風を送っている嵯雪の言葉に、部屋の中の気温が、一気にピキンと氷点下まで下がったような気がした。

恐る恐る牙威へと視線をやると、牙威は唇を噛み締めたまま、真っ赤な顔で嵯雪を睨みつけている。

「違うだろっ！　そうじゃなくても遙の気は狙われやすいんだよっ。あのガキもコントロールなんてできねーくせに、力だけはかなり持ってやがるみたいだし。そんな二人がつるんでたら、奴らにとっては格好のエサだ！　エサッ！　そういう現実抜きにして、好き勝手言ってんじゃねーよ！」

牙威にとってはただその場の勢いなのかもしれなかったが、その一言は、かなり奥深く遙の胸にグサリと突き刺さった。

特に最近、自分でもそうなのかなと思っていたりもしたもので。

「……やっぱり、僕はそうなのかな」

「あ？」

「そういう、ものでしかないのかな」

こんなことを気にするなんて、我ながら情けないとは思うのだが、牙威の言葉にかなりのショックを覚えた遙は、自分で考えていた以上にそのことを気にしていたのだと気がついた。

「え？　なんの話を……おい、遙？」

俯いてしまった遙の暗い声に、牙威は慌てたように顔を覗き込んでくる。

深い色をした瞳が心配そうにこちらを見つめているのを見れば、それだけで牙威が自分を気遣ってくれているのは伝わってきて、それが胸を焼くような、甘苦しい気持ちにさせられる。

いつもそうだ。牙威の視線に合うと、遙はたまらない気持ちになる。

牙威にとって自分は、ただ気を与えるだけの存在でしかないはずなのに。

なぜそんなに優しい目で見るのかと、そのわけをつい尋ねたくなってしまう。

「君が……僕に必要以上に気を遣うのは、僕が…君にとっての、エサだからなの？」

「エ……って、バカっ！　そんなことあるかっ！」

珍しい牙威の怒鳴り声に、遙はびくりと肩を竦ませたが、その質問を撤回《てっかい》しようとはしなかった。

それは、本当はずっと聞いてみたかったけれど、口にするのはためらわれていた言葉だったから。

牙威が龍の力を補うために、何よりも清浄な自然の気を必要としているのは分かってる。そのために、遙と契約しているのだということも。

それでももし、その契約のためだけに、牙威が無理をして遙に気を遣ったり、抱いているのかもしれないと思うと、怖かった。

どんなときも暖かく触れてくるあの手が、気を得るためだけに優しくしてくれるのかと思ったら、それだけでやるせない気分になるのだ。

「遙…、あ、あのな…？　いや、ええと怒鳴って悪かったけど…」

きゅっと唇を噛み締めて俯いてしまった遙の前で、牙威はらしくもなくあたふたとしながら言葉を失っており、どうやら本気で焦っているらしいと分かる。

守谷とともにその行く末をじっと見守っていた嵯雪は、気の利いた台詞《せりふ》の一つもいまだ言えないでいる牙威の姿に、やがて大きな溜め息を吐いた。

「ねぇ…守谷。言ってもいい？」

「なんとなく言いたいことは分かりますが……、一応どうぞ」

「なんだかさぁ、ものすごーくバカバカしい痴話《ちわ》げんかに巻き込まれてるような気がしないでもない？」

「とか言いつつ、嵯雪様。なんだかとても楽しそうですね」

パチンと手の中の扇子《せんす》を閉じながら、嵯雪はそれににっこりと微笑みを返した。

「あれ、守谷は楽しくないの？」

「いえ、かなりの見ものだと思ってます」

「外野うるせぇ！」

楽しそうに目を輝かせている野次馬《やじうま》たちへ、牙威はキッときつい視線を浴びせたが、普段から魑魅《ちみ》魍《もう》魎《りょう》と向き合っている二人は今更それぐらいのことでは怯《ひる》みそうにもない。

それどころかさらにニヤニヤとした笑みを浮かべる嵯雪に付き合って、守谷もぴたりと黙り込むと、静かにことの成り行きを見守ることに決めたようだった。

「ご……ごめん。僕はなに言ってるんだろう。君がそんなつもりじゃないのは､ちゃんと知ってるのに…」

「あ、あのさ、遙。俺の言い方が悪かったのかもしれないんだけど。本当に、俺は別に遙をエサだなんて思ってねーぜ？」

「うん。それは分かってる。……ちゃんと分かってるんだ、ほんとは」

牙威がそんな人間ではないことぐらい、遙だって知っている。

知っていながら、それでも考えてしまうのだ。

牙威がくれる、その優しさの意味を。

「ただ、どうしてなんだろうと思って…。君は…必要以上にはなにも求めないのに…」

「必要以上って？」

「……今日のことだってそうだよ。僕が困っているときは、ああやって君はいつもすぐに助けに来てくれるのに。牙威が僕を必要とするのは、怪我してるときとか…っ、凄く困ってるときとか…、そんなときばかりだし…」

牙威のさりげない優しさに触れるたび、遙はそれと同等のものを、自分は返せていないのではないかと思って、怖くなるときがある。自分はいつも、ただ彼が傍にいてくれるだけで、その手に触れられるだけで、色んなものを牙威から与えられている気がするのに。

「そりゃ…怪我したら、気を分けてもらわなきゃなんねーし……」

困ったようにがしがしと髪を掻きながら、そう素直に漏らした牙威の呟きに、思わず熱いものが込み上げてきそうになって、遙はぎゅっと強く唇を嚙み締めた。

「は、遙？　ど、どうしたんだ……テッ」

そのときぺしと音をたてて、嵯雪の手にあったはずの扇子が牙威の後頭部へと飛んできた。

「嵯雪！　なにすんだっ！」

キッと振り返った牙威へ同情の目を向けながらも、守谷は隣に座る嵯雪をそっとたしなめる。

「嵯雪様。……一応、あれでも冠城の龍神ですので」

「はいはい、守谷の大切な牙威様に申し訳ありませんでしたね。だけどあんな鈍《にぶ》ちんを、守護神として奉《たてまつ》ってるほうが恥ずかしくならない？」

牙威に思い切り呆れたような一瞥をくれながら、容赦のない追い討ちをかけた嵯雪は、遙へ向き直るとにっこり微笑んだ。

「つまりはさ、こういうことでしょ？　遙としては、人の好意にひどく鈍感《どんかん》で、そのくせかっこだけはつけたがるあの甘ったれの我が儘王子に、『もし契約がなくても、欲しいって言ってくれる？』って聞いてみたいわけなんだ？」

「さっ……、さささささ嵯雪さん!?」

な、なんてことを。

とんでもない要約をしてくれた嵯雪の言葉に、遙は首まで真っ赤に染めると、その場で小さく飛び上がった。しかし嵯雪は『だって短くまとめると、そういうことだよね』と悪びれもせずに笑っている。

「え…、いや、あの…っ」

確かに、エサ扱いは嫌だと思った。気持ちもなにもなく、ただ気を渡すだけの容れ物と思われていたら、辛いとも。

嵯雪の言葉はそこからかなり飛躍《ひやく》しているものの、結局、突き詰めればそういうことになるのだろうかと、遙は今までの自分の言動を振り返った。

「遙…、それって……」

「い、いや違うよっ。なんで契約してるのに、怪我してないときはキスとかだけで済まそうとするんだろうとか、ちょっと不思議に思っただけで。それも別に牙威にその気がないってことなら、それだけの話なんだし…っ」

　ぶんぶんと首を振りながら焦って言葉を並べた遙は、そこでなおさら墓穴《ぼけつ》を掘っている自分にはっと気がつく。

　これではまるで、牙威にその気があったら、キス以上のこともして欲しいとねだっているようなものではないか。

「いや…その、ええと………」

　けれどもやはり、いくら考え直してみたところで自分がこだわる理由は他に見つからなくて、もしかしたら結局はそういうことなのかもしれないと、遙は悟《さと》った。

　なにも望まないなんていいながら、多分どこかで期待している。

　望まれたいのだ。

　もし牙威にとって、自分が有益なことをなにひとつ持っていなかったとしても、必要だと言われたいのだ。きっと自分は。

　自然の気が宿るからではなくて、ただ沢渡遙という一人の人間を、欲しいと言ってもらいたいと、こんなにも強く願っている。

　祖母がこの世を去ってしまってからは、他の誰かに望まれることなんてありえないと諦めていたのに、ひとたび求められることの心地よさを知ってしまえば、それが手放せなくなっている。

　そんな己の貪欲さに気づいて、遙はますますいたたまれなくなり、首のあたりまで真っ赤に染めながら小さくうなだれた。

「……おい、お前ら。邪魔者は消えとけ」

「はいはい、退散いたします」

　牙威が出口に向かって指差すと、嵯雪は不服そうな溜め息を漏らしながらも、守谷と連れ立って素直に席を立った。

　もともと人気のなかった離れは、二人が消えると本当に牙威と遙だけになってしまった。

「あ、あのごめん…。変なこと言って。なんだかこれじゃあ、本当に、よ…欲求不満みたいだよね」

冗談《じょうだん》ぽく笑って流してしまおうと思ったのに、失敗する。顔を上げると牙威の真摯《しんし》な瞳と目が合って、
牙威はそんな遙に少しだけ困ったように笑っていたが、やがてひどく言いにくそうに口を開いた。

「悪い。隠してたこっちがいけなかったんだけど……」

「…なに、を?」

隠してたという言葉に、ドキリとする。

それはもしかして、やはり牙威は自分のことを『気をくれる巫覡』としか思っていなかったということなんだろうかと、思わず身構えてしまった遙に向かって、牙威が続けた言葉は想像もしてみなかったようなことだった。

「………ええと、あのな。龍の体液ってのは、色んなモノを含んでるらしいから、使いようによっては魔除《まよ》けになったり、反対に毒になることもある」

「は?」

「だからその………、作用によっては気持ちよく…なることも、ある」

一瞬、言われたことの意味が分からなかった。

きょとんとした遙の表情で、それが伝わったのだろう。牙威はがしがしと乱暴に髪の毛を掻くと、『クソッ』と小さく舌打ちしながら覚悟を決めた。

「俺とキスすっと、遙…身体が熱くなるんだろ?それって多分、遙が変とかいうより俺のせいだよ。龍がその気になったときに交わると……その…、媚薬《びやく》になるんだ。ええと、つまり…唾液とかが」

龍と契約するものは、その交わった体液によって、狂わされるのだと牙威は告げた。

心地よく、龍を受け入れられるようにと。

「…………それって…?」

「昔っから、龍と交わるとクセになるって言われてる。だから、別にキスだけでその気になったとしても、遙がおかしいんじゃねぇよ。……それ、多分俺のせい」

というより、龍の力のせいだろうけどなと自嘲《じちょう》気

味に呟かれた牙威の言葉は、あまりにも突拍子《とっぴょうし》もないものであったが、それが事実であることは十分に伝わってきた。

確かに遙が牙威と出会った夜、突然キスをされた瞬間から、牙威とのキスはひどく心地よかった。

熱を持って固くなった牙威自身に、初めて身体の中を深く穿《うが》たれた瞬間でさえ、ただ熱いと感じるばかりで痛みはほとんど感じなかった。いや……それどころではなかったせいもあるけれども。

そうした行為に牙威の体液が作用していたなんて知らずにいたため、初めて聞く事実にかなりのショックを覚えたのは確かだ。

「もともと、遙はそういうの得意じゃないって知ってんのに、あんまり巻き込むのもどうかと思ってさ。そうじゃなくてもお人よしで、怪我とか見たら嫌とか言えないのも知ってるし。これでもかなり、俺としては我慢してたつもりな……」

言い終わる前に、遙はさっと手をあげていた。

「バカ！」

「…って、待て、遙。待てって」

さすがに二度目ともなると簡単に殴らせてはくれなかったが、顔を赤らめながら、本気で怒りを滲《にじ》ませる遙に、牙威はたじろぎながらもその手を掴んだ。

「ほんと、遙は見かけによらず気が強いっつーか、手が早いっつーか…」

「君がバカだからだよ！　なんで…そんなのっ…」

今更そんなことを言うなんて。

ぷるぷると言葉もなく震えている遙に、牙威は慌てた様子で『遙？』と顔を覗き込んでくる。

そんな風に優しい目をしたりするくせに、肝心なことが全然全く分かっていないのだ、この男は。

牙威は時折、遙を含めた全ての人に対して、期待することさえ諦めたような言葉を吐くときがある。それによって遙がひどく傷ついていることなんて、きっと牙威は気づいていないのだろう。

特殊な力を持っていたために、人とは一線を置いてつき合うしかなかった遙にも、似たようなところはあるから、牙威の気持ちはよく分かる。遙とて、この力がある限り誰かに望まれることはないだろうと、諦めて生きてきたのだ。牙威と出会うまで。

牙威の力は、遙のそれとは比べ物にならないくらい強大だ。

龍の力を手に入れたがゆえに、牙威はどれだけたくさんのことを諦め、また乗り越えてきたのだろうと思うと、それだけで遙は胸の奥に重い物が詰まったような痛みを感じる。

それでも、遙が自分自身で選んで牙威の手を取ったその気持ちまで、勝手に諦めて欲しくはなかった。

目を交わしただけで早くなる鼓動や、触れられた指先からじわりと熱くなる肌。

そうした全てに、どれだけ遙が幸せを感じているのか、それを牙威も思い知るべきだ。

「僕は……、確かに人の気持ちが嫌でも読めてしまうときがある。でも君だけは違う。君の声は、一度も聞こえてきたことはないって言ったよね？」

牙威と出会って、遙は初めて自分の中に隠れていた欲望を強く自覚した。

これまで、人と触れ合うことさえできずにいた自分が、牙威を欲しいと強く思っている。そうした感情の全てを、ただ同情で流されているだけの錯覚だなんて思えないし、思いたくもなかった。

「それでも、声なんか聞こえなくたって分かるよ。君が、僕のことをただの同情で守ってくれてるのか、そうじゃないのかなんて、声を聞かなくても分かる」

なのになぜ、牙威には分からないんだろう？

彼と寝るのは、別に強要されてるからじゃないということを。守られているからなんて、そんな見返りの気持ちではないのだということも。

「確かに、君としてると……すぐにわけが分からなくなって、どうしようもなくなるときもあるけど、そういうのも全部、ただの錯覚だって…本当にそう思ってるの？」

触れてくる指の熱さだけで、ダメになりそうなほど感じるこの気持ちを、ただの錯覚だなんて、そんな言葉で括《くく》られてしまうのは辛い。

そう必死に告げる遙に、牙威は一瞬どこか痛そうに目を眇《すが》めると、ぐいと肩を抱き寄せるようにしてその唇を塞いできた。

「………っ」

息も奪い尽くすかと思うほどに強く吸われて、入り込んできた舌に、深く溺《から》め取られる。痛いくらいきつく抱き寄せる仕草は乱暴なのに、それがひどく嬉しくて身体が震えた。

牙威が本気で、欲しがってくれているのが分かるから。

眩暈がする。

「……思わねぇよ。…そんなん、思いたくねぇよ」

牙威はキスの合間に低く呟くと、遙の背をがむしゃらに抱き寄せながら、その細い首筋に噛み付くような口付けを落とした。


ふと頭の上から聞こえてきた声にうっすらと目を開けると、牙威が持ち上げている右腕に、ちょこんと小さな鳥が留まっているのに気がついた。

「……………?」

羽根と尾に青と緑が少し混じった、綺麗な色合いをしたそれに、どこかで見覚えがあるような気がしたが、どこで見たのかは思い出せない。

牙威が小さな声でなにかを囁《ささや》くと、小鳥はぱっと彼の手から飛び立っていったが、手を離れた瞬間、すうっと羽根や身体が膨れ上がるように大きくなり、窓から静かに夜の闇へと消えていった。

「いま…の……」

声をかけようとして、あまりに弱々しいそれに自分で驚く。

どうやら先程の激しい情交で、声をあげすぎて掠れてしまっているらしい。

「悪い。起こしたか？」

起き上がろうとしても、なんだかいまだに指や腕が痺れていて、力が入らない。それに牙威が苦笑しながら引き起こしてくれた。

どうやらやりすぎたという自覚はあるらしい。

まぁ、一緒になって欲しがった自分にも同罪なので、それを責める気もなかったが。

牙威から手渡された茶碗の水で喉を潤《うるお》すと、少しだけ落ちついた気がして、遙は大きく息を吐いた。

「今の鳥は……君の？」

「ああ、俺の式《しき》だ」

「形が違ってたよ？」

牙威の腕に留まっていた時は確かに小さな青い鳥だったのに、飛び立つときは今日病院で見た、鋭い爪と牙を持ったあの大きな鷹になっていた。

「もとは妖魔だからな。捕まえて使役《しえき》している」

そんなことまでできるのかと、しみじみ牙威の力に感心しながらも、遙はその鳥を以前どこで見ていたのか、唐突《とうとつ》に思い出した。

「あの鳥……」

青と緑の混ざった綺麗な小鳥は、遙が万理と散歩しているときに、よく庭や神社で見かけたそれとそっくりだった。

「もしかして、前からずっと見守っててくれたんだ？」

牙威は肩を竦めてみせただけでなにも答えなかったが、それだけで遙には十分伝わってきた。

牙威のことを恐れる万理のために、牙威は遠くから式神を使って、遙たちを守らせていたのに違いない。だからこそ窮地《きゅうち》に陥ったとき、あの鷹はすぐに現れてくれたのだろう。

「ありがとう…。それとごめん…」

本家に万理と泊まることになってから、全然顔を合わすことさえなかったから、もしかしたら牙威は、万理のことを守護する気はあまりないのかもしれないと、少しだけ不安に思っていたことを謝ると、牙威は『それも確かにあるぜ?』と鼻を鳴らした。

「嵯雪の言葉じゃねぇけどさ。万理が気に食わなかったのは確かだからな」

「なんで?」

「アイツの声は触っててても聞こえてこないって、遙が前に言ってただろ?」

なぜ突然その話題が出てくるのかと、不思議に思いながらも頷くと、牙威は少し言いにくそうに言葉を続けた。

「ならさ、遙もアイツには自由に触れるんだろうし。……だからさ…、そういうことだよ」

「それじゃなにがなんだか、分からないよ?」

首を傾げると、牙威はイラついたように頭をぼりぼりと掻きながら、ついで小さく舌打ちをする。

そんなになにか、言いにくいことでもあるのだろうか?

「だから…遙にとってはさ……、身構えずに触れる人間って少ねぇんだから、……安心できる存在なんじゃねぇの?」

拗ねたように呟かれたその言葉に、遙は思わず『はぁ?』と情けない声をあげてしまったが、牙威はぷいと横を向いてしまって、それ以上の説明はしてくれなかった。

だがよくよく考えてみれば、遙は以前に『牙威に触れらてると安心するよ』と、伝えたことがあるのを思い出して、がっくりと脱力してしまう。確かに牙威にはどんなに触れたとしても、その心の声は聞こえてこないから、安心して触れられるということも、その意味には含まれているけれども。

「あのね。……確かに万理ちゃんは触れてもあんまり声が聞こえてこないし、そういう意味では一緒にいても気を遣わない分、助かってると思う。でもそれと、僕が君に感じる安心感は別物だと思うんだけど?」

もしかして、そういうのも伝わってなかったの?

と力なく呟けば、牙威は『そういうわけじゃねぇけど、……やっぱり俺だけじゃないっていうのは、ムカツクんだよ』と渋々ながらもようやく白状してくれた。

今になって思い返してみれば、万理の声は触れても聞こえないことを牙威に説明したとき、確かに牙威はひどく不機嫌そうだった。

それって、もしかして嫉妬《しっと》してくれていたということなんだろうか。

「な、なんだよ…」

「ううん。早く万理ちゃんのほうへ行ってやれなんていうから、てっきり君は気にしてないんだと思ってた…」

「……悪かったなっ」

まじまじとその顔を見つめると、牙威は真っ赤になって視線をそらした。

そうして遙の視線からも逃れるように、くるりと遙の身体を裏返すと、背中から抱きついてきた。

それをずるいと思わなくもなかったが、だるさの残る身体は背中越しに伝わってくる体温にひどくホッとしていた。

「…ったく、気にしねぇわけねぇだろうが」

強く抱き締めながら、そんなことをぼやく牙威に胸の奥が熱くなっていく。それと同時に小さな笑みが込み上げてきて、遙は悪いと思いつつも肩を小さく揺らしてしまった。

「んだよ。笑ってんじゃねぇよ」

「ごめん。でも君がそういうこと言うの、なんだか不思議な気がして。いつも僕なんかよりずっとしっかりしてて、どっちが年上だか分からないから」

「……くそ」

悔しそうに歯軋《はぎし》りをする牙威を見上げて、遙はまた小さく笑みを零した。

「笑うなって」

「ん…、ごめん」

謝りながらも、いまだ肩を揺らし続ける遙の顎《あご》をぐいと上げると、牙威は『笑えなくしてやる』と宣言して、唇を荒々しく塞いでくる。

だが戯《たわむ》れのようなキスを何度も繰り返しているうちに、牙威自身こらえきれなくなったのか、その身体を小さく震わせ始めた。

ぴったりと身体をくっつけたところから、互いの振動が伝わってきて、最後はくすくすと笑いながら唇を離した。

牙威と口付けを交わすのは気持ちがいい。

もしかしたらそれは牙威の言うとおり、龍の能力の一つかもしれなかったが、だがそれだけでこんな風に、たまらなくその背に腕を回したくなったりはしないだろう。

恋しいと、きっと身体だけでなく、心がそう叫んでいる。

「遙……」

「なに？」

「もう、万理には近づくなよ」

けれどもふいに笑みを消して、真面目な声で告げてきた牙威の言葉に、遙は『え？』とその瞳を見つめ返した。

するといつもは深い色をした黒い瞳が、今は薄く蒼い光を放っているのに気づいて息を呑む。

「アイツはきっとまた、餓鬼を呼ぶ。無意識であろうがなかろうが、万理が餓鬼と呼び合ってるのは万理自身にその気持ちがあるからだ。それがある限り、アイツは餓鬼を呼ぶだろう。きっと何度でも」

だからもう傍に寄るなよと続けた牙威の言葉に、遙は強く首を振った。

「でも……っ、このまま放っておいたらそれに引きずられて、あの子自身が餓鬼になっちゃうんだろう？」

「その原因を作ったのは、親のほうだぜ？」

「そう…かもしれないけど……、それでも万理ちゃんが餓鬼になってしまうのを、黙って見過ごすことはできないよ」

ガラスのような瞳。寂しさも苦しさも、全てを押し隠したように、失われた声。

あの子が淋しさに引きずられて、人であることを止めてしまう前に、できるなら引き止めたいと願ってしまう。

「それで？　餓鬼から遠ざけてやれば、万理は本当に救われんのか？　餓鬼と同調するほどまで、追い詰められたその気持ちはどこへ行くんだ？」

だが牙威から突きつけられた言葉の重さに、遙は一瞬、なにも言い返せなかった。

牙威の言葉はきっと真実だからこそ、こんなにも深く胸に突き刺さる。

分かっている。自分の言っていることは甘い理想論でしかないだろう。だからといって『仕方がない』と簡単に諦めてしまうことは、遙にはできそうにもなかった。

「殺さなきゃ、殺される。そういう立場にいる奴もいるのさ。親が自分の所有物だからって自分の子供を殺す権利があるのなら、子供が生き延びるために親を殺す権利だってあるはずだろ？」

牙威の口調は激した風もなく、どこまでも淡々としている。だからこそかえって、その言葉が重く伝わってきた。

それでも、それらを認めてしまうのはあまりにも辛いことだった。

確かに子供を疎《うと》む親はいる。傷つけられ、虐《しいた》げられ、寂しいままに命を落とす者がいるのは、昨今《さっこん》のニュースでも毎日のように流されている事実だ。

親だからといって必ず、自分の子供を愛せるわけではないのだろう。たとえ愛していても、それでも疎まずにいられない者だっている。

遙自身、そのことは嫌と言うほど身に染みて知っているし、この力があるせいで、いつも腫れ物に触るように接してくる両親に傷つきもした。

それは仕方のないことだと分かっているし、今更責める気もないが、寂しくなかったといえば嘘になる。

「でも、きっと今ならまだ間に合うはずだよ。万理ちゃんも…、万理ちゃんのお母さんも……」

　もしこれまでいくつもの間違いがあったとしても、どこかでふと立ち止まれる瞬間があると信じたい。たとえそれが、どんなに苦しいことであっても。

　遙の言葉に牙威はなにも答えなかったが、ふいと暗い庭へと向けた瞳は、すでにいつもの深い色へと戻っていた。

「餓鬼になるかならないかは、万理自身に選ばせろ。自分で納得して決めたんじゃなけりゃ、たとえ餓鬼を遠ざけてやったところで、アイツは救われないぜ？」

　牙威の静かな声には、それが真実だと分かる重い響きが含まれていた。

「その先に、どんなに辛い結果しか待っていなかったとしても、自分で選ばなきゃいけないときがあるんだ」

　まるで自分自身に言い聞かせているようなその言葉に、ふと……もしかして、牙威もそんな風に、極限の状態でなにかを選び取らなければならないような瞬間が、あったのかもしれないと遙は思った。

　けれども暗い庭に浮かぶ灯籠《とうろう》の微《かす》かな明かりを、じっと見つめる牙威の瞳は厳しくて、遙はただ黙ってその横顔を見つめ続けることしかできなかった。

なぜ自分は生きているのだろうと不思議に思ったことがある。

世界はとうに壊れてしまったのに。

なのにまだ生きている。生きて、他のものを足で踏みつけ犠牲にしながら、その肉を喰らってまで生き延びている。

口元から滴る血と肉の腐臭《ふしゅう》を漂わせながら、ずるずると地べたを這いずり回り、剥がれかけた爪を立て、赤黒く染まった口元を歪ませて、それでも生きるためにただ喰らい続けている。

なぜ、そんなにまでして生き続けているのだろう？

天にはもう、光すらありはしないのに。

――――この世のどこにも、自分の居場所などないと知っているのに。


「嵯雪、遙は？」

「おはよう。……って、あれ？　一緒じゃなかったの？」

ひょいと顔を覗かせた珍しい人の姿に、嵯雪は目を瞬かせた。この母屋《おもや》で牙威の姿を見かけることは、あまりないのだ。

それは彼のために建てられた広い離れに、衣食住に必要なもの全てが揃っているというのもあるのだろうが、彼が人前に姿をあまり見せようとしないのは、実は牙威なりの配慮であることを嵯雪は知っていた。

能力者が多く集まっている冠城家では、牙威に敵意がないと知っていながらも、その隠された巨大な力に本能的な恐れを抱いてしまう者も多い。牙威自身それを理解しているからこそ、自分からはあまりこちらへは渡ってこないのだろう。

「こっちにも来てないってことは、アイツまた万理のところに行ってやがるな」

「ああ、西ノ宮？」

舌打ちしながら、本家から少し離れたところにある別宅へと顔を向けた牙威に、嵯雪はなるほどねと小さく頷いた。

現在、西ノ宮と呼ばれる小さな別宅には、病院から退院してきたばかりの千穂たち親子が生活している。万里とその母親である千穂の静養《せいよう》も兼《か》ねて、人の出入りが少ない落ちついた場所を選んだのだが、根っからのお人好しである遙は、彼女たちの様子が気になって仕方がないようで、よく西ノ宮にも顔を出しているようだった。

また牙威は、そうして遙が西ノ宮に通っているのを快《こころよ》く思ってはいないらしい。だからこそ今も、普段なら顔すら出さない本家にまでわざわざ探しにやってきたのだろう。

「別にそれほどピリピリしなくてもいいんじゃない？　ここにいる限りは、餓鬼だって寄ってこれないだろうし。万理ちゃんの力でも呼び込めたりしないだろ」

無意識に餓鬼を呼ぶような危険な相手を遙の傍に置いておくことが、牙威としては我慢ならないのかもしれないが、この地は何代にもわたってかけられた冠城の強力な結界に守られているのだ。誰かが中から邪悪《じゃあく》なものを呼び込もうとしても、そう容易《たやす》く侵入できるはずはない。

しかし嵯雪がそのことを指摘しても、牙威はぷいと横を向いたきり、変わらず不機嫌そうなままだった。

「そんなことは別に心配してねーよ。もしあっちから出向いてくんなら、端からぶった切ればいいだけの話だしな」

そのほうが手っ取り早くてかえって楽だろ、などと不敵に吐き捨てる牙威も、一応、万理がこの地にいる限り、餓鬼を呼び寄せる可能性はほとんどないことをちゃんと理解しているらしい。

ならば、なにをそんなにイラついているのか。

見た目はまだ16、7の少年のように見える牙威だが、その中身は世間の大人たちよりもよほど達観《たっかん》していて、冷静な目を持っている。

普段は我が儘な発言や、傍若無人《ぼうじゃくぶじん》な振る舞いをしてみせてはいるものの、彼がその言葉どおりの短絡《たんらく》さで行動してなどいないことを、嵯雪はちゃんと理解していた。

またそうでなければ龍の神通力などという、人の手には余る力を制御などできはしないのだろう。

「じゃあ、なにがそんなに……」

心配なのかと、嵯雪が首を傾げながら口を開きかけたとき、廊下の奥から聞き慣れた声が響いてきた。

牙威も気がついていたようで、すでにそちらのほうへと視線を向けている。

「ああ、戻ってきたみたいだね」

言われなくとも遙の気配が近づくだけで、牙威にはちゃんと分かるのだろう。一緒にやってくる誰かとなにか面白い話でもしているのか、廊下から聞こえる遙の声は、柔らかな笑いに満ちていた。

遙は男にしては少し線が細く、可愛らしい顔立ちをしているが、それは牙威や嵯雪のように周囲を強く惹《ひ》きつけてやまない美しさとは違い、ちょっと見ただけでは周囲に埋没《まいぼつ》してしまいそうな、静かで大人しいイメージがある。

けれども不思議なことに、彼がそこにいるだけで周りをほっとさせるような暖かさを持っており、そのせいか遙の周りにはいつも人が絶えない。

ある意味、頑固《がんこ》者ばかりが揃っているといわれる冠城の中で、遙はすでにこの家のほとんどの者に、快く受け入れられていた。

また遙自身、これまで自分の持つ不思議な力を気にしていたため、他人に対してどこか一歩引いたようなところがあったのだが、最近はそうしたガードが薄くなり、自分から積極的に人と関わるようになってきている。

能力者ばかりが集まる冠城家では、自分の力を隠さずに済むことも遙自身の心を和ませているのだろうが、それ以上に、目の前の男の存在が遙へ大きく影響を及ぼしていることは、想像にかたくなかった。

それはなにも遙だけの話じゃなく、牙威もそうなのだろうが。

これまで誰の手も借りず、たった一人で立つしかなかったような二人が、それぞれの足りないところを補い合い、満たし合っているのは端から見ていてもよく分かった。本人たちが、それをどこまで自覚しているかは知らないが。

たとえ言葉にしなくとも、そこにある信頼関係の深さは、見ていて羨《うらや》ましくなるほどだ。そのせいかもしれないが、もともと穏やかだった遙の笑みはその柔らかさと深さを増して、たまにはっとするほど見ている者を魅了《みりょう》することがある。

そうした遙の変化を周囲の人間は喜ばしく思っているのだが、その笑顔を独《ひと》り占《じ》めできなくなった牙威としては、どうやら複雑な心境であるらしい。


牙威は板張りの長い廊下を遙と一緒に歩きながら、楽しそうに歓談してる若い術者を見つけて、すっとその目を細めた。

「今度ぜひ、遙さんもご一緒にどうですか？」

「ええ、なんか楽しそうですね。……えっ、あれ？牙威どうしたの？　もしかしてこっちでなにかあった？」

部屋の入り口にまで来てようやく牙威の姿に気づいたのか、遙は先程の嵯雪と同様、珍しい光景にやや驚いた様子で目を見開いた。

「……あ、では私はこれで失礼いたします」

それまで話をしていた若い術者は、自分を射竦めるようにして見ている牙威の視線に、一瞬ぎくりと立ち止まり、深く一礼してからそそくさと去っていく。

「別に」

その後ろ姿をきつい眼差しで見送りながらも、一言ぼそりと呟いた牙威の隣で、嵯雪は大仰《おおぎょう》に溜め息を吐いた。

「素直じゃないねぇ、もう。この我が儘王子はね、遙の姿が見えないと心配で心配でじっとしてられないんだってさ。特に最近、誰かさんはあちこちでもてまくってるからねぇ」

「嵯雪！」

図星を指され、ムッとしたように牙を剝く牙威に向かって、嵯雪はひょいと肩を竦めた。嵯雪がこうして牙威をからかうのは、すでに日課のようなものなのだが、そうした二人のやり取りに慌てたらしい遙は、すまなそうな顔をして牙威に『ごめん』と頭を下げた。

「ちょっと、その…用事があって」

「万理んとこ行ってたんだろ。別に怒っちゃいねーよ」

遙が言いにくそうにしているのは、万理に近づくと牙威がいい顔をしないと知っているからだろう。

どうやら以前、『万理にはこれ以上関わるな』と牙威から釘《くぎ》を刺されたこともあるようだが、それでも傷ついて言葉を失っている万理を放っておけず、こうしてちょこちょこ顔を覗かせているのが、らしいといえば遙らしい。

「そうそう。遙が万理ちゃんばっかり構ってるから、ちょっと拗ねてただけなんだもんねぇ。その上、帰り道では余計な虫までつけてきてるし」

横から茶々を入れてやると、案《あん》の定《じょう》、我らが龍神様からはギッときつく睨みつけられた。

それを歯牙《しが》にもかけず、『珍しくこっちへ渡ってきたんだし、お茶でも点《た》ててあげようか？』と声をかけたが、牙威は『いい！』と怒ったように声を荒らげて、そのまま渡り廊下をずかずか歩いていってしまった。

二人の間で口を挟むこともできずにいた遙は、足早に去っていく牙威の後ろ姿をおろおろと眺めていたが、やがて小さく溜め息を吐くと、くるりと嵯雪を振り返った。

「嵯雪さん、あまりからかわないであげてください。そうじゃなくても、なんだか最近ピリピリしてるみたいだし」

「へぇ、なんだ。ちゃんと分かってるんだ？」

望むと望まないとにかかわらず、遙には触れた人の感情を読み取ってしまう能力があるのだが、どうやらそれも龍神である牙威にだけは効かないらしい。

それでも遙がちゃんと、牙威の心情を理解しているらしいことを知って、嵯雪はにっこりと微笑んだ。

「でも……本当に気にはなってるんです。万理ちゃんのことになると、あんなに不機嫌になるのはどうしてなんでしょうか？　いつもの牙威ならもっと泰然《たいぜん》と構えてて、成り行きを面白く見守るぐらいの余裕があるはずなんですけど…」

そこでいったん言葉を切った遙は、いく分迷いながらも最近感じていたらしい牙威への違和感を、恐る恐る口にした。

「なんだか、万理ちゃんの力のことが気になるっていうよりも、万理ちゃん自身に関わることを、ひどく嫌がってるみたいな気がして…」

遙のこの発言には、さすがの嵯雪も正直驚かされた。

牙威の不機嫌さの原因を、遙は本人から聞かなくともちゃんと察しているらしい。それほどまで彼のことを思い、その心にできるだけ近づこうとしてくれている遙に対して、嵯雪はそっと安堵の溜め息を零した。

遙がいる限り、牙威は大丈夫だと、そう思える。

牙威の巨大な力を前にすると、ただ意味もなく恐れるか、媚《こ》びへつらう者がほとんどだ。

そんな中、遙だけは初めて会った頃から違っていた。その身に自然の気を溜めることのできる遙は、巫覡として牙威と契約を交わしていながら、他の人間のように彼を意味もなく恐れたり、反対にその力を利用したいなどと、考えたりしない。

そこにあるがままの牙威を受け入れ、ただ寄り添っている。それが分かるからこそ、牙威もあれほどまでに遙を大切にしているのだろう。

「ふふ、そんな風に熱いところを見せつけられると、妬《や》けるよねぇ」

「さ、嵯雪さん…」

「いや、冗談抜きでさ。結構今回は本気でナーバスになってるみたいだから、うまく宥《なだ》めてやってよ」

さらに『珍しく自分からこっちへ渡ってきたのも、遙を探しに来たからなんだし。ほんと愛されてるよねー』と笑いながら教えてやると、遙は少しだけ頬を赤らめながら『失礼します』と慌てて渡り廊下へと向かっていった。

不器用ながらも、互いが互いを想い合っている。

そんな姿を少しだけ羨ましく思いながらも、嵯雪は牙威に心から守りたいと思う存在ができたことを、とても嬉しく思っていた。

それが彼を、この世に繋ぎ止める枷《かせ》となってくれればいい。


龍として選ばれ、冠城にやってきたときから、牙威にはいつも自分の身をわざと危険に晒《さら》して、どこまで生き延びていられるかを試しているような、そんな危《あや》うげな影がある。

その影が少しでも、遙の存在によって薄れていくことを祈りながら、嵯雪は遙の後ろ姿を見送った。


「牙威……」

窓の桟に腰かけたまま、庭を見つめている横顔に声をかける。硬い表情でこちらを振り返った牙威と視線があったとき、遙はその深い瞳の色に思わずドキッとしてしまった。

こうして間近で話すようになって、それこそすでに何度か身体も重ねた仲だというのに、遙は牙威を見ているといつも落ちつかない気分にさせられる。

青さを秘めた瞳も、ニヤリと口端を歪めて笑うときに少しだけ覗く、鋭い牙のような犬歯も。なんだか自分と同じつくりでできているとは思えないような、危うい美しさを感じるのだ。

もしかしたらそれはただ単に、遙がこの男に、ひどく魅せられているせいなのかもしれなかったが。

「もしかして、怒ってたりする？」

「怒ってない。さっきもそう言っただろ」

言いながら肩を竦めてみせた牙威は、確かに怒ってはいないようだったが、彼から感じられる空気はやはりピリピリとしたもので、そう機嫌がいいわけではないことも窺い知れる。

「別にさ…、昨夜《ゆうべ》はちゃんと腕の中にいたはずなのに、朝起きたら横にいなかったからって、そんな気にするほどのことでもないしなー」

ありゃりゃ……。

拗ねたような声を聞いて、やっぱりかなり気にしているんじゃないかと思ったが、それを口に出すわけにもいかず、遙はぽりぽりと額を掻いた。

今朝《けさ》目を覚ましたとき、珍しく牙威がよく寝ているようだったので、そのままそっと布団から抜け出して万理の様子を見に行ったのだが、どうやらそれが気に入らなかったらしい。いつもなら自分よりずっと大人びて見えるくせに、こういうときだけ妙に子供っぽい拗ね方をする牙威に、遙は思わず小さく笑ってしまった。

こんな風に、牙威が自分に甘えてくれることが、ひどく嬉しい。

今までいつも守ってもらうばかりで、自分は彼の役に立てていないんじゃないかと思うことが多かったから、こうした牙威の小さな我が儘が、遙の気持ちを暖かくしてくれるのだ。あまり素直じゃない牙威は決して口では言わないけれど、ちゃんと必要とされているのだと分かるから。

ふいと庭のほうへ視線を戻してしまった牙威を見ているうちに、なんだかとても愛《いと》しさが込み上げてきて、遙はそっと歩み寄ると、牙威の背中へ自分からきゅっと抱きついた。

「……なんだよ。嵯雪に宥めてこいとでも言われたのか？」

珍しい遙からのアプローチに、牙威はわずかに驚いたようだったが、それでも拗ねたポーズは崩さずにそのまま庭を見つめている。

「そうじゃないよ。ただ……こうしたいと思ったから、してるだけ」

振り向こうとしてくれない背中へ、さらにすり寄るように腕を回すと、やがて遙の手を握り返すように牙威の手が伸びてきた。

「ったく、遙には敵わねぇよな」

「わ…」

大きく溜め息を吐いたかと思うと、次の瞬間にはその腕にぐいと強く引かれ、そのまま彼の前へと回り込まされる。そうして気づけば遙は、窓の桟に座り込んでいる牙威の膝の上へちょこんと座らせられるような形になっていた。

手のひらで、そっと頬を撫でられて息を呑む。息がかかりそうなほどの距離で、バツが悪そうに笑っている牙威のおだやかな表情に胸が摑まれそうになりながらも、遙はその唇へ自分からキスを落とした。

啄《ついば》むようなキスのあと、鼻をすり寄せられて、小さく笑う。たったこれだけの行為で、こんなにも満たされた気分になるのが不思議だった。

「ガキくせぇの」

「どうせガキじゃないか」

こんなことで機嫌を直すなんて照れくさかったのか、遙からのささやかなキスをそう言って笑った牙威に、遙も負けじと言い返すと、牙威はちょっとだけムッとしたように目を細めた。

そうして『なんか…、最近嵯雪に毒されてきてねぇか？』とぼそりと呟いたその顔が、心底嫌そうだったのを見て、またつい笑ってしまう。

こんな風にふとした瞬間に触れ合ったり、笑いながら口付けを交わすようになったのは、つい最近の

ことだ。それまではひどい怪我を負っていたり、すぐ先に大きな仕事が控えていたりと、牙威が冠城の龍として多くの気を必要とするようなときにしか、彼は遙に触れてこようとはしなかった。

　巫覡として契約を結ぶことに同意したのは自分なのだし、それに対する後悔はない。だがそうであっても、遙は自分がただ気を溜める存在としてしか牙威には必要とされていないのではないかと思うたび、いつも胸が苦しかった。

　頬にそっと触れられるだけで、なぜこんなにも胸が詰まって苦しくなるのか——ずっとその意味を考えていた。

　そうして……考えて、出た答えは一つしかない。

　牙威を、ただ好きなのだと思う。

　だから契約がなかったとしても触れ合いたいと思うし、彼からも望まれたいと願ってしまう。それをうまく伝えられたかどうかは分からなかったが、牙威は自分の気持ちを汲《く》み取ってくれて、こうしてしたいときにキスを交わすようになったし、契約とは関係なく遙を抱くようにもなった。

　そこまで思ったとき、ついでに昨夜の濃厚な交わりまで思い出してしまい、遙はかーっと頬に血を昇らせた。

　こ、恋人……とかって言うんだよな、こういうのって。

　今まで人と接することを避けてきた遙には、抱き合う経験はおろか、恋人と呼べる存在もいたためしはなかった。その全ての初めてを、牙威と分かち合えることを幸せだと思う。

「なに赤くなってんだよ？」

「や、えっとなんか…幸せだなぁって思っただけ」

　素直にそう告白すると、牙威は一瞬きょとんとした顔をしてみせたが、しばらくしてその形のよい綺麗な眉を寄せると困ったように微笑んだ。

「ほんと、遙にはまいるよな…」

「牙威？」

抱き締められる腕に、わずかに力がこもったのを感じて遙は顔を上げたが、牙威は遙を抱き締めたまま、どこか遠い目をして庭先へと視線を移した。

「で、…どうだったんだよ？」

「万理ちゃんたちのこと？　う…ん、やっぱり相変わらずみたい…」

万理たち親子が、西ノ宮で暮らすようになってすでに一週間近く経つ。それなりにうまくやっているようではあるのだが、万理の強張った表情や態度にはいまだ危うげなものがあることを伝えると、牙威はふんと鼻を鳴らした。

別に万理を嫌っているというわけではなさそうなのだが、牙威は遙が万理に近づくことを極端に嫌がる。遙としても牙威の気に障ることはできるだけ避けたいのだが、かといって今の状態の万理を放っておくことも、できそうになかった。

自分が傍にいたからといって、なにが変わるというわけではないけれども。

万理とは彼女の母が退院するまでの間、しばらく冠城の本家で一緒に暮らしていたのだが、その間彼女が笑ったり怒ったりといった子供らしい感情を表すことは一度もなかったし、事件以来失われてしまった声もいまだ戻ってはいない。それでも自分や嵯雪といるときは、わずかに表情が和らいで、穏やかな感情の切れ端を覗かせるようになったことを嬉しく思っていたのだ。

しかしここにきて再び、万里の心の声は聞き取りにくくなってしまっている。遙がそっと触れると、彼女の内側にはひどく堅い壁のようなものが張り巡らされていて、感情を押し隠しているのが伝わってくるのだ。

そんな状態のまま放ってはおけず、遙は万理に色々と話しかけたり、紙に字を書いてコミュニケーションをはかろうとしているのだが、万理は相変わらず黙り込んだままで、なにも応えてくれようとはしない。そのくせ遙が遊びに行くと、いつもぴったったりと纏《まと》わりついて離れなかったりと、妙に不安定な状態が続いていた。

もしかしたら再び千穂と二人で暮らすことに、緊張しているのかもしれないと思い、しばらく万理だけ本家で生活することも勧めてはみたのだが、万理は首を振って頑《かたく》なにそれを拒んだ。

「まだ千穂さんも落ちついてないみたいだし、そんな中で一緒にいるのはきついのかもしれないね…。それでも万理ちゃん本人がそうしたいって望んでいるなら、それを叶えてあげたいとも思うし。僕としてもそういう万理ちゃんの気持ちを、少しでもお母さんが知ってくれて、万理ちゃんとの関係を見直すいいきっかけになってくれればいいと思ってるんだけど。……そういうのって、やっぱり考えが甘すぎるのかな……」

親に疎まれ、餓鬼となった子供たちと同化するほど追い詰められながらも、それでも母の傍にいたいと万理は望んでいる。千穂が退院してきたとき、このまま本家にいてもいいよと嵯雪も勧めてくれたときも、万理は躊躇《ためら》いもなく西ノ宮で母と暮らすことを選んだ。

その気持ちが、少しでも千穂に届けばいいと思う。

「いいんじゃないか？ それが遙のいいところでもあるんだし」

牙威のフォローをありがたく思いつつも、『もしかしたら能天気すぎるのかもしれないけどね』と自嘲気味に遙が呟くと、牙威は笑ってその顔を覗き込んできた。

「遙ってさ。そういうとこ、ほんと純粋で綺麗なんだよな」

「え…っ、ええええっ!?」

突然、真顔《まがお》でそんなことを口にする牙威に、遙は心底驚いてその場で飛び上がった。

「なななななに、言ってるんだい？ 綺麗っていうのは、君とかっ……、ほら、嵯雪さんみたいな人のことを言うんであって、僕みたいのは全然違うだろ」

自分のことを棚に上げて、とんでもないことを言い出す牙威に、遙は思わずぶんぶんと首を振ったが、牙威はそれに同意する気はないようだった。代わりにじっと見つめられて、さらに心臓の鼓動が速くなっていく。

「いや、綺麗だと思うぜ？　なんていうのか……その人間性っていうか、オーラがさ」

聖域みたいな存在なのだと、牙威はぽつりと続けた。

得がたく、だからこそ優しく、美しいもの。

まさか自分がそんな大それたものにたとえられるなんて思ってもみなかった遙は、真っ赤になりながら慌ててそれを否定した。

人間性やオーラが綺麗って、それは牙威のような人のことを言うのだと、いつもそう思っているのに。

「僕なんかより、ずっと……君のほうが綺麗だと思うよ」

見た目とか、そういうことだけではなくて。

迷いのない、まっすぐな目。その潔《いさぎよ》い生き方に、目を奪われないはずはない。

しかし、牙威は遙の言葉にふと口端を歪めてみせただけで、なにも答えようとはしなかった。ちらりと覗く犬歯がどこか皮肉げな雰囲気を漂わせていたが、それがなぜなのかは分からなかった。

そのとき、庭のほうから聞こえてきたガサリという小さな葉音に振り向くと、離れの庭先で小さく佇《たたず》んでいる影に気がついた。

「万理ちゃん」

驚いて遙が声をかけると、万理はビクッと顔を上げた。牙威を苦手としている万理は、いつもなら自分からは決して彼のいるこの離れへやってこようとはしないのに。

もしかしてなにか大事な用があるのだろうかと立ち上がりかけたとき、それを遮《さえぎ》るように後ろからぐいと手を引かれて、遙は牙威に引き戻されてしまった。

「が…牙威…、ちょ……」

そのまま抱き締められる形になって慌てたが、牙威は遙を抱いたまま放そうとしない。そうして、万理のほうへ顔を向けるとすいと顎をしゃくってみせた。

「用があるなら、自分で上がってこい」

「………」

牙威の言葉に万理はしばらく逡巡するかのように視線を巡らしていたが、やがて覚悟を決めたのか、恐る恐るといった様子で離れへ近寄ってきた。そうして二人のいる部屋に上がろうと、万里が縁側に手をついたとき、遙はふと服の袖から覗いた腕が、なぜか赤紫に変色しているのに気がついた。

「万理ちゃん、そこ…」

『どうしたの？』と尋ねる前に、ぱっと手を引いた万理の姿に、嫌な予感を覚える。

「ごめん、ちょっと見せて」

遙が慌ててその手を摑んで袖をまくると、万理の細すぎる肩から二の腕にかけて赤く腫れ上がった痣を見つけて、愕然とした。

まるで壁に強く打ち付けたときのように、広い範囲で変色した肌。この何日かで、万理の傷はもうほとんど消えかけていたはずなのに。

「まさ…か、これ……？」

「万理っ、そこにいるの？」

そのとき、庭から聞こえてきたヒステリックな声に、万理はびくりと大きく身体を振わせた。声のしたほうを見ると、いなくなった万理を探しにやってきたのか、千穂がこちらを睨みつけるようにして庭先に立っている。

「勝手に他人《ひと》の家にお邪魔しちゃダメって言ったでしょ！　こっちへ来なさい」

「い、いえ…僕もよくそちらにお邪魔してますし、もしよろしかったら、千穂さんもご一緒に……」

「結構です。これから食事の時間ですから。ほら万理！　さっさといらっしゃい」

遙の声を遮るように千穂がきつい声で名を呼ぶと、

縁側に座っていた万理は慌ててトンとそこから降りた。

「待って、万理ちゃん」

強引な母にぐいぐいと手を引かれるようにして、西ノ宮へ戻ろうとする万理を遙も強く引き止める。

あんな痣、そうそうできるわけがない。

離れには苦手な牙威がいると知りながらも、万理がわざわざここまでやってきたその理由が、遙はなんとなく分かったような気がした。

想像したくはないが、万理と二人きりで生活を始めた千穂が、再び虐待をしている可能性は高い。以前のように目に見える部分に傷がなかったため、これまで見過ごしていたらしい自分の甘さに、遙は歯嚙《はが》みした。

遙は千穂をまっすぐに見据《みす》えると、声が震えたりしないよう腹に力を込めながら、静かに言葉を押し出した。

「千穂さん。万理ちゃんの痣がまた増えているのは、なぜなんですか？」

千穂は突然投げつけられた言葉に、虚《きょ》を衝《つ》かれたようだったが、それも一瞬のことで、カーと顔に血を昇らせるときつく遙を睨み返してきた。

「ちょ…ちょっと！　変な言いがかりはよしてちょうだい。なんの話を……」

「じゃあなぜ、万理ちゃんの肩に大きな痣があるんです？　この間まで、万理ちゃんにそんな傷はありませんでしたよ」

「……そんなの知らないわよ。自分で転んだんでしょ。この子、昔っから鈍《どん》くさいんだから。そうよねっ、万理？」

いらいらとした表情を隠さず、千穂が握っていた万理の手を強く引くと、万理は小さくコクリと頷いた。

「万理ちゃん…」

そんなわけがない。転んで膝をすり剝くならともかく、あんな位置に大きな痣ができるなんてあまりにも不自然すぎる。しかも服で隠れるような場所を、まるでわざと狙ったみたいに。

「千穂さん。こんな状態のまま万理ちゃんを帰すわけにはいきません。……万理ちゃん、こっちおいで」

言いながら遙はその手を差し出したが、万理は遙の顔をじっと見つめているだけで、きつく唇を噛んだままそこから動き出そうとしない。

「万理ちゃん…。残念だけど、君はここに残ったほうがいいと思う」

「な、なによ。この子はあたしの子よっ。アンタが取り上げる権利なんかないでしょう！」

千穂は子供を取られまいと、自分の腕の中に万理を強く抱き寄せた。その瞬間、万理の瞳が確かに揺れたのを見て、遙はかける声を失ってしまう。

いつもの……全てを諦めているみたいな、ガラスの目じゃなかった。もがきつつもなにかを切望しているような、そんな切なく、苦しげな目をしていた。

「万理ちゃん、本当にそれは自分で転んだの？」

その瞳に急《せ》かされるようにもう一度尋ねてみたのだが、しばらく考え込むように唇を噛み締めていた万理は、やはり再び頷いただけだった。それに遙は小さく息を吐く。

事件のあった夜、病院に担《かつ》ぎ込まれてきた万理は、身体に残る不自然な痣の理由を聞かれたときも、ただ『転んだ』の一点張りで、なにも答えなかったと聞いている。そうしてやはり今回も、万里は『転んだ』と言い続けているのだ。

そうしなければならないほど、一体なにを抱え込んでいるというのだろうか。その小さな胸の中に。

「本当に、それでいいの？」

「本人が転んだっていってるのに、アンタなんなのよっ」

万理をその腕で強く抱き締めていながら、千穂は万理の痛みを全く理解していない。

そのくせまるで自分の所有物のように扱う千穂に、遙は言い様のないやりきれなさを覚えた。

彼女にはなぜ分からないのだろう？　その腕の中にちゃんと抱き締めていながら。

自分の娘がなぜ、『転んだ』などと見え透《す》いた嘘を言い続けようとしているのかを。

「あのですねえ…っ」

「万理」

思わず遙が感情的になって反論しようとしたとき、それを遮るような低い声が隣からかけられた。

「そうやって庇い続けていれば、いつかちゃんと見てもらえるとでも思ってんのか？」

「牙威…」

それまでただ黙って千穂たちとのやりとりを見ていたはずの牙威は、一瞬激した遙を宥めるようにぽんぽんと背を叩くと、千穂の腕に抱かれている万理を上からまっすぐに見下ろした。

「本気でそんなこと思ってんなら、おめでたいけどな。そんなことはありえないってどこかでお前も気づいてるから、あいつらを呼んだんだろう？　無意識のお前のほうが、よっぽど素直で正直だな」

「牙威…っ」

万理が無意識のうちに餓鬼と同調し、奴らを呼び寄せていたことは、彼女たちには秘密のはずである。

まさか自分のせいで父親が殺され、母親が傷ついたなどと、万理に知らせるわけにはいかないだろう。

なのにその発言は、あまりにも危険すぎる。だが慌てる遙を無視して、牙威は淡々とした口調のままさらに言葉を続けた。

「いつまで幻想《げんそう》なんかにしがみついてる気だ？　与えられないものをただ待って、それでなんになる？」

「牙威っ！」

まるで万理が餓鬼と同化するのは当然だとでもいうような牙威の発言に驚いて、遙はぎゅっとその腕へしがみ付いたが、牙威は万理を見据えたまま視線を逸らそうとはしない。

それをじっと見つめ返す万理の唇が、視界の隅で、小さく戦慄くのが見えた。

「いい加減にしてちょうだいっ。ここのうちは、わけの分からない人ばっかりで…っ」

「そうやって自分の物差しでしか物事計れねーから、自分の分身だと思ってたガキが、自分の理想と外れた行動取ると許せねーんだろ？　オバサン」

ヒステリックに叫ぶ千穂を一蹴《いっしゅう》のもとに黙らせると、牙威はニヤリと口端を歪めた。その途端、周囲の空気がざわりと蠢いていく。

牙威の淡々とした口調はどこも変わっていないし、それどころかどこか面白がっているような雰囲気さえあるのに、彼から発せられる空気だけはそれまでのものと決定的に何かが違っていた。

びりびりとした燃えるようなオーラが、突き刺すような激しさを帯《お》びて千穂へと向けられる。

それと同時に、牙威の深い色をした瞳が一瞬、青く光ったのを遙は見逃《みのが》さなかった。

ちらりと垣間見せた牙威の本気に、千穂は本能的な恐怖を感じ取ったのだろう。凍りついてしまったかのようにその場へ立ち尽くし、顔色を失ったまま、ガタガタと震え出している。

そんな母の異変に気づいたのか、万理はごくりと小さく唾を飲み込むと、千穂の前にさっと両腕を広げて立ちはだかった。

まるで牙威から庇うような仕草を見せた万理に、『へぇ？』と面白そうに牙威の眉が上がる。

「ま、万理っ！　早く…こっちに来なさいっ」

それまで蛇に睨まれたカエルのごとく、ただわななと震えることしかできなかった千穂は、そこではっと我に返ると、万理の手を強く引いて小走りに駆け出した。

まるで化け物にでも遭遇したかのような千穂の反応に、遙の胸がずきりと痛む。

「一つ言っとくけどな。万理はてめぇの分身じゃねぇぜ」

逃げるように去っていく背中に向かって投げかけられたその言葉を、千穂がちゃんと聞いていたかどうかは分からないが、千穂は万理の手をきつく摑んだまま離そうとはしなかった。

一度だけ、万理が遙のほうをちらりと振り返った気もしたが、母に連れられて素直に西ノ宮へと戻っていく。二人が消えてしまうと、人気のない離れはいつもどおりの静けさを取り戻した。

シンとした中で一つ溜め息を吐いた遙は、らしくもなく千穂や万理に突っかかっていた牙威へ、ちらりと視線を向ける。

「牙威…。あれは……、ちょっときついと思うよ。万理ちゃんだって、必死なのに…」

心も身体も傷つけられながら、それでも母を庇おうとするのは、万理がそれだけ母に認められたいと思っているからだ。慕《した》っているのだ、千穂を。

だが牙威が指摘したとおり、きっとその裏側で絶望もしている。

だからこそ餓鬼を呼ぶのだろう。そんな万理の心の葛藤《かっとう》を知っていながら、厳しい現実を突きつけようとする牙威に、遙がわずかに眉をひそめると、牙威はひょいと肩を竦めてみせた。

「アイツを見てると、昔の自分を思い出す…」

「昔?」

「俺は生き延びるために、母親を殺すほうを選んだぜ?」

「……え?」

なんでもないことのようにさらりと告げられた言葉に、遙は耳を疑った。けれどもいつもと変わらぬ牙威の目を見て、その言葉が真実なのだと悟ったとき、ドンっと心臓のあたりを強く殴られたようなショックを覚えた。

牙威が、……彼の母を？

「……なん…で?」

そのわけを聞いていいのかどうかも分からなかったが、このままただ聞き流すことはできそうにもなかった。

震えそうになる指をぎゅっと握り締めながら、遙は牙威の深い色をした瞳をじっと見つめ返す。できるならこの質問が、彼を傷つけなければいいと祈りながら。

「殺されそうになったからさ。どの世界でも弱い奴はただ食われるしかない。食われたくなかったら、牙を剝くしかねーだろ」

淡々と告げられてはいるけれど、もしも牙威が過去にその道を実際自分で選んできたのだとしたら、そう簡単なことではなかったはずだ。詳しいいきさつは遙には分からなかったが、きっとかなり長いこと苦しみ抜いた末、身を切る思いで選び取った結論だったに違いない。

それでも……その告白は、ただ聞き流すにはあまりにも痛すぎた。

「な…ら、牙威は、このまま万理ちゃんが餓鬼と同化してもいいって思うの？　彼女が…その手で、お母さんを殺したとしても……それでいいって、…もしかして、そう思ってる？」

そんなことを、牙威が望んでいるとは考えたくもなかった。それでも、もしかしたら…という思いが頭を掠めてしまう。

けれども悲痛な声で尋ねた遙に、牙威は小さく笑うと、首を横に振ってみせた。

「それはねーだろ。もし万理がこのまま餓鬼になるなら、その前に俺が消すからな」

「消すって……」

それは――万理を殺すと、そういうことなのだろうか？

あまりにもあっさり告げられた告白に、思わず牙威の顔をまじまじと見つめてしまったが、牙威は視線を逸らさずただまっすぐにそれを受け止めた。

揺るぎない深い瞳に、ひやりと背筋に冷たいものが流れ落ちていく。

これは冗談や脅しなんかじゃない。

牙威は冠城の龍である限り、本当に万理を消すのだろう。人に仇成《あだな》す存在として。

「そん……な……」

「楓樹のヤローが俺に万理を押し付けてきたのは、そういう意味も含まれてんだろ。万理が人間でいたいと思う限り、保護はする。けれどももし人であることを止めたときには、素早く仕留めろってことだ。アイツは潜在的な力が強い分、敵に回ったら脅威《きょうい》になる」

だからだったのか。

だからこそ牙威は、遙が万理に関わることをあんなにも嫌がっていたのかと、今ようやくその意味を理解した。どんなに遙が万理を気にかけていたとしても、万理が餓鬼になることを選んだときは、牙威に迷いはないのだろう。

万理は冠城によって保護されると同時に、監視されていたのだ。それを牙威は理解していたからこそ、万理に遙が近づくのを避けたがっていたに違いなかった。

もしその時が来たらきっと遙が悲しむことになると、そう知っていたから。

「びっくりしたか？」

なにも言葉が浮かばなかった。

牙威は冠城の守護神であり、龍神なのだ。

当然のことながら、冠城に敵対するものを容赦するわけにはいかない。そのことを遙もちゃんと理解していたはずなのに、改めて牙威に課せられた責任の重さを今になって強く感じた。

そしてそれと同時に、牙威が自分のことをそこまで深く考えてくれていたのかと思うと、心が震えずにはいられなかった。

ぴたりと黙り込んでしまった遙をどう思ったのかは知らないが、牙威はしばらくして、ふっと口端を歪めるように小さく笑った。

「怖くなったか？」

ならばいつ離れてもいいと、言外にそうした意味を滲ませて微笑む牙威の、柔らかな表情に声を失う。

痛みや悲しみ、憎しみや怒り。

そうした人が当然持つべき負《ふ》の感情を、すべて切り落としたかのような、不思議な表情だった。

「僕は、君から離れないよ」

たとえどんな話を聞かされたとしても、牙威が牙威であることに変わりはない。

ならば、できるだけ傍にいたいと、そう思っている。これまでも、そしてこれからも。

「無理すんなって。遙はいつでもまだ、引き返せるんだ」

「牙威…っ」

言いながら、するりと優しく頬を撫でられて胸が痛んだ。

触れてくる指先はこんなにも優しく、その瞳は包み込むかのように暖かく見つめてくるのに、こんなときでさえ牙威は遙に逃げ道を残そうとする。その諦めにも似た優しさが痛かった。

昨夜、牙威がくれた口付けも抱擁《ほうよう》も、あんなに甘くて熱いものだったのに。


それと同じ唇で、自分を突き放そうとする牙威の言葉をこれ以上聞いていたくなくて、遙は自分からしがみ付くようにその唇を塞いだ。

牙威は一瞬驚いたようだったが、すぐに遙のキスに応えて抱き締め返してくれる。ぴったりと身体が重なるほど強く抱き締め合っていながらも、そのキスはどこか切ない味がした。

それを否定したくて、抱き締める手に力を込める。それでも、なぜだか牙威の心には遠く届かないような気がして、遙はただ必死でその手に力を込めるしかできなかった。


「そう…。牙威がそんなことをね……」

牙威と交わした会話について伝えると、嵯雪はそれを否定するでもなく頷くでもなく、ただ少しだけ寂しそうに微笑んだ。

万理が母に連れられて西ノ宮へ戻ってしまったあと、牙威もふらりとどこかへ出ていったきり、いまだ離れへ戻ってきていない。それに不安を覚えた遙は、本家の嵯雪のもとへ訪れてみたのだが、こちらでも牙威の姿は見かけていないようだった。

昔から牙威は時折こうして、ふらりと一人でどこかに出ていったきり、戻らないことがよくあったらしい。

最近では、そういうときは大抵遙の家いることが多かったので安心していたのだと守谷は話してくれたが、ならば遙が冠城にいる今は、どこへ行ってしまっているのだろうか？

「牙威様の話も、確かにありえないことではないでしょうね。そういう意味でも冠城はかなりエゲツない家ですから」

淡々とした口調のまま、容赦なく厳しい評価を下す守谷に、さすがの嵯雪も苦笑する。

「守谷ってば、相変わらず言いにくいことをはっきりと言ってくれるね。まぁ、僕もそれにはかなり同感なんだけど。……ま、それぐらいじゃないと、うちも魑魅魍魎相手と対等に渡り合ってはいけないんだろうし」

守谷も嵯雪も、牙威の話を全面的に否定はしなかった。ということは、やはりそれはある程度、彼らたちの中でも予測されていたことだったのだろう。

ただひとり、自分だけが知らなかっただけで。

「それで遙は、どう思ったわけ？」

「え？」

「人であることをやめるなら、子供相手だろうとなんだろうと容赦なく消すって、牙威は言ったんだろ？　それを聞いて遙は牙威を怖いと思った？　もしかして、もう離れたい？」

机に頬杖《ほおづえ》を着きながら、だがさらりと突きつけられた質問に、遙はふるふると首を振る。

「そうは…思ってません」

それは嘘じゃなかった。牙威にも伝えたとおり、牙威を怖いとか、離れたいなどとは思っていない。

「ただ、悲しいことだとは思います。だから……できることなら、他の道を探したいんです」

その話を聞いてしまったからこそ、なおさら万理をこのまま餓鬼にするわけにも、牙威に万理を消させるわけにもいかないと、強くそう思った。

絶対に。

「うーん。ほんと遙って可愛いよねー。食べちゃいたいくらい」

「わ…わ、嵯雪さんっ」

その返事に『よくできました』と笑った嵯雪は、遙の頭を抱えるよう抱きついてきた。嵯雪の着ている着物から香るのか、ふと鼻を掠めた白檀《びゃくだん》の甘い香りに遙があたふたとしていると、横から守谷が引き剝がすようにして助け出してくれる。

「嵯雪様こそ、牙威様に真っ先に消されたくなければ、あまり迂闊《うかつ》な言動はなさらないように」

「守谷…お前、だんだん主に似てきたよね…」

『けちくさいよ』と嫌そうに呟いた嵯雪の横顔が、『この頃、嵯雪と似てきてないか?』とぼやいていた牙威の姿と重なって、つい笑ってしまう。

すると嵯雪もニヤリと笑って、ついでに思い出したように口を開いた。

「できればこっちも、そんな悲しいことにならないようにしたいからね。これでも色々と考えてはいるんだよ。もし万理ちゃんさえよければ、冠城の分家《ぶんけ》筋《すじ》に養女《ようじょ》として迎え入れたいと思ってるんだ」

「万理ちゃんを、養女にですか?」

思わぬことを告げられて驚く遙に、守谷は『術者にはよくあることなんです』と頷いてみせた。

「彼女の力はかなり強いですし、一度目醒めたそれを封印するのは容易いことではないでしょう。ですから力をコントロールするためにも、ある程度の修行は積んだほうがいいと思います。本当は彼女の力を理解し、支えてくれる家族が傍にいる中で、修行することが望ましいのですが……」

千穂にそれを望むのは、難しいだろうことは遙にもよく分かっていた。

今でさえ千穂は、万理を自分の思うとおりに支配しようとしている。我が子に未知の力があると知ったとしても、千穂には受け入れ難いことだろうし、なによりそれがまた虐待の悪化へと繋がりかねない。

「あの様子じゃ、たとえ今回の事件が片付いて家に戻ったところで、彼女の居場所はなさそうだしね…」

だからこそ、術者候補として冠城で引き取ることを検討中なのだと続けた嵯雪に、遙は小さく溜め息を吐いた。

「そのことは、もう万理ちゃんたちには話してあるんですか？」

「いや、まだだと思う。でもそろそろ兄のほうから、お母さんには話がいってると思うけど…」

「そうですか…。万理ちゃんには少し辛い選択ですね。あんなにまだ、小さいのに」

万理にとってはいいきっかけになるのかもしれないが、たとえ傷つけられながらでも、母の傍にいたいと願っていたその気持ちを思うと、切なくなる。

「牙威が冠城の龍に選ばれて、ここへ来るのを決めたのも、ちょうど今の万理ちゃんと同じくらいの年だったよ」

そんな遙の心情を見透かしたのか、そう語った嵯雪の前で、遙は再び首を傾げた。

牙威が龍に選ばれたというのは、果たしてどういう意味なのだろうか？

「龍に選ばれるって……、それって冠城の誰かが決めてるんですか？」

「いいや。龍になるものは、龍の意思によってのみ選ばれるんだ」

「龍の、意思？」

嵯雪の説明をそこから引き継いだ守谷は、龍というのは形のない、流動的な力そのものであると教えてくれた。

龍の神通力を受け継いでいた先代が死ぬと、その力は次の器《うつわ》となる人間を選んで、移動していくものらしい。器として選ばれた人間の身体には、どこかに必ず龍の刻印《こくいん》が現れる。牙威の左手にあるように。

現在、冠城の中で龍の力を受け継ぐ者は、牙威の他に二人いて、その全員に刻印が現れている。そうした人間を冠城では龍神と呼び、守護神として崇《あが》め奉るのだと、守谷はさらに説明を続けた。

なろうと思って、なれるのではない。龍に選ばれた者だけがその力を受け継ぎ、冠城の龍となる。だからこそ彼らは『神に選ばれし者』と呼ばれているのだと。

「龍は本来、冠城の血縁者の中から選ばれることが多いんだけど、たまに牙威みたいにぜんぜん関係ないところで生まれる例もある。遡《さかのぼ》ればもしかしたらどこかで繋がっているのかもしれないけど、その判断基準は分かってない。でも龍に選ばれるのは大抵生まれつき、どこか飛び抜けた能力を持っていることが多くて……牙威もそうだったらしいから。普通の人たちの中で異端《いたん》に見られながら生きていくのは、大変だったろうと思うよ」

だからこそ牙威は、冠城に来ることを自分から選んだのだという。その気持ちは、遙にも痛いほどよく分かった。

「不幸の元締めみたいなうちが言っても、説得力はないんだけどね。牙威には幸せになって欲しいと思ってるんだ。……龍になったことで、得ることよりも失うことのが多い人生だったから」

牙威と出会ってからまだそんなに経っていなくとも、彼の今いる立場がどれほど厳しく、大変なものかということは遙にも十分伝わってくる。

だからこそ、牙威はいつも遙や周囲を巻き込まないようにと逃げ道を残し、一人だけの力で立とうとしてしまうのだろう。

それはきっと、悲しいくらいに。

「だからさ。できるなら遙には、ずっと牙威の傍にいて欲しいと思ってる。たとえ冗談ぽくではあっても、牙威が自分から傍にいて欲しいと願ったのは、遙が初めてだったから。口ではいつ離れてもいいみたいなこと言ってるけど、そんなことあるわけがないんだよ」

ほんと素直じゃない我が儘王子だよねと嵯雪が愚痴ると、守谷も追従《ついじゅう》するように深く頷いてみせた。

「私からもお願いします。あの人が幸せになれるのなら、なんでも叶《かな》えて差し上げたいと思ってます。たとえ周囲を巻き込むことになっても」

それによって遙が平穏《へいおん》な人生を諦めることになったとしても、できるだけ牙威の傍にいて欲しいと望む守谷たちの言葉には、深い想いが込められていることを知った。

みんながこんなにも強く、深く、願っている。牙威の幸せを。

牙威が強いふりをして、ずっと諦めようとしてきた色んなものを、彼らは諦めさせまいとして必死になっている。

この二人がこれまでずっと一緒にいてくれたのなら、きっと牙威はここで一人きりなんかじゃなかったはずだ。そのことが今は純粋に嬉しかった。

「ええ、それでいいと思います。僕も牙威とは離れたくないと思ってますから」

遙のほうこそ諦めて欲しくないと思っているのだと伝えると、いつもは淡々として涼しげに見える守谷も穏やかに笑ってくれた。

「……本当にあなたという人は…。そんな遙さんだからこそ、私は牙威様とともにいて欲しいと思ったんですよ」

ちょっとお人好しで情に流されやすく、吹けば飛びそうなほど脆《もろ》くも見えるのに、どんな強風にも負けないしなやかな芯《しん》の強さを、遙は併せ持っている。

向かい風に一人で立ち向かっていくような牙威を見ていると、なんて激しく強い生き方だろうと思うこともあるけれども、ある日突然、力尽きて根本からぽきりと折れてしまっても不思議ではない気がする。

　だからこそどこか危うげで不安を感じてしまうのだと告げた守谷は、遙の力強い言葉に『…ありがとうございます』と深く頭を下げた。

「え、いや…あの顔を上げてください」

　突然頭を下げられ、慌てる遙に嵯雪も小さく笑うと、隣からその肩をぽんぽんと叩いてきた。

「ほんと。遙のそういうところをさ、牙威も見習うべきだね。力で押すばかりが強さじゃないだろ。誰かを巻き込むのが怖いなんてそんな寝言を言う前に、自分の身体をまず顧《かえり》みろっていうんだよ」

「…自分の身体って？」

　なんとなくその言葉に引っかかりを覚えて首を傾げた遙に、嵯雪は少しだけ困ったように笑いながらも、『玉《ぎょく》の話を覚えてる？』と尋ね返してきた。

「前にも話したと思うけど、本当に龍には玉の存在が必要なんだ。自分と対《つい》になれるべき人間が。そうじゃなければ、どんなに巫覡と契約を交わしたところで、その場しのぎにしかならないことは、龍である牙威自身がきっと一番よく分かっているはずなんだけどね…」

　あの強大な力を安定させるためにも、牙威には玉となれる相手を早く見つけて欲しいのだと嵯雪は告げた。人の身であの力を振るうのは、牙威自身に負担がかかりすぎているのだと。

「だからもし、遙も牙威とともにいることを望んでくれるなら、かなり本気で…あの男の玉になってくれないかなと思ってる。できるなら、一日でも早く」

「嵯雪…さん？」

　なぜだかその声に切羽《せっぱ》詰まったような響きを感じて、遙がいぶかしげに眉をひそめると、それに気づいたのか、嵯雪はそれまでの重みを一瞬で消し去るようにニコッと笑ってみせた。

「んーでも、こんなことを遙に教えたって知られたら、またあのバカ王子に殺されそうになるから、内緒にしといてくれる？」

唇の前に指を立て、片目だけ器用に瞑ってみせた嵯雪の茶目っ気たっぷりな仕草に、遙も笑って小さく頷く。

牙威の玉になって欲しいといわれても、具体的になにをどうすればいいのかわからない。それでも守谷や嵯雪が言うとおり、もしそうなることで牙威の負担が少しでも減ったり、安心していられるというのなら、これ以上に望むことはない。

「自分になにができるのかは、まだ全然わからないですけど…。もし可能なら、僕も牙威の助けになりたいと思ってます」

巻き込まれてもいい。

遙が自分の意志で、ここにいるのだと……そう何度も繰り返したはずの言葉を、心の底から分かって欲しい。身体に流れる気も、平穏な生活も、なにもかも奪われてもいいと思うのは、それは相手が牙威だからだということを、彼自身に信じて欲しい。

繋いだその手を離したくないと願うのは、それは牙威のためというよりも、遙自身が望んでいるからだということを、ちゃんと牙威にも知っていてもらいたかった。

この激しい感情にどんな名前がつこうとも、彼を欲しいと思う。なにより愛しいと思う。

そしてそれと同じように牙威が感じてくれているのなら、それを間違いだとは誰にも言わせたくなかった。

騒ぎが起きたのは、その日の夕食のことだった。

いつもどおり西ノ宮に夕食を届けにいった女中が、部屋に電気がついていないことを不思議に思って、外から声をかけてみたのだが返事がない。仕方なく部屋へ上がってみると、すでにどこにも千穂と万理の姿は見当たらなかったという。

彼女の話を聞いた嵯雪は、すぐに冠城にいる他の者たちへ呼びかけてみたが、三時にお茶菓子を西ノ宮へと運んでいった女中が二人の姿を見たのを最後に、誰もその後の足取りを知らないようだった。

「誰かに連れ出されたとは考えにくいですし、千穂さんが連れて出ていかれたのかもしれませんね。楓樹様の話によりますと、昨夜養女の件をお伝えしたところ、かなりショックを受けていらしたようですし…」

「ここにいたら子供を取られると思ったのかな。へんに気を荒立たせたりしないようにって、監視を緩《ゆる》めたのが仇になったね」

「おそらく」

「そんな、今の状態で万理ちゃんがここを出てったら……」

千穂とうまくやっていけるようならば、まだいい。しかし今朝のように、再び虐待を受けている可能性が捨てきれない状況では、いつ万理がまた餓鬼を呼んでしまうとも限らないのだ。冠城の中でなら結界で抑えられても、自分から外に出てしまったのでは止めようがない。

「二人の実家を含め、心当たりのありそうなところをいくつか手分けして当たってみます」

「ああ、頼むよ。それはそうと牙威は？　まだ戻ってきてないの？」

遙が青い顔のまま頷くと、嵯雪は小さく舌打ちしながら乱暴な仕草で頭の後ろをがりがりと掻いた。

「ったく、肝心なところで使えないんだよね。あの拗ね王子は」

「使えなくて悪かったな」

「牙威…っ」

まるで今の騒ぎを見透かしていたかのように、気配もなく突然ふっと現れた牙威に驚きながらも、遙はホッと胸を撫で下ろした。

「よかった。あのね、万理ちゃんが……」

「ああ、分かってる。雷《ライ》がついていってるから平気だろ」

全てを説明しなくてもすでに状況を把握しているのか、牙威は遙を安心させるように、いつもの笑みを浮かべてみせた。

「ライって…？」

「俺の式。前にも見たことあるだろ？」

言われて、あの不思議な鳥のことを思い出した。青と緑が混ざったような、綺麗な色をした小さな鳥。もとは妖魔だというそれは、牙威が式神として使役しているもので、餓鬼すら引き裂くほどの鋭い爪と嘴を持つ、大きな鷹にも姿を自由に変えられる。

「やだやだ。二人がいなくなったら騒ぎになるのは分かってんだから、その前にとっとと現れてくれない？　このまま雲隠れを続けるようだったら、遙を襲ってみようかとまで一瞬思ったよ」

「ああ、それは確かに。いなくなった牙威様を呼び寄せるには、一番有効な手かもしれませんね」

投げやりな態度で愚痴を漏らす嵯雪の隣で、守谷も妙に納得したように同意を示すと、牙威が頬をぴくぴくと引きつらせるのが分かった。

「……嵯雪、守谷。お前らから先に消されてぇのか？」

「いえ、それは謹《つつし》んで辞退させていただきます」

どこまでがいつもの冗談なのかは分からなかったが、三者の間に漂う剣呑《けんのん》な空気を感じ取った遙は、『今はそんな場合じゃないでしょう』と慌てて牙威たちの間に分け入った。

「それより、万理ちゃんが今どこにいるかは分かる？」

「ああ、だいたいはな。守谷、足を用意しろよ」

牙威が指示を下すと、車の手はずを整えるために、守谷はすっと一礼して席を立った。

「僕も行きます。いいよね、牙威？」

万理や千穂の行方《ゆくえ》が気になるのはもちろんだが、それだけでなく、牙威が力を使うとき自分が傍にいたほうが、力が安定しやすいと聞いている。ならばここでじりじりとしながら、指を咥えて待っている必要はない。

遙がそう言い出すだろうことは、牙威も分かっていたのだろう。特に反対もせず『俺から離れんなよ』とだけ告げると、すっと立ち上がった。

「牙威……あ、のさ」

もし、もしも万理が……餓鬼になることを最終的に選んでしまったとしたら。

そんな不安がふいに湧き上がってきて、縋るように牙威の腕を摑むと、牙威は『大丈夫だ』と言うように、その手をぎゅっと握り返してきた。

一瞬、こちらを見つめる彼の瞳が、蒼く深い色へと変化する。それに思わず吸い込まれそうになる。

「心配すんな。一気に片をつけてやる」


牙威の指示どおりに進んでいた車は、やがて川沿いに建つ古ぼけたアパートの前で静かに停止した。


駅や大通りからは少し離れた、大きな河川敷《かせんしき》。目の前が広々とした土手ということもあってか、アパートの周辺はまだそんなに遅い時間ではないのに、なぜかシンと静まり返っている。

「ここは？」

万理たちの家は確か郊外《こうがい》の一軒家で、アパートではなかったはずだ。見覚えのない風景に遙があたりを見回していると、表札を確かめた守谷が説明してくれた。

「一番初めの事件が起きた家ですね。確か被害者は母子家庭で母と子の二人暮らしだったはずですが、子供のほうの遺体はまだ見つかっていません」

「やつらに呼ばれたんだろうな。冠城を出てから、万理たちはまっすぐここに向かってきてる」

「でもここはすでに、清められているはずです。邪気も感じられませんし……」

事件が起きる前から、すでに建て替えが決まっていたという木造の古いアパートには、被害者の親子の他に一人暮らしの大学生が住んでいたはずだが、すでに引っ越してしまったあとなのか、人の気配はまるでない。

　事件後、餓鬼が再び引き寄せられてこないようにと、冠城の術者が清めの儀式《ぎしき》を行ったらしく、アパートの周囲四方には白い盛り塩がしてあった。すでに浄化されてしまったためか、アパートからは負の思念は欠片も感じられない。

　なのになぜ、万理たちはここへまっすぐやってきたのだろうか。

「雷」

　牙威が名を呼びながらピュイと口笛を吹くと、それに応えるように少し離れた場所でバサリと羽音が響く。その瞬間、闇を引き裂くような掠れた悲鳴があがるのを、遙たちの耳は捉えていた。

「川のほうですっ」

　駆け出した牙威に続いて目の前の堤防《ていぼう》を駆け上がると、深く生えた雑草が広がるその向こうに、どろりとした暗い川面《かわも》が闇の中に沈んで見えた。川の岸付近には人の背丈《せたけ》までを覆い尽くすかのような、長い薄の葉が茂っている。

　その草と草の合間に、万理がいた。

　ただし一人ではない。万理の足元には渦のような黒い影が広がっており、そこから次々と這い登ってくるおびただしい数の餓鬼が、万理の周囲で蠢いている。

　甘いエサへびっしりと群がる蟻《あり》のように、万理へと集まる餓鬼に向かって、牙威がその手を素早く振り下ろすと、指先から走り抜けていった疾風《しっぷう》が、渦巻く炎となって襲いかかった。

「失《う》せろ！」

　炎の風に切り刻まれた餓鬼たちは、ぶしゅっと鈍い音をたてながら、細切れの肉片となってぼとぼとと地面に落ちていく。その黒い体液がびしゃっと草の上へ撒き散らされると、白い蒸気《じょうき》を立てた草がみるみるうちに枯れ朽《く》ちていった。

そのまま万理の傍へとすみやかに走り寄った牙威が、腕を伸ばして万理の額をガッと摑む。刹那《せつな》、彼女の額に当てた牙威の手のひらから、蒼い閃光がほとばしったように見えた。

「牙威…っ、万理ちゃん！」

肉の焦《こ》げた匂いが鼻を突くのも構わず、遙は牙威のもとまで走り寄ろうとしたが、その肩を守谷に強く摑まれて引き止められた。

「万理ちゃんが……っ」

もしかして、一番恐れていた最悪の結果となってしまったのではないかと、遙は青い顔をしてその腕に縋ったが、守谷は小さく息を吐くと首を左右に振った。

「大丈夫です。一時的に万理さんの力を封じただけですから。これで餓鬼と繋がる穴は塞がれたはずです」

見れば万理の足元にあった黒い渦はいつの間にか消え失せており、ただの地面に戻っている。牙威が倒れた万理の身体をひょいと持ち上げると、万理の小さな唇から『う…』と呻きが漏れるのを聞いて、遙もようやくほっと溜め息を吐いた。

「ほら…」

守谷へと手渡された万理は、意識こそちゃんとあるようだったが、まだぼーとしたままの状態で空《くう》を見つめている。この様子では今なにが起きていたのかも、よく分かっていないかもしれない。

「万理ちゃん…よかった」

「ご苦労様でした」

「いや。巣穴を叩き潰したにしては、妙に手ごたえがなさすぎる。だいたい、なんでこんなところに、コイツらが湧き出て…」

言いながらふと顔を上げた牙威は、その瞳を蒼く光らせて闇を睨んだ。

「違う！」

「えっ？」

「取り込まれてんのは、万理じゃねぇ！」

叫びながら走り出した牙威の先へと目を向けると、万理から少し離れたところで、ゆらりと立ち尽くす者がいた。

千穂だ。千穂は黒く渦巻く地面の中心にゆらゆらと立っており、その足元には先程万理に群がっていたものとは比べ物にならないぐらい無数の餓鬼たちがざわめいていた。

憎々しげにこちらを睨む千穂の、かっと見開かれた目は赤く、その口からはとめどない泡を吹き続けている。

赤黒くとろとろとぬめって光る、たくさんの泡を。

「雷！」

牙威の呼び声とともに飛んできた大きな鷹が、千穂の周囲を旋回して絡みつく餓鬼たちを引き裂こうとしたが、それを遮るように千穂が大きく立ち塞がった。千穂を傷つけるわけにもいかず、鷹は急旋回をして再び空へと舞い戻っていく。

「ちっ…、もう半分同化してやがる」

「ど、うして……？」

先程、牙威がその手で万理の力を封じたのに。それによって、餓鬼と繋がる異界の道も塞がれたはずだ。なのに、なぜ千穂が餓鬼たちに取り込まれてしまっているのか。餓鬼たちが狙っていたのは、万理のはずではなかったのか。

「餓鬼と呼び合っていたのは万理だけじゃない…。母親のほうもだったんだ」

苦く吐き捨てた牙威の声に小さく震えた。千穂が、餓鬼たちの昏《くら》い感情に中《あ》てられて、いつの間にか同調していたということなのだろうか？

『万理…おいで……』

千穂のものとは思えない、低くしゃがれた老爺《ろうや》のような声が、赤い泡を吹き続ける口から零れ落ちると、同時に万理を支えていた守谷の身体が吹き飛ばされた。見れば万理の足元からも、再び新たな餓鬼が姿を現している。

「守谷さん！」

倒れた守谷を助け起こそうと遙が駆け寄ると、万理の周囲にいた餓鬼たちは、一斉《いっせい》に遙に向かって飛びかかった。

「……っ！」

そのとき、ドン…と激しい衝撃とともに、温かな腕に包み込まれるのを遙は感じた。同時に、ザシュッと厚い布地が裂けるような音がして、身体がぐらりと傾く。

「牙…威……」

牙威が自分の身を盾《たて》にして庇ってくれたのだと、そう理解する間もなく、喰いつかれた牙威の肩口からは、じゅわっと音をたてて小さな煙が昇っていった。

肉が、焼かれているのだ。

喰いついたまま離れない餓鬼を、爪で引き裂くようにして彼の鷹が襲いかかる。剣山のようにぎっしりと生えた歯が離れる瞬間、牙威の肩の肉をべりっと引き剝がしていくのが見えた。

「動くな…遙」

それでも牙威は、遙の全身を覆い隠すようにぎゅっとその身体を抱き止めていて、手を離そうとしない。

「いや……、嫌だ、牙威！」

噴き出した生温かい血のぬめりが、遙の胸元までツーと伝わり落ちていく。それでも自分を庇うことをやめない牙威の身体を、遙はきつく抱き締め返すと、その傷口に向けて必死に手を伸ばした。

傷に触れた手のひらから、熱い気が牙威に向かって流れていくのが分かる。それでもドクドクと溢れ出す血は止まる気配がない。

――早く…、お願いだから早く止まって。

祈るような気持ちで手に想いを込めた遙は、そのとき餓鬼たちに引きずられるようにして千穂のもとへと連れ去られていった万理の姿に、気がついた。

『動くな……。火を放てば万理が死ぬぞ』

遙を抱き締めたままの牙威の左手から、バチバチと蒼い火花が散ったのを見逃さず、再び千穂が口を開く。

ぎょろりと見開かれた瞳は、群がる餓鬼たちと同じように真っ赤に血走り、その口腔《こうこう》も赤黒いものへと変化している。万理はがたがたと震えながら、自分の髪をがしりと摑んだ母の様変わりした姿を、恐怖と痛みに歪んだ瞳で見つめていた。

「万理を離せよ。テメーの娘だろうが。そのまま引きずり込むつもりか？」

千穂を睨みつける牙威の瞳は蒼く光り、触れれば火傷《やけど》する氷のように静かな怒りを湛《たた》えている。

目の前で守護すべき存在を奪われたのだ。怒らずにいられないのだろう。

そうしている間も、餓鬼たちに取り囲まれた千穂の足元は黒く渦巻き、やがてずぶりと地にのめり込み始めた。手に抱えた、万理とともに。

「万理…っ！　お前はいつまでそうやってうずくまってる気だっ！　黙って言葉を呑み込んで、我慢して、それでなにが変わるっつーんだよ！」

「う……あ、あ…ぁっ」

次第に黒い渦の中へと引き込まれていく身体。ずぷずぷと沈む細い右足が、膝の下まで地面に消えたとき、わなわなと震えていた万理の唇から小さな呻きが漏れた。

それでも万理は、自分の髪を摑んで離さぬ母の顔を、ただじっと凝視《ぎょうし》している。

生きながら鬼に変わろうとしている、母の顔を。

「生きたいなら、自分の足で立て！」

叱咤《しった》する牙威の声に、万理は雷に打たれたようにびくりと肩を震わせた。やがてそれは身体中に伝わり、ぶるぶると全身が大きく震え出す。

「いやだぁぁぁぁぁぁぁぁぁ！」

漆黒の闇を引き裂くような、高く激しい叫び。

万理の口から溢れた叫びとともに、それまで隣で静かに流れていた川から、ぼこり、ごぼごぼごぼ…っと低い水音が響き始めた。なにごとかと千穂が首を巡らす前に、宙に浮き上がった水の刃が、取り囲んでいた餓鬼たちを一瞬にして切り裂いていく。

『ぎゃあぁぁぁぁぁ』

千穂の口から、人の声とは思えぬような悲鳴があがった。

その隙を衝いて走り出した牙威は、叫び続ける万理の身体をぐいと黒い渦から奪い返すと、遙に向かってその身体を放り投げた。

「万理ちゃん……っ」

「…っ…ぁぁ!」

がくがくと震える身体を受け止めた瞬間、万理から流れ込んできた激しい感情の流れが、遙の中を駆け抜けていく。痛みすら感じるその衝撃に息を呑みながらも、遙は万理を離すまいと必死になって、強く細い身体を抱き締め続けた。

これまで溜め込んできた万理の心の悲鳴が、奔流《ほんりゅう》となって溢れ出しているのが分かる。

多分きっと、万理はこうして叫び続けていたのだろう。ずっと心の中で。

大声を張りあげて訴えたかったのに、その叫びは声にはならないままだった。それが今、形となって外へと溢れ出したのだ。

「う…わっ」

また流れてきた感情の塊は、万理のものだけじゃなかった。親によって虐げられ、命を落とし、餓鬼となった寂しいものたちの声も、同化しつつあった万理に引きずられるようにして一緒になだれ込んでくる。

そこには、憎しみよりも深い絶望があった。

飢えが、世界の全てだった。

喰らっても喰らっても、満たされることのない飢餓感をなくすためには、やはりただ喰らい続けるしかないのだと、寂しい心たちが叫んでいる。

欲しくて欲しくて毎日のように深く祈り、それでも得ることが叶わなかった、優しいぬくもりを、必死で得たい。

ただそれだけのために、叫びながら母の骨肉を喰らい、泣きながら父の血を啜り、……そうして生きているうちには得られなかった両親からの愛情の欠片を、温かい臓腑を口にすることによって、餓鬼たちは必死に埋めようとしていたのかもしれない。

それでも……どんなに喰らっても、飢餓感が絶えることはなく。

だからこそ絶望に嘆《なげ》きながら、温かなぬくもりを持つ新たな肉を探して、地をさまよう餓鬼の姿になり果ててしまったのだろう。

それはなんて凄まじく、痛くて辛い。

「……う……くっ」

「遙さん、その手を離してくださいっ」

餓鬼の感情まで受け止めてしまっている遙に気づいた守谷が、慌てたように駆け寄り、その手を万理から引き剥がそうとする。けれどもそれに遙は首を振って、必死で堪えた。

今ここで手を離したら、万理の心まで引きずられていってしまいそうな気がして。

「遙さん…っ！」

「僕は…平気ですからっ。だから早く、早く牙威を……っ」

万理を抱き締めたまま遙が告げると、一瞬だけ迷いを見せながらも守谷は小さく頷いて立ち上がった。

「守谷、受け取れ！」

牙威は餓鬼から強引に切り離されて、プツリと意識が途切れたように地面へとくずおれた千穂を守谷に向かって放り投げると、黒い渦の中心に寄り集まっている餓鬼たちへ、蒼い炎を次々と放った。

『ギィヤヤヤヤヤヤ』

炎に焼かれながら、激しく交差する悲鳴。

ざざざざざ——っと、まるで虫のように炎から逃げ惑う黒い影たち。

「結界を張れ！」

鋭い牙威の声に応えて、懐《ふところ》から取り出した血抜の護符《ごふ》を空に向かって放り投げた守谷が、指でその位置を示すと、護符は牙威を取り囲むように四方へと飛び去った。

そうしてはらはらと空から舞い落ちてきたそれらが、全て地に降り立ったとき、バチリと火花が散ったような音がした。

同時に逃げ惑う餓鬼たちを追いかけながら縦横無《じゅうおうむ》尽《じん》に走り回っていた蒼い炎が、綺麗な四角にかたどられて燃え広がっていく。まるで四角いガラスケースへ餓鬼と炎が押し込められたような不思議な光景に、遙は呆然と魅入ってしまった。

「吐普加身依身多女《とほかみえみため》、寒言神尊利根陀見《かんごんしんそんりこんだけん》、祓《はら》い給《たま》い清め給え！」

結界に向かって守谷が祓詞《はらえことば》をかけると、蒼い炎はますます勢いを増し、結界の中をあちこちへ水を得た魚のように走り回ってく。

牙威は結界から出ることも、黒い渦に逃げ込むこともできなくなった餓鬼たちを容赦なく薙《な》ぎ払いながら、ぎっと左手に巻かれた白い布に歯を立てた。

するりとほどけていく包帯のようなそれが、風に煽られて空へと舞い上がってゆく。そうして彼の瞳と同じ色をした龍が、その下からゆっくりと姿を現した。

龍の輝きが増すと同時に、牙威の身体も淡い光に包まれていく。全身から発せられる光が、まるで蒼い被膜《ひまく》のようにまで膨れ上がると、それは目の前で燃え上がる炎と呼応《こおう》して、激しくまばゆい光を放ち始めた。

牙威本来の力が、解放されたのだ。

左手を空に掲げた彼がその瞳をかっと見開くと、手のひらからはさぁっと剣が浮かび上がった。透きとおり、まばゆい煌めきを放っていた剣はやがて質量のあるそれへと変化し、牙威の手の中にずしりと収まる。

鋭利に磨かれた剣の柄《つか》を無造作に握り締めた牙威は、叫び声をあげながら逃げ惑う餓鬼たちを眺めて、その目をすっと細めた。その間も、蒼い炎に焼かれる餓鬼たちの悲鳴は響き続けている。

もとは人間だったはずの、小さな醜い生き物たち。それを青い瞳でまっすぐ見据えながら、牙威は口元から小さくその鋭い犬歯を覗かせた。

「楽にしてやる」

生まれて間もなく、ごみ捨て場に投げ捨てられた新生児。

『なぜお前は泣くんだろう』と、何度も揺さぶられ、床に叩き付けられた小さな命。

振り向かれもせず、抱かれもせず、食事すら与えてもらえずに、衰弱《すいじゃく》して力尽きる最後の日まで、灰色の空を見ていた子供たち。

優しくされた時間も確かにあったのだろう。

だからこそほんの一瞬でも与えられたそれを、もう一度、もう少しだけ欲しいと求めてさまよい続けるしかなかった彼らを、切なく悲しく思う。

「死んでまで、虚しい幻想に囚《とら》われている必要なんかない」

言いながら一つ大きく息を吐いた牙威は、両手で握っていたそれを黒い渦の中心に思い切り突き立てた。剣からはバチバチと雷光のような激しい光が放たれ、一瞬、夜に閉ざされた河原が遠くまで見渡せるほどの明るさに包まれる。

激しい悲鳴や轟々《ごうごう》と燃え盛る炎の音が、闇をつんざいていく。

牙威の身体がその中心で激しい稲光を放った瞬間、ドドンと、大気と地面が激しく揺れた気がした。

まばゆさに、目を閉じる。

渦巻く炎が蒼い光となって弾け飛んだあと、四角く焼き取られたそこにはもはやなにもなく、牙威がただ一人剣を携《たずさ》えて立っていた。結界ごと吹き飛んだその足元には、草の燃《も》え滓《かす》すらも残っていない。

ただ、黒く焦げた地面からぶすぶすと音をたてて、白い煙が立ち昇っているだけだった。

「おやすみ…」

そう小さく呟いた牙威の足元には、白い小さな塊が焦げた土から顔を覗かせていた。

主のもとへと駆け寄った守谷が、その足元の白い塊の前で膝をつき、そっと土を払うと顔を痛ましげに歪める。

残っていたのは、小さな、小さな骨の欠片。

「遺体が見つからないわけですね…。これは餓鬼に襲われたものじゃない」

それは多分、一番初めに襲われた女性の子供のものなのだろう。

母親によって殺され、埋められた子供は、ずっとここから叫んでいたのだ。地の底から、餓鬼たちを呼び寄せるほどまで強く。

「連れて帰って、供養《くよう》してあげてもいいですか…？」

震えそうになる声を押し出しながら近づいてきた遙に、守谷は一瞬戸惑ったような顔を見せたが、すぐに寂しげな笑みを浮かべて頷いた。

足元に埋まった小さな乳白色のそれを、指先でそっと摘んだ途端、それはさらりと形をなくして崩れ落ちる。

その瞬間、遙の触れた指先からは、小さな声が流れて消えていった。

それは生きながら殺されていったものたちの、悲しくも切ない叫びだった。

なのにこんな姿になってまで、それでもまだ彼らは言うのだ。

こんなにも、ただ救いを求めている。まるで懺悔《ざんげ》するかのように。

いい子になる。いい子になるから。服を汚さないから。すぐに泣いたりしないから。

ちゃんと、いい子になるから。

だからこっちを見て欲しい。笑って欲しい。抱き締めて欲しい。

たとえそれらが叶えられなかったとしても、ただひとつ。お前はここにいてもいいんだよと、そう言ってくれるだけでいいのに。

ただ愛されたかった。望むことは……ただ、それだけだったのに。

「………っ」

風に攫《さら》われていきそうな小さな骨の欠片を、そっと手のひらの中に集め、胸の前で抱き寄せると、たまらず喉の奥から熱い嗚咽《おえつ》が零れ落ちた。

自分が泣いたところで、この世の中のなにが変わるわけではないけれども。それでも、なんて痛いのだろうと思う。

殺されるために生まれてきたわけじゃない。ましてや殺すために、生んだわけでもないだろう。

なのにどこで間違ってしまったのだろう。本当に、立ち止まることはできなかったのだろうか。今となってはもう、それすらも分からないけれど。

『おやすみ』と呟いた牙威の言葉どおり、遙は寂しく朽ち果てていったこのか弱い魂たちが、いつか安らかに眠れる日がくることを、今はただ心から祈るしかなかった。


草叢《くさむら》の陰でぐったりとしていた千穂を守谷が抱き起こすと、千穂は荒い呼吸を繰り返しながら、『あ…あ、あ…』と小さな声を漏らした。

「千穂さん、大丈夫ですか？」

「なに…よ、なんなのっ。あれ……っ」

まだ完全に同化していなかったからか、千穂は自分の身になにが起こったのかをちゃんと理解していないまでも、断片的なことは覚えているようだった。

「そうよ。あれ…、あいつら…っ、家にいたのと同じ、あいつらが…っ」

ぶるりと肩を震わせて守谷の腕に縋りつく千穂は、夫とともに家で襲われたときのことを思い出したのか、きょろきょろと周囲を見回しながら、餓鬼の存在に震え上がっている。

「お母…さん」

ぎょろりと赤い目を剝き、口から泡を吹かせていた千穂ではなく、いつもの母親に戻ったことでホッとしたように万理が近寄ってくる。けれどもその小さな手が肩へと触れた途端、小さく『ひっ！』と叫んで振り払った千穂の行動に、遙は一瞬、ザッと胸のあたりを切り裂かれたような痛みを覚えた。

千穂は自分の娘さえも恐れるように、座ったままの姿勢でずりずりと後ろへ下がっていく。血の気をなくしてがくがくと震えている千穂の顔を、万理はただ呆然と、ガラスのような目でじっと見下ろしていた。

全身で自分を拒絶しようとする、母の姿を。

「……ごめんなさい…」

やがてなにもかも諦めたように吐き出されたその声は、小さく震えていた。

「万理ちゃん…」

遙はたまらなくなって万理の傍へと近寄ると、振り払われた手を摑み、ぎゅっと安心させるように強く握り締める。万理を必要としている人間がちゃんといることを教えてやらなくては、なにもかもダメになってしまうような気がした。

けれどもその途端、握り締めた指先からいっきに流れ込んできた万理の痛みや悲しみ、憧憬《しょうけい》や渇望《かつぼう》といった様々な感情に、遙はああ…と目を閉じた。

封じられていた声とともに解放された万理の心は、取り囲む壁がなくなった分、鮮明な叫びとなって遙へどっと流れ込んでくる。

別に今回のこれが、初めての拒絶というわけではないのだろう。それでもたとえ何度拒絶されることがあっても、決してその痛みに慣れることはないのだとその声は教えてくれていた。

なのにそれほどの痛みを覚えながらも、万理は今もただひたすらに母に向かって謝り続けているのだ。

ごめんなさい、ごめんなさい、ごめんなさい…。

何度も何度も繰り返し、謝り続ける万理の中では、自分の不思議な力のことや、餓鬼に引きずられかけたこと、父親を救えなかったことなど……様々な自責の念が渦巻いている。

このひどく悲しい出来事が起こった全ての責任は自分のせいだと、自分が悪い子供だったからいけないのだと、そう言っているようにも聞こえた。

痛ましいまでに自分自身を責め続ける万理の声に耐え切れず、遙は唇をぎゅっと噛み締めながら首をふるふると横に振る。

「万理ちゃんのせいじゃない」

万理は多分、いつもこうして何度も何度も心の中で謝りながら生きてきたのだ。

『お前が悪い子だから、しつけてやってるんだ』と、そう繰り返し教え込まれてきた言葉は、万理の心の中でこんなにも大きな重責《じゅうせき》として残されている。

父が自分を無視するのは、父が悪いわけじゃない。母が自分を叩くのは、母が悪いわけじゃない。自分がいけないから、全て自分のせいだからとそう繰り返し言い聞かせてきた万理の声が、苦しいほど切なかった。

両親から愛されないのは、自分が悪い子だからだと、万理は本気でそう信じているのだ。あの、悲しい塊たちが最後までそう叫んでいたように。

たまらなかった。

「なんで…、なんで分からないんですか！」

こんなのは痛すぎるとそう思った瞬間、遙は万理の細い肩を抱き寄せながら、千穂に向かって叫んでいた。決して声にならない、万理の心の代わりに。

「なに…」

「彼女が…万理ちゃんが、あなたに殴られても疎まれても、どうして傍にいたのか、本当に分からないんですか？　あんなに痣になるほど何度も何度も叩かれて…、それでも自分で転んだって、なぜそう言い続けたのか…っ」

なぜ、分かろうとしないのだろう？

千穂が万理を連れて冠城から逃げ出したのは、誰にも万理を取られたくなかったからではないのか。そうやって、引き離されることを恐れるくらい我が子を想っていながら、なぜ自分の隣で叫んでいる万理の心の声には、気づこうとしないのか。

「万理ちゃんはただ、あなたに愛されたかっただけなのに…っ」

たとえ殴られるだけの日々でも、それしか世界を知らなかったら、他に求める術《すべ》がないのは分かる。

だが、身を切るような心の叫びを殺してまで、なぜ万理はそんな身勝手な母親を求めるのかと、不思議にさえ思ってしまう。

それでも……たとえどれだけ虐げられていたとしても、彼女の世界は生まれてからずっとそれしかなかったから。どんなに痛くても、辛くても、彼女の母親はたった一人。一人しかいないから。

ただ少しだけ振り返ってくれることを、ほんのちょっとでいいから微笑んでもらえることを期待して、待っているしかないのだ。あの寂しい餓鬼たちのように。

「このままずっと、叩かれても殴られても、それは自分が悪いからって万理ちゃんに言わせ続けるんですか。自分が生まれてきたのが悪かったんだって、本気で子供に信じさせるんですか?」

そんな風に万理の心を殺しながら生きていくのかと叫んだ遙に、千穂は血の気の失せた顔のまま、言葉もなく、ただ唇を戦慄かせていた。

必死に万理を抱き寄せながら、それでも分かって欲しくて千穂へまっすぐにぶつかっていく遙の背を、牙威は『仕方ねぇなぁ』というように、ぽんぽんと叩いた。そんな主人の姿に小さく微笑みを零した守谷は、同じように千穂へと向き直ると、座り込んだままの身体を引き起こしてやりながら静かに口を開く。

「千穂さん。あなたも色々と辛いことがあったんでしょう。でも、たとえ殴られながらでも、あなたの愛情だけをただ信じて待っていた万理さんは、きっともっと辛かったはずだ」

諭《さと》すような仕草で優しくぽんと肩を叩かれて、千

穂はうっと小さく声を漏らした。

「あなたに子供への愛情がなかったとは思いません。ならば万理さんがあそこまで、あなたを求めたりはしなかったはずでしょうから。だからこそ尚更、あなたは自分で全てを背負い込もうとせずに、周囲に助けを求めるべきだったんですよ。手遅れになる前に」

守谷の心に染みるような穏やかな声に、やがて千穂は肩を震わせながら嗚咽を漏らした。

他人に助けを求められる者は、ある意味、強い人間なのだと遙も思う。

自分の力が足りないことを認め、助けを求めるのは、決して恥ずべき行為じゃないはずなのに、そうするにはほんの少しばかりの勇気を要することがある。周囲の環境や自分の中のプライドが、それを許さないこともある。

それだけ、人は心弱く、悲しい生き物だということなのだろう。


「一番、最初に…子育てに行き詰まって…、苦しいと感じたときは、万理を保育園に…っ、預けようと思ったんです。……このままじゃ、あの子を殴り殺してしまう。そんな自分が怖くて、パートでもいいから、働いて外に出て、少しでも自分の時間を作ろう…っ、と…そしたら、少しでも優しくなれる気がして…っ」

嗚咽交じりの告白の間に、頬を流れ落ちていく涙は、多分これまで一度も吐き出せなかった、千穂の叫びの表れなのだと思った。じっと言葉を呑み込んでいたのは万理だけでなく、千穂もきっと、その叫びを押し殺していたのだ。

「でも義母《はは》には…っ、『息子に…っ、食べさせてもらっている身分のくせに…、それ以上に…っ、小遣《こづか》いを稼《かせ》ぎたがるなんて浅ましい』と言われ…、て…。夫は『子育てはお前の仕事…だろ』って…話を聞いても、くれなくて…っ」

一人で、いつも耐えていた。もがきながら、苦しみながら。

自分の子供なのに、可愛いと思えない瞬間があることに、恐怖していた。

生まれてくる前は、ただ無事に育ってくれることを、あんなにも望んでいたはずなのに。

「あの人…にっ、『自分で生んだ子供、なのに、お前は…、万理が可愛くないのか。ひどい…っ、ひどい母親だな…っ』…て、そう罵《ののし》られて…。そうしたら近所の人にまで、そう思われていそうで、怖くて、なにも……、なにもできなかった…っ」

叫ぶような独白を聞きながら、段々エスカレートしていく虐待を一番恐れていたのは、千穂自身だったのかもしれないと、遙はなんとなくそう思った。

自分の子供すらちゃんと育てられない母親なんて、人として失格だとそう言われているような気がして怖かったと、そう告げた千穂の声はどこまでも苦渋《くじゅう》に満ち、たとえ千穂の身体に触れていなくとも、遙はその痛みが伝わってくるような気がした。

子供を産めば、みんながすぐに立派な親になれるわけじゃない。だからこそ毎日の中で、失敗したり、悩んだり、些細なことに笑ったりしながら、子供は子供らしい子供に、親は親らしい親にと、ともに育っていけばいいはずなのに。

けれども、『いい母親とはこうあるべき』という世間の凝《こ》り固まった常識や、周囲の環境がそれを許さないこともある。それがこんな風に、親と子供を追い詰めていくことがあるのだということを、痛みとともに遙は初めて知った気がした。

一つの命を請《う》け負《お》ったなら、それに対しての責任も負わなければならなくなる。どんな親であっても、その子にとっての親は、その人しかいないのだから。

ならばこそ、無理をする必要などないのだ。辛いときは、子供と一緒に悩んでいけばいい。

子育てに行き詰まっているのならそれを認めて、千穂はもっと早く助けを求める勇気を持つべきだったのだ。身近な人間がダメなら、児童相談所でも、保健所でも、民間のボランティアグループだってい い。助けて欲しいと思っていることを、ちゃんと叫ぶべきだった。

そうした叫びを口にするだけで心が軽くなることだってあるはずなのに。

「やめたい…って、思ってる…のに…っ、こんなこと、もうやめたい……てっ。何度も…っ。万理が、かわいそうだと分かってるのに…っ、止められない自分が苦しくて…っ。万理…、万理…がっ、泣き喚《わめ》いたらやめようって思ってても、この子…泣かないし、なにも言わないしっ。誰も…だれ…っも、止めてくれなくて……」

できるなら誰かに止めて欲しかったけれど、そのきっかけが摑めずにいたのだと、そう告白する千穂を、腕を組みながら見下ろしていた牙威は、ふんと鼻を鳴らした。

「自分にとって神様みたいな存在から殴られて、身も心も、痛くならねぇわけがねぇだろうが。自分の弱さを、万理のせいになんかするんじゃねぇよ」

それは悔やむ千穂をさらに追い詰めるような、かなり厳しい言葉だったが、牙威が言いたいことはちゃんと伝わってきて、遙はぐっと苦いものを飲み込んだ。

殴られて、叩かれて、愛されなくて。

それでなにも感じなかったはずがない。感じないふりをしていただけで、本当に痛くなかったわけじゃないだろう。辛く感じた瞬間だって、たくさんあったはずだ。

『アイツを見ていると、昔の自分を思い出す』と、そう呟いていた牙威。

もしかしたら、彼こそが一番、万理の痛みを分かっていたのかもしれないと、そう思った。

「言えよ、万理。言いたいことは、ちゃんと自分の口で言え」

牙威は遙の腕の中から奪うようにぐいと万理の手を引くと、黙ったままずっと母の叫びを聞いていた万理を、千穂の前に立たせた。

牙威の手をぎゅっと握り返しながら、万理はしばらく激しく泣き濡れた母の顔を、まっすぐに見つめ返していた。

「……痛かった…」

やがてポツリと漏らされたそれは、小さくてもちゃんと声となって、万理の唇から滑り落ちていく。

「万理…」

ずっと聞き逃していた我が子の叫びに、千穂は耐え切れず口元を両手で押さえる。

「ずっと……、痛かったよ…お母さん」

放たれた声に、千穂はその場に激しく泣き崩れた。その涙には、たくさんの後悔と痛みが滲んでいることを、きっとその場にいる誰もが知っていた。

生きていれば、うまくいかないこともある。つまずくことも、どうしようもない自分に嘆《なげ》きたくなるときもあるだろう。

それでも……たとえ泣きながらでも、諦めようとしなければ、やり直すきっかけはちゃんとどこかにあって、それをいつか摑めるときがくるはずだ。

ごめんね、ごめんねと泣きながら繰り返す千穂が、『間に合って…よかった』と最後に小さく漏らしたその言葉は、心からの安堵の声だったように遙には思えた。


「……アイツは強いな」

いつものように離れの窓から、静かな夜の庭を眺めていた牙威が、ふと漏らした呟きに遙は顔を上げた。

牙威はそれ以上なにも言わなかったが、それが万理のことを指しているのだと分かる。あのあと遙たちとともに冠城へ帰ってきた万理は、かなり疲労している千穂を病院へと見送ると、自分からこのままずっと冠城に残りたいと嵯雪に申し出たのだ。

養子の件はまた別にするにしても、力をコントロールするために冠城に残って修行をする必要があることを、幼いながらも万理自身ちゃんと感じ取ったらしい。それはきっと母を見捨てたからではなく、いつか再び母と暮らすための準備なのだろう。

万理の姿は相変わらず細く痛々しかったが、小さな決意を告げる目はガラス玉のようなそれではなく、静かな輝きを放っていた。それは万理が、自分の生きるべき道を自分でちゃんと選び、ひとりで立とうとしている証拠《しょうこ》なのだと遙は思った。

「ごめんね…」

「なにがだよ?」

突然謝った遙に、牙威は少し驚いたような顔でこちらを振り返る。その瞳はすでにいつもと同じ色に戻っていたが、そこに含まれる厳しさや暖かさは変わらないのだなと、遙はじっとその目を見つめ返しながら静かに口を開いた。

「僕は君に、ひどいことを聞いたから…。万理ちゃんが、餓鬼になってお母さんを殺すことを望んでいるかだなんて…。そんなこと君が望むわけがないのに…」

もしもそのときがきたら万理を消すと言い放ちながらも、本当は牙威が一番、万理が人として自分の足で立つことを望んでいたのだろうと、今なら遙にもよく分かる。

多分彼が他の誰よりも、その痛みを知っているはずなのだから。

「別にそんなこと気にするなって。もし本当にそうなってたら、きっと容赦なくやってただろうし」

牙威はいつもと変わりなくそう軽く答えてくれたけれども、そんな彼を見ていたら、ふと気になっていたことを聞いてみたくなった。

「お母さんのこと……どうしてって聞いてもいい?」

なぜ、彼がそんな辛い選択を選ぶことになったのか、どうしても知りたかったのだ。

「あ、もちろんっ、言いたくなかったらそれはそれで、構わないんだけどっ！」

口にしてから、かなり厳しく言いにくいことを聞いてしまったと慌てたが、牙威はそれすら別になんとも思っていなかったようで、ひょいと肩を竦めると『そうだな…』と昔を振り返るように遠い目をしてみせた。

「昔のことは、あんまり記憶にねーんだけどさ。母親が人の顔を見るたび『お前のせいだ』とか『悪魔だ』とか、ぶつぶつ言いながら殴ってたことは覚えてるから……きっと、こんな変な力を持ったガキなんか、いらなかったんじゃねーの？　ある日気がついたら、頭ごと水の中に押し込められてた」

もがいてももがいても、口と肺の中に入り込んでくる大量の水。

身体ごと水の奥へと押し込もうとする両手へ、ばりばりと爪を立てたが指は剝がれず、口の中にわずかに残っていた空気が、ごぼっと大きな泡となって目の前の水に溶けていくのが見えた。

苦しさと痛みと絶望。子供の力では振り払うこともできない絶対的な力に足掻《あが》きながら、次第に赤く染まっていく視界に、このまま死ぬのだと……そう思った瞬間、揺れる水面の向こう側で燃え上がる蒼い炎が見えた気がした。

ごぼごぼと揺れる水の中から、ちゃんとそれが見えたはずもないのに、髪も服も手も足も、その全てが激しく燃え上がり、どろりと人の形を失っていく光景だけは、なぜだか今も目に焼き付いて離れずにいる。

水の中で『ぎゃぁぁぁ…っ』と鈍く聞こえてきた声が、多分、母の最期《さいご》の声だ。

「次に気づいたときは病院で、そんときには冠城から迎えが来てたし」

それ以来、一度も家には戻っていない。だから実際あのあと、どうなったのかも分からないのだと牙威はぽつりと続けた。

「でもその頃から、力ばっかり強くてもコントロールは全然だったから。龍にでも選ばれてなきゃ、ほんとはとっくに危険人物として処分されてたんだろうけどな」

そんなことを、さらりと口にする牙威が痛かった。

言葉で言うほど、きっと生易《なまやさ》しい日々ではなかっただろうに。そんな中で、牙威が牙威らしく生きていくために、いったいどれほどの強さ努力を必要としてきたのだろうかと思うと、今更ながらその凄まじい生き方に、胸が詰まった。

『龍になったことで、得ることよりも失うことのが多い人生だった』と……嵯雪がそう零した意味が、いまになって深く胸に沁み込んでくる。

牙威がなぜいつも傲慢《ごうまん》なふりで周囲を遠ざけながら、望むことより諦めることを優先してきたのか、分かるような気がした。

「だからさ。せっかく評価してくれてる遙には悪いんだけど、俺がここで黙って龍として使われてやってんのは、別に人助けでもなんでもねぇんだよ。こんな力をそのへんに野放しにしておいたら、ただの犯罪者だろ。ここのやつらは龍神だなんだって人を崇め奉りながら、その実監視してんだよな」

万理が保護されながらも、同時に監視されていたように。

「まぁ、龍ってのも悪くないけどさ。力を使って人を殺しても、感謝される職業なんて他にねぇしな」

「牙威……」

そうやってわざと偽悪《ぎあく》的に言いながら笑ってみせる牙威に、胸が痛んだ。

牙威の言葉は、悲しいけれど多分正しいのだろう。きっと牙威には、他に選ぶ道などなかっただろうから。

その力を使って母を殺してしまったその日から、もう二度と元いた世界に戻ることは許されなくなった。それでも生き延びる手段として、彼に残されていたのは、龍になることだけだったのだろう。

でも、本当にそれだけが理由で彼が龍になったわけじゃないことは、傍で見ていればちゃんと分かる。ただ生き残るためだけに龍になったのだとしたら、牙威はその身を盾にしてまで、他の人間を守護しようとはしないはずだ。

牙威は遙や守谷、万理といった周囲の人々だけでなく、様々な救いを求めて冠城にやってくる人々まででも、契約だからと受け入れ、守ろうとしている。その身を削りながらでも。

力があっても、牙威の身体は不死身なわけじゃない。傷つけば死ぬことだってありえると知っているのに、それでも牙威はその身を晒して戦うことを、決して迷ったりしない。

まるで……そうやって龍として戦うことが、自分が生き延びてしまったことに対する免罪符《めんざいふ》であるかのように。

きっと牙威は、他の誰かを殺してまで生き延びてしまった苦渋を、誰よりも一番知っているのだ。

だからこそ、あれほどまでに万理を気にしていたのだろう。

「幻滅したか？」

黙り込んでしまった遙へ、牙威は自嘲気味な表情を浮かべてふいと視線を逸らした。

「なにを…？」

「俺が人殺しな上、仕方なく龍をやってるんだって聞いてさ。母親だけじゃないぜ？　冠城に来てからも何人か殺しかけたし、そのあとも怨霊に乗り移られた奴とかは、生きていたとしても容赦なく焼き払ってきた」

「それは……」

「多分、これからもそうするだろう。それにきっとまた今回みたいなケースもある。そういうの、遙は辛いだろ。だから……」

「言ったよね、離れないって。僕は君と一緒にいるよ」

もし遙がそれを辛く感じるならいつでも離れてて

いいと、そんな悲しい言葉を牙威が口にする前に、遙は自分から先を塞いだ。

その答えはもう、とうに出ている。

「一緒にいても、きっと嫌なことばかりだぜ？」

ふっと口元をほころばせながら呟く牙威に、遙は激しく首を振った。

そんなことはない。そんなことは決してなかった。

家に帰ったとき、『おかえり』と出迎えてくれる声。ポンポンと慰めるように、背を叩いてくれる手のひら。そんなささやかで暖かな日常こそが、こんなに愛しいものであることを、遙に教えてくれたのは牙威だった。

優しく触れられて、そのぬくもりを分け合うたびに、泣きたくなるほどの幸福感を覚える。

なのに、ともにいて嫌なことばかりの人生だなんてありえないだろう。

「君が…、親殺しで人殺しの非道人だって言うなら、僕だって同じだよ」

「なにを急に…」

「僕には、妹がいるって話したことがあったよね。この力が特殊だと知らなかった頃は、なぜ妹だけ受け入れられるのか、父も母もこっちを見てくれないのか、いつも不思議だった」

大人しくていい子ねと声はかけてくれるけれども、決して頭を撫でてはくれなかった母。

妹は抱っこしても、お前はお兄ちゃんなんだからと、自分とは手を繋ぐことにすら躊躇していた父。

「物心つくようになって、両親が僕を避けるのは、この力のせいだって分かったけれど、それでも……本当はずっと辛かった。なぜ自分だけ家族の中で受け入れてもらえないのか、ずっと不思議だったよ。万理ちゃんのように殴られて育ったわけではないけれど、一線を引いてしか接してくれない両親に、心はいつも渇いてた」

叫びだしたい感情が、遙の中にもいつもあった。

それでも、たとえ叫んでも彼らを困らせるだけだと分かっていたから、言葉をいつも飲み込んでいたのだ。万理と同じように。

「だから、僕は自分から切り捨てたんだ。自分をありのまま受け入れてくれない家族のことは見切って、少しでも僕を理解してくれる祖母の家に、進学を理由にして自分から移り住んだ」

万理の強さに憧《あこが》れたのは、牙威ばかりではない。あんな思いをしても、それでもまだ母とともにいる道を選ぶ万理を、遙こそ羨ましく思っていた。

自分は、ただ逃げ出すことしかできなかったから。

「そうやって、僕も殺してきたんだろうと思う…。心の中で、きっと両親を」

「実際殺すのとは、わけが違うだろ」

「違わないよ。……だって、僕は君が生きてることに感謝してる」

そう強く言い切ると、牙威は遙の顔をじっと見つめてきた。

どこまでも透き通るような色をして自分を見つめる、深い瞳。それが今ここにあることを、どれほど嬉しく思っているだろう。

「君が生き残るために母親を殺したんだと聞いても、それを知りながら、僕は君が生きていてくれたことを感謝してる。これって…、同罪なんじゃない?」

かなりこじつけとも思える遙の告白に、牙威は一瞬きょとんとした顔をしてみせたが、やがて目を細めてふっと小さく笑うと、遙の腕を摑んで強く引き寄せてきた。

そうして、腕の中に落ちてきた遙を嬉しそうに抱き締めながら、牙威はそっと頰へと口付けてくる。

「ほんっと…、お人好しなんだもんなぁ」

仕方ねぇなという風に笑いながらも、耳元を掠めたその声が、わずかに掠れていたことを遙は聞き逃さなかった。

きっと、互いを想って泣きたくなる気持ちとは、こういう瞬間に生まれてくるのだろう。

なにが正しいかなんて分からない。

でも、この人に出会えたことで幸せを感じているのは本当。ならばなにが間違っているかというよりも、今ある現実に感謝したかった。

「もしまた、今回みたいな悲しいことがあったとしても、どうしたら回避できるか一緒に考えるよ。僕にできることは少ないかもしれないけど、それでも一緒に考える。だから、君がもし僕を望んでくれるなら、ちゃんとそう言って欲しい。……巻き込みたくないって突き放されるよりも、そのほうが嬉しいから」

牙威から少しだけ身体を離して、まっすぐにその目を見て伝えたが、なぜだか牙威は、無理やり感情を抑え込もうとするような、切ない瞳で遙を見ていた。

「遙……」

しばし逡巡するかのように牙威は口を開きかけたが、言葉はちゃんと形にならない。

それが、彼の迷いや不安を表しているかのように思えて、遙は抱き返す腕に力を込めた。

「僕は、君がいてくれて……救われたと思ったことがたくさんあるよ」

家族を捨て、祖母を失い、世界はもう壊れてしまったと感じた瞬間から、ただ一人、真っ暗な場所に置いていかれたような気がしていたけれど、牙威がそうではないと教えてくれた。そうした気持をちゃんと伝えたかった。

やがて遙の言葉に観念したように牙威は目を瞑ると、右手で顔を軽く覆いながら口を開いた。

「ほんとはさ…ずっと離したくねぇって思ってたよ」

「うん」

「いつか…いつかさ、遙が後悔するようなことがあったとき、『ヘンなことに巻き込んだ』って恨んでくれても構わない。だから…」

「だから…?」

「もし…もしも叶うなら、俺は遙に一緒にいて欲しい…」

その、掠れそうなほど小さな声に、身体中が震えた。

これは初めての、牙威からの告白なのだ。

いつも強引に全てを押し通しているように装《よそお》いながらも、その実自分からはなにも望もうとしなかった牙威が、初めて晒した、本音の部分。

それを悟った瞬間、遙は心の底から歓喜した。

震えが止まらない。

「牙威…」

「遙と、ずっと一緒にいたいんだ…。もし、いつか恨まれたとしてもさ」

そんなことはない。そんなことはないんだと、遙は零れ落ちそうになる熱いものを必死で堪えながら、強く首を振った。

真摯な告白に答えを返そうとして、……なんと伝えたらいいのか分からないほど、言葉が胸に詰まる。

それでも自分も同じことを望んでいるのだということはちゃんと伝えておきたくて、その身体へ無言のままぎゅっと抱きついた。

恨んだりなんてしない。後悔もしない。

この手を離すこと以上に、怖いものは何もないと思うから。

「一緒にいようよ。ずっと…僕も君に、それを伝えたいと思ってた」

きっと牙威の中にも自分の中にも、どんなに忘れようと思っていても、ふいに呑み込まれそうになるほど大きくて深い闇がある。

立ち止まって振り返ったとき、今自分が立っている足元の暗さに、一歩も先に進めなくなる瞬間があるだろう。

けれど……たとえどんなに暗い夜が続いても、その闇を照らしてくれる人がいる。その手を繋いで、ともに歩んでくれる人がいる。

ならばもう、神様もいらないと思った。

互いの存在が、夜に優しく浮かぶ月のように、この暗く細い道を照らす灯火のように、ただ一つ消えない光となれるなら。

心からの祈りを込めて重ねた唇は、とても甘く……、そしてどこか切ない味がした。


どちらからともなく触れ合い、倒れ込んだ布団の上で身体を寄せ合う。

服を脱がしながらも、少しの間も離れていたくなくて、キスを繰り返そうとするからそのたび、何度も手が止まってしまった。

「ん……」

牙威と口付けを交わすようになって、色んなキスを遙は覚えた。キスに種類があるなんてことすら、以前は知らなかったけれど。

鼻をすり合わせ、頬を指で撫でる仕草はまるで子供のようなのに、入り込む舌だけは淫靡《いんび》な動きで遙を翻弄する。キスだけで息が上がり、互いになにも着けない状態で素肌を重ね合わせたときにはもう、遙はほとんど涙目になっていた。

「ん……、んんっ？」

口付けられたまま、たち上がりかけていた胸の粒を強く刺激され、腰が跳ねる。そのまま脇腹から太腿にかけて撫でるように愛撫されて、ジンとした痺れが這い昇ってきた。それでも牙威の手は休むことなく、的確に遙の体を追い上げていく。

薄い下生えの柔らかさを確かめられながら、すでに昂《たかぶ》り始めていたそこへ淫らな指が絡みついてきたとき、たまらず遙は唇を離して身悶えた。

「…あ、……ちょ…まっ…」

ここまできて、待てというのは酷な話かもしれないが、キスだけですでに熱くなっている身体に、その隙のない愛撫はさすがに刺激が強すぎる。指先の微妙な動きだけで、すぐに達してしまいそうな快感を感じて、遙は『ややや、やっぱり…、待って…、待って！』と慌ててその動きを封じ込めた。

そうじゃなければ、ちょっと扱《しご》かれただけで終わってしまいそうだったのだ。

「なに？」

「…っ、だから…あのっ、ちょっと……手……っ」

耳元に囁かれるだけで、ぐずぐずと身体が溶け出してしまいそうなのに、訊きながら牙威が絡めたままの指先を動かしてくるから、たまらず遙はその手首を掴んで引き止めた。

「待って…まって、今日……なんか、変…だから……、っ」

もう少し、待って欲しいと必死で呟く。

こんなのおかしい。牙威としていると、すぐにわけが分からなくなるのはいつものことだが、こんな風に触られているだけで変になりそうなのは、普通じゃない。

初めて肌を合わせたあの夜も、ただ牙威のくれる刺激に声をあげるしかなかったが、そのとき以上に自分がどうなってしまうのか分からなくて怖かった。

「別に変じゃないって…」

「変…っ、や………、……っ！」

囁くと、牙威は遙の胸に唇をすり寄せるようにして口付けてくる。その熱い舌でたち上がった粒を舐《な》められながら、指先で昂りをくすぐるように弄られると、それだけで遙はぶるりと身体を震わせて、その手の中に放ってしまっていた。

あまりにも呆気なく終わってしまったことへの羞恥と、腰から下がどろりと溶けていくみたいな甘ったるい快感の名残《なごり》に、視界が滲んでくる。

「だか…ら、待ってっ…て、……ったの…に……」

言いながら、滲んだ涙を隠すように両手で顔を覆い隠すと、その手を優しく引き剥がした牙威が頬に口付けてくる。

「わりぃ…。確かにちょっとがっついてんな、俺」

別に牙威が悪いわけじゃないだろうに、『ごめん』なんて耳元で囁いてくるから、かえって涙が零れそうになる。牙威はまだほとんど息も乱れてないのに、自分だけ浅ましい姿を見られているのが恥ずかしくて、つい当たってしまったという自覚はあるから、遙は赤い顔を誤魔化すように、その首筋にぎゅっと抱きついた。

「……こういう場合、がっついてるのは…僕のほうなんじゃない…？」

「なに言ってんだか。そういうこと言ってるから、俺みたいなのにつけ込まれんだぜ？」

牙威はぷっと吹き出すと、少しだけ意地悪そうな笑みを浮かべて、遙の手を自分の熱まで導いた。触れた熱さと大きさに、びくりと指を震わせると、牙威は『な？』と器用に片目だけ瞑ってみせた。

笑いながら、滲んでいた雫を吸い取るように目元へ口付けられて、その優しい感触にまた背中が震える。

一番好きな人に触れて触れられて、感じる幸福はなんでこんなに甘いのだろうか。

いつの間にか牙威の瞳が蒼く変化しているのを知って、遙はその情欲に濡れた瞳へ小さく微笑み返した。

牙威の熱い唇が、再び遙の身体の輪郭《りんかく》を、丁寧《ていねい》に、少しだけ荒々しく辿っていく。『がっついてる』と漏らした言葉に嘘はなかったようで、そんなふうに焦《じ》れるほど求めてくれているのかと思ったら、また涙が浮かびそうになってしまった。

互いが、互いに夢中になってる。それが嬉しい。

遙が牙威の首へと腕を回したとき、ふと指先を掠めた感触に目を向ける。そこには白いガーゼが、傷を覆うようにテープで貼りつけられていた。

すでに出血は止まっているようだが、餓鬼の口から吐かれた高濃度の酸のような液体によって、傷口は焼かれたように赤黒くただれていたことを思い出し、遙はぎゅっと目を瞑った。

「ごめん…ね。この傷…」

これは牙威が、自分を庇ったために受けた傷だ。肉が音をたてて引き剥がされていったあの瞬間、なす術もなく見守るしかできなかった自分を思い出して、遙は小さく身震いした。

「たいしたことねぇよ。どうせすぐ治るだろ」

言いながら先に進もうとする牙威の言葉に、ふるふると首を振る。この程度の傷では、牙威が死ぬことがないのは知っている。

それでも、だから平気だとはどうしても思えなかった。牙威の身体から血が流れるたび、まるで牙威の命をも削ぎ落としていくかのように思えて、怖いのだ。

傷つき、血を流す牙威の姿を見るのは、心臓をもぎ取られるのと同じくらい辛く感じるということを、遙は今回のことで改めて思い知らされた。

「もし…すぐ治る傷だったとしても、君が傷つくのは怖いよ。君がたとえ平気だって言っても、傷つけば痛いだろ。それを思うと、僕も同じくらい痛くなる」

触れるか触れないかといった様子で、そっとガーゼの上からそこを撫でると、指先がちりちりと焼け付くような感じがした。大切な人が痛む姿は、たとえ小さな傷一つでも、心臓が締め上げられる。

できるなら、この綺麗な身体に傷一つもつけて欲しくなかった。

「ああ…くそ、もう…っ」

「牙威…？」

突然ぎゅっと強く抱き締められて、その息苦しさに戸惑う。牙威は肩の傷など知ったことかというように、荒々しい仕草で遙の脚を開かせると、低く唸った。

「知らねーぞ。さっきから人の理性をバリバリ喰い破りやがって。そうじゃなくても、もうとっくに限界がきてんだよっ、こっちは」

「な…なにが？」

「あんまりがっつくのはみっともねぇだろうって、これでも必死でこらえてんのに。それを無視して可愛いことばっか言いやがって。それで冷静でいられると思うか？」

人の身体の上で『もういい。みっともなくてもとっととするから、覚悟しろよ』と、まるで子供のような宣言をした牙威に、遙はきょとんとしてしまう。

そんな、いばって宣言するようなことではないと思うのだが。けれどもいつもの調子を取り戻し、傲慢ぶりを発揮しだした牙威に遙はつい笑ってしまった。

「あ…な、なに…っ？」

「随分《ずいぶん》、余裕そうだな？」

遙の気持ちが緩んだところを見逃さず、ずっと深く潜り込んできた指先に、びくりと震える。いつの間に準備したのか、潤滑液《じゅんかつ》で濡れた指先はなんの抵抗もなく、遙の中へと入り込んできた。

「ち…ちが…余裕なんて…、な…ぁっ！」

『んじゃ、手加減なしな』と小さく宣言した牙威は、遙の中をひどく優しい手つきで、けれども容赦なく蹂躙《じゅうりん》し始めた。

「あ……っ！　あ、ああ…や…や、ちょ…ななに…」

ただ馴《な》らすための行為ではなく、遙の身体の中で快感を高めようとする指の動きに、ぞくぞくと皮膚が粟立《あわだ》つ。

「この辺は？」

「あ……っ！」

二本に増やした指先で、中をぐいと押されるとそれだけでダメになってしまいそうだった。その反応に気をよくした牙威は、ニヤリと笑ってそこを中心に攻め立ててくる。

「や……、や…、牙威、ダメ…それ…、も…っ！」

快楽の渦へと引きずり込む指の動きに耐え切れず、首を激しく振って逃れようとすると、そろそろ限界だと悟ったのか、牙威は小さく口付けて指をそっと引き抜いた。

「ん…力抜いてな」

「……っ、く…ん…」

囁きに頷く間もなく、腰を強く引き寄せられて、ぐっと押し入る熱に背中を丸めた。初めてしたときから痛みはほとんどなかったが、それでも自分の身の中に、他人の熱が入り込む瞬間に対する潜在的な恐れは、拭えない。

けれども、抱き寄せられたまま背中を優しく叩かれ、太腿を宥めるように撫で上げられれば、それだけで力が抜けていくのが自分でも不思議だった。

この人にならば、なにをされてもいい、きっと身体までもがそう認めている。

「痛くないか？」

「……ん、ん…」

呟きに首を振ると、ほっとしたように息を吐いた牙威が、さらに奥へと入り込んでくる。中を擦り上げられる感覚に、なにもかもを根こそぎ持っていかれてしまいそうな強い快感を覚えて、牙威の腰を挟んだ脚できつく締め上げてしまう。

遙の身体が馴染《なじ》むまで待ってくれるつもりなのか、牙威は身体を繋げたきりほとんど動こうとしていない。それなのに、こんな些細な動作だけで意識が遠くさらわれそうになっている自分に、遙は内心驚きを隠せなかった。

龍である牙威と交わるとき、その体液が作用して、普通以上に快感に蕩けやすくなるとは聞いたが、これがそういうことなのだろうか。

けれどもやはり、それだけでは心までこんなに満たされた気分になれると思えない。

ゆっくり繋げた腰を揺らされて、たまらずその背にしがみ付くと、中で脈打つ熱がさらに熱く固くなった気がした。

「…くっそ…、持ってかれそうなんだよな…」

「な…に……」

「んー…、いや初めっから遙とすんのって、すげーよかったんだけど。特に最近さ、ん…、ほら今みたいに中でぎゅって誘い込もうとするだろ。アレさ…」

熱い息を吐きながら、『スゲーいい。終わっちまいそう』なんて、牙威がぽそりと口にしたため、遙は呼吸がまた止まりそうになってしまった。

「ば……、そんなの、僕こそ…っ。するたび…どんどん変に…、なって、あ……っ！」

繋げたままの腰を少し揺らされただけで、ダメになりそうなほど自分を変えてしまったくせに。

まるで遙のほうからそうさせているかのような牙威の台詞に、赤面しながら反論すると、牙威はまた笑いながら、ゆっくりと身体を動かした。

「ん…あ、あ、あ………っ」

『そろそろいいか？』と、乱れる遙の様子を窺いながらも、牙威は次第に追い上げる動きを早めていく。それに置いていかれないように、遙は必死で牙威の背に腕を回して縋りついた。

「……ん…っ、……あぁっ！」

繰り返される熱いキスと、中を穿つ恐ろしいほどの熱い快楽に酔いしれる。

「遙…、遙……ん」

「……っ、……い…っ」


抉られるような動きに、小さくその名を呼んで果てたとき、滴るような熱いうねりを感じて、牙威も遙の中で果てたことを知る。

この瞬間、遙はなにもいらないくらい幸せだなと、ぼんやりとした頭の片隅でそう思った。


その後も何度か深く求め合い、ぐったりと疲れきったところで、牙威は遙の唇に冷えた水を運んだ。口移しで飲ませられるまで、喉が渇いていたことも忘れていた遙は、それをありがたく受け入れながら、ゆっくりと戻ってきた手足の感覚に目を閉じる。

少しだけ開けてある窓からは、涼しい秋風が舞い込んできて、皮膚のほてりを冷やしていく。牙威は遙を自分の胸にもたれかからせたまま、細い月が暗く照らしている庭をじっと眺めていた。

「そういや、あの骨どうした？」

「ああ……うん。嵯雪さんに頼んで…、神社のほうで供養してもらうことにしたよ」

教えると、牙威はそれほど興味もなさそうな顔で、ただ『ふーん』と頷いた。

「ゆっくり眠れるといいね……」

気のないふりをしていても、本当はきっと誰より気にしている牙威を、見透かすように遙が小さく微笑むと、牙威は少しだけ口端を歪めた。

牙威はそのまましばらく黙っていたが、やがて窓の隙間から夜の闇に向けてすっと手を開くと、彼の指先からふるふると舞い上がった蒼い小さな炎が、宙で弾け飛んでいく。

ぽ、ぽ、ぽ、と小さな音をたてて、庭の石灯籠《いしどうろう》や、薪《たきぎ》を組んであるかがり火へ次々に明かりが灯ると、それらは淡い光を瞬かせながら、夜の庭を幻想的に照らし出した。

小さく、闇夜に光る青い灯火。

炎は、赤よりも青のほうが熱いのだという。

まるで闇の中で消えていった小さな命たちを見送るかのように、灯されたその熱い弔《とむら》いの炎は、柔らかな光とともに天へと昇っていった。

「こんなことしたからって、なにがどうなるってことじゃねぇんだけどさ」

死んでまで真っ暗な世界にいるのは、辛いだろうからと独り言のように呟かれた牙威の言葉に、ジンと胸が痛んで、炎を見つめる視界が滲んでいく。

きっとこれは牙威の、祈りの光。

「万理ちゃんを、救ってくれてありがとう。他の子達も、千穂さんも…」

解放された魂は、いつか静かに眠れる日がくるだろう。牙威は自分の使命を果たしただけと言うかもしれないが、『楽にしてやる』と呟いたあれは、きっと彼の本心だったのだろうと遙は思った。

照れているのか、牙威はただふんと鼻を鳴らしただけで、なにも言わなかったけれども。

「人間なんて、考えてみりゃ餓鬼と変わんねーもんな」

人はまるで、儚《はかな》く貪欲な獣のようだと牙威は言う。

だが、ひどく愚《おろ》かで、そしてなにより優しくて強い心を持つ彼らを、牙威はその弱さごと愛しているのではないかと思った。きっと本人は認めやしないだろうけれども。

そうして守り愛することで、許されたいのだとそう言っているようにも聞こえた。

「君のそういう、優しいところが好きだよ」

言いながらその胸に深く寄りかかると、牙威は小さく笑って、首筋に噛み付くようなキスを落としてきた。

「……ったく、そういうことばっか言ってるとな…」

少しだけ意地悪そうな、低い囁き。

「本気で全部、喰われちまうぞ」

苦笑を含んだ声でそんなことを囁くから、たまらなくなって、遙は自分からその唇を求めるようにキスを返した。


「……ん」

キスの合い間に『いいよ』と答えると、『ほんと、遙は…』と呆れたように笑われる。だが笑いながらも、牙威はその青い瞳を一瞬切なそうに細め、きつく抱き締めてきた。

まるで縋りつくようなその抱擁に、遙もそっとその背を抱き返すと、まるで自分のほうが牙威を抱いているような気分になってくる。

生きて。

このぬくもりを抱き合い、分け合えるなら、自分が牙威に渡せるもの全てを持っていって欲しいと本気でそう思う。血も肉も、心も全て。

「あったけぇよな……」

切なく囁くその声が、愛しかった。

決して一人じゃない。抱き締め、抱き締められる心地よさを、牙威も感じてくれているのなら、それだけでいい。遙はなにを抱き締めるために、この両腕があるのか、その意味が今、ようやく分かったような気がしていた。

「テメー…なんでここにいるんだ？　東条《とうじょう》に行ったんじゃねぇのかよ」

嵯雪に呼ばれて本家の居間に足を踏み入れた牙威は、遙と手を繋いで座っている万理を見つけて、ひくりと頬を引きつらせた。

東条というのは、冠城の分家筋に当たる家で、主に術者を多く輩出《はいしゅつ》している。そこで生活をしながら、術者としての修行を行うことになっていたはずの万理が、なぜここにいるのかと牙威が詰め寄ると、万理は首を左右に振ってみせた。

「遙と一緒がいい。だからここにいる」

冠城に残ることが本人の意志ならば、無理に勧めることもできなかったのだろう。嵯雪や守谷も『まぁまぁ』と牙威を宥めつつ、新たな火種になりそうな展開に苦笑を浮かべていた。

「ばーか。遙はオメーのもんじゃねえんだよ。勝手なこと言ってんな！」

「言いたいことは、ちゃんと言えって言った」

さっさと遙から離れろとドスを利かせてみたのだが、以前自分が万里に告げた言葉を引き合いに出されれば、ぐっと声を詰まらせるしかない。

「うわー、小学生に負けてるよ。情けな…」

「それよりも、私としましては、小学生と同じレベルで張り合わないでいただきたいのですが…」

「さ、嵯雪さん…守谷さん…」

万理に押され気味な牙威を眺めてこそこそと語り合う二人を、牙威は鋭い一瞥で黙らせると、万理から引き剥がすようにぐいと遙を引き寄せた。

「遙は俺の嫁さんなんだよ。そう決まったの！　お前は邪魔だ」

「が…牙威、ちょっと…」

「なに言ってるの。男の人はお嫁さんにはなれないんだよ」

　そんなことも知らないの、と冷めた目で万理に見つめ返されて、牙威はますます口元をへの字に曲げていく。

「……嵯雪二号か、お前はっ」

　これまでなにも話をしなかった分、聞き分けのいい、大人しい子というイメージがあったのだが、清楚な顔で口の減らない嵯雪に負けず劣らず、口が達者な万里の前で牙威は苦虫《にがむし》を噛み潰したような顔をしている。

「はー、なんだか完全に負けてる気がするね。だいたいこれまで、遙とは離れたほうがいいだの、巻き込みたくないだの、好きなだけカッコつけてたくせに。遙が一緒にいるって言ってくれた途端、独占欲丸出しなんだから…ほんと我が儘王子だよね」

「牙威様、しっかり」

「外野、黙っとけ！」

　呆れる嵯雪と、励ます守谷へ牙威はきっときつい視線を飛ばすと、遙の腕を強く摑んだまま居間の襖をバシッと開けた。

「ちょ…ちょっと、牙威！　牙威ってば！」

　そのままずんずんと離れへ戻っていく牙威に手を引かれながら、遙は置いてきてしまった万理たちを慌てて振り返ったが、牙威は一向に立ち止まる気配がなかった。

「牙威ってば」

「なんだっ。もしかして、またあっちで万理たちと暮らすとかって言うんじゃねぇだろうな？」

　何度目かの呼びかけのあと、ようやく渡り廊下の途中で止まってくれた牙威は、少し不貞腐れた様子で遙をちらりと振り返った。

　その子供のような仕草に、あ…なんか可愛いかもと一瞬思ってしまったが、そんなことを口にしたらますます機嫌を損ねてしまうのは分かっていたので、心の中にしまっておく。

　どうやら以前、万理と一緒に本家に泊まり込んでいたことを牙威はかなり気にしているらしかった。

「もちろん、本家には行かないよ」

「そ、そうだよな？　遙はこっちで俺と暮らすんだもんな」

遙の答えに満足したのか、にこっと笑って途端に上機嫌になる牙威に、ついつられて笑ってしまう。

「いや…ええと、あのね。そのことなんだけど…。実は、そろそろ家に戻ろうと思ってて…」

「ああっ？」

しかし次に続けられた遙の言葉に、牙威はがくりと顎を落とした。

あんなに嬉しそうな顔を見たあとでこんなことを言うのはとても気が引けるのだが、考えてみると万理の事件でここへ呼び出されて以来、遙は一度も家に戻っていないのだ。ガスや電気などもそのままにしてあるし、なにより祖母が大切にしていた庭も気にかかっている。

慌てて来たから大学の準備も一部だけしか持ってきていないし、休んだ分のレポートも溜まっていそうだ。そうした説明の間中、牙威は苦い顔のままむっつりと黙り込んでいたが、やがて大きく息を吐くと、『……分かったよ』としぶしぶながらも頷いた。

「ちぇ…。ずっと一緒かと思ったのにな」

せっかく晴れて恋人となれたのだから、これからはずっと傍にいられるものだと思っていた牙威は、どうやら遙の想像以上にがっくりと落ち込んでいるようだ。そんな姿を見ていると、彼には悪いのだが少しだけ嬉しくなってしまう。

こんな風に、牙威が甘えてくれることで、その距離がとても近くなったような気がするから。

「あそこは大学卒業までは、ちゃんと管理するって約束で残してもらった家だから…。でもさ、僕もこっちに遊びに来るし、君だってうちに来てくれるんだろ？」

それでまた、一緒に庭でお花見しようよと誘うと、牙威はニヤリと口端を歪めて、『仕方ねぇなぁ』と小さく笑った。

「ほんと遙には弱いんだよな」

「僕だって君には弱いんだから、おあいこだろ。毎日だって、会おうと思えば会えるし。たとえ離れていても……僕が君のものであることは、変わりないしね」

正直に告げると、やっぱり牙威は少しだけ困ったように笑って、遙をぎゅっと抱き締めてくる。

「ったく……遙には、ほんとまいりっぱなしだな」

そんな風に囁きながらも、牙威が鼻をすり寄せるようにして与えてくれた小さなキスは、遙にとってなによりも甘く、そして愛しいものだった。

やがて祈りになる日まで

「で？」

「……でって、なんだよ」

大きな窓の桟《さん》に腰かけたまま、庭へと遊びに来ている小さな鳥たちの動きをぼんやりと眺めていた牙《が》威《い》は、嵯《さ》雪《ゆき》の質問にぶすっとした声で答えを返した。

「だから、遙《はるか》は次いつこっちに来るんだって？」

やはりその話か。

お気楽な三男坊であるとはいえ、冠城《かぶらぎ》当主の直系ともなれば、毎日訪れてくる訪問客との接見《せっけん》や術者たちとの会合などで、かなり忙《いそが》しい身の上であるはずだ。それなのに真昼間から、わざわざ人気《ひとけ》の少ない離れへと顔を出しては油を売っているのだから、嵯雪も本当にもの好きな男である。

しかもそれまではお茶を勝手に淹《い》れたりしながら、いつものようにふざけた調子で軽口を叩いていたというのに、突然思い出したようにさらりと核心を衝《つ》いてくるあたりが嵯雪らしい。

牙威もポーカーフェイスは得意としているところだが、こんな風に突然話を振られると取りつくろう暇《いとま》もない。ましてや遙のこととなると、自分でもやばいと思うくらい余裕《よゆう》がなくなることが多いのだ。

それを分かっているからこそ、嵯雪もこうして世《せ》間《けん》話のついでのように話を振ってきたのかもしれなかったが、牙威はなるべく平静さを装《よそお》ったまま『さぁな』と小さく肩を竦《すく》めてみせた。

「さぁな、じゃないだろ。よもや今度の神鳥山《かみとりやま》の件、忘れてるんじゃないだろうね」

「……………別に」

「あと二〜三日もすれば正式な調査報告が入ってくるとは思うけど、すでに簡単な事前調査の時点で結構な被害が出てるんだ。もし術者だけじゃどうにも対処ができないって結論が出たなら、牙威にお鉢《はち》が回ってくるんだよ？　その前でも大きな動きがあったら、問答無用ですぐ動き出さなくちゃいけなくなるんだろうし。巫《み》覡《こ》の存在はどうしたって…」

「そんなもん、冠城だけの勝手な都合だろ。巫覡として契約《けいやく》することにしたって言っても、遙は一般人でただの協力者でしかねーんだよ。なのに普段《ふだん》の生活まで全て捨てさせて、こっちに縛りつけるつもりか？」

「あのねぇ、そんなことは誰も言ってないだろ。法《ほう》事《じ》で田舎《いなか》に戻ってるにしたって、法事自体は二日前に終わってるはずなんだし、昨日の夜には戻ってくるって言ってたのに、なんでいまだ連絡のひとつもないのかと思って…」

「知るか、そんなの。そんなに気になるなら、テメーで確かめてみりゃいいだろうが」

言いながら不機嫌さを隠さずにじろりと睨み付けてやったのだが、普通の人間ならばすくみ上がるようなそのきつい視線を受けても、嵯雪は顔色ひとつ変えたりしなかった。

「あのさぁ…、ちょっとは遙の立場も考えてあげなよ」

「なんだよ？」


そんなことをお前に言われる筋合いなどないと、むっとして見返すと、嵯雪は呆《あき》れたように牙威の前で肩をひょいと竦めた。

「今回の帰省《きせい》は頭の固そうなご両親も一緒だって知ってるのに、うちみたいな怪しげな宗教団体から連絡なんか入れられるわけがないでしょうが。そうじゃなくても、力のせいで遙と家族との間に距離があるらしいって知ってるのに。第一、牙威はさ、遙が田舎に行ったまま四日も帰ってきてないのに、心配になったりとかしないわけ？」

「……うっせぇな。仕事のことなら心配しなくても、なにかあったらいつものようにとっとと片付けてやるっていってんだろーが。遙なんかいなくっても、これまでだってずっとそうしてきたんだ。そんなことぐらいでぐちぐち抜かすな」

今朝の夢見が悪かったせいか、朝からなんだかずっと頭が重く、イライラとしていたのだ。そこへくだらないことをぐだぐだと並べられれば、イラつきが増すのも当然のことだろう。

牙威が一喝《いっかつ》すると、怒りの空気が波動となってびりびりと部屋の中へと広がっていったが、嵯雪はそれに少しばかり眉をよせただけだった。

そうして、少し苦い顔をしてこちらをずっと見つめ返してくる。

「牙威。あのね、こんなこと改めて言うのもバカらしいけど。たとえどんなに力があったとしても、巫覡がいなければ龍は不完全な存在でしかないってこと、忘れてない？」

「……んだよ、今更」

「今更でも、分かってないみたいだから言ってるんだろ。それになにを拗ねてるんだかしらないけどね、『遙なんかいなくても』なんて、それ絶対遙の前では言うんじゃないよ。……まぁ、また思い切り殴られる覚悟があるっていうなら別だけど？」

嵯雪の嫌味《いやみ》など、それ以上真面目《まじめ》に聞く気もにもなれなくて、牙威は無言で立ち上がると、それまで座っていた窓枠を飛び越えるようにして縁側《えんがわ》へと飛び出した。

ピュイと口笛を吹くと、庭へ遊びに来ていた鳥たちの中からひときわ綺麗な色の小鳥が舞い上がり、こちらに向かって羽を広げながら大きな鷹《たか》の姿へと変化《へんげ》する。突然現れた宿敵の姿に、それまで庭でエサを啄《ついば》んでいた小鳥たちが、バサバサバサッと慌《あわ》てて空へと飛び立っていった。

雷《ライ》という名を持つその鷹は、縁側に並べられていた靴をひと揃え鋭い爪でがしりと摑《つか》むと、軽《かろ》やかに旋回《せんかい》して主のもとへ飛んでくる。

「ちょっと、牙威！」

呼び止める嵯雪の声を無視して靴を履いていると、ちょうど部屋へ入ろうとしていたらしい守谷とかちあってしまった。

「牙威様」

「……守谷。もしかしてお前まで小言を言いにきたのか？」

「いえ…、ただ嵯雪様のお気持ちも察して差し上げてほしいのです。色々とうるさく聞こえるかもしれませんが、あれはあなたのことを本気で心配しているからなんですよ」

そんなことは、言われなくても分かっている。

分かっていても、この件に関しては誰にも口出ししてなど欲しくなかった。特に、遙に関することには。

「それに……差し出がましいことかもしれませんが、嵯雪様の不安は私もよく分かります。今までにも、大学などが忙しくて遙さんがこちらへ来られないことはありましたが、そのときはあなたがあちらに出向いていたでしょう？　今回のように、長期にわたってお会いになられないことは初めてなのでは…」

「別に、今回も長期なんかじゃねーよ…」

珍しく守谷までもがそんな意見を口にするのを聞いて、牙威は苦々しく口の中で小さくぼそりと呟いた。

「はい？」

「別に」

二人会う時間がないということは、つまりそれだけ気をもらえる機会が少ないということを示している。そんなときに大きな仕事が入るかもしれないと聞いて、嵯雪も守谷も少し神経質になっているのかもしれなかった。

「ったく……俺が遙と会っていようとなかろうとほっとけよ。女中たちまで人の顔を見た途端、『遙さんはいらっしゃらないんですか？』なんて聞いてきやがるのもいるし。俺は遙のスケジュール帳じゃねえっての」

「すみません。…でも多分それだけ、周囲から見ていても遙さんがあなたの傍にいて、当然の存在になっているということなのかもしれませんね」

守谷の言葉に、らしくもなくぎゅっと胸が絞られるような感覚を覚えて、口元が歪《ゆが》む。

遙が足りてないなんてことは、誰より自分が一番強く思い知っていたからこそ、なおさら人からは言われたくなかった。

「それに私も、今回の件だけではなくできるなら遙さんには…」

いつも淡々と言いたいことを言うはずの守谷が、珍しくそこで言いよどむのを見て眉をピクリと上げる。

「…なんだよ？」

訊ねながらも、守谷の言いたいことなど分かっていた。きっと嵯雪と同様、もし可能ならば遙を玉として迎えることを考えろとでも言いたいのだろう。

だが、すっと細められた牙威の瞳に剣呑《けんのん》な青さが混じるのを見て、守谷『いえ…』と静かに口を結んだ。

「ですぎたことを口にして申し訳ありませんでした」

そう言って深く頭を下げる守谷が、誰よりも自分のことを心配してくれていることを知っている。嵯雪も同様で、だからこそ口うるさいまでにやかましく言うのだろう。

そんな二人をそれ以上突き放すこともできず、牙威はふっと表情を緩めると、いつものようにニヤリと小さく笑ってみせた。

「そんなに心配なんかしなくても、仕事でヘマはしねぇよ。遙も今日か明日には帰ってくるだろ。……嵯雪にもそう言っとけよ」

「承知いたしました」

牙威は忠実な臣下《しんか》の背をすれ違いざまに軽く叩くと、そのままふらりと冠城の庭を出て行った。


屋敷を出たあと、目的もなくふらふらとさまよっているうちに、いつの間にか辿《たど》り着いた先が見慣れた庭であることに気づいて、牙威は一人苦笑を零《こぼ》した。

本来ならば龍はあまり一人で屋敷の外へは出ないものらしいが、昔から突然ふらっと抜け出しては、行き先も決めずにほっつき歩くことの多かった牙威に対して、今ではとやかく言う者もない。面と向かって文句を言うのは、怖いもの知らずの嵯雪か、毎回行方《ゆくえ》を探して迎えに来させられる守谷ぐらいのものだ。

それどころか本家に牙威がいないことで、かえってほっと胸を撫《な》で下ろしている者も少なくないはずだろう。

先ほど守谷と別れて神社の脇を抜けていく途中で、馴染《なじ》みの術者頭《がしら》とすれ違った。かなりの年配でありながらも、いまだかくしゃくとしている彼は、牙威の姿に気づくとすっと道を譲《ゆず》るように脇へと下がり、その場で深々と一礼を寄越《よこ》した。

彼の背後に控えていた若い術者たちも慌ててそれに倣《なら》ったが、術者頭が畏敬《いけい》の念を払って牙威に頭《こうべ》を垂《た》れるのとは違い、それはまるで本能的な恐れから目を背《そむ》けるような、ぎこちない動きだったことを思い出す。

「…フン」

別にそれぐらいどうってこともない今更な話だったが、今日はなぜかそれにちくちくとした棘《とげ》のようなものを覚えて、牙威は小さく鼻を鳴らした。

冠城の庭園のように計算され尽くしたものとは違う、名もない草花が咲き茂る庭と、小さな縁台。そこにごろりと横になる。

見上げると、秋晴れの抜けるような空の青さが目に染《し》みた。小さいながらも愛情をもって育てられたこの雑多な庭を、遙がとても大事にしているのは知っているし、牙威も気に入っている。

彼の祖母が生前丹精《たんせい》を込めていたという話どおり、ここにはそこかしこに暖かで清浄な空気に満ち溢れている。

だがそれも今日に限っては、いつもよりもずっとよそよそしく感じられ、時折吹き抜けていく秋風までもが妙《みょう》に寒々しかった。

その原因は、牙威自身よく分かっている。

ここに今、遙がいないせいだ。

ここへ来ても遙には会えないと分かっていながら、ついふらりと足を運んでしまったのは、先ほど嵯雪から突きつけられた言葉が、思った以上に牙威の心に引っかかっていたせいかもしれなかった。

「あの、おせっかい野郎…」

『遙に長いこと会えなくて心配じゃないの?』など
と、嵯雪に言われるまでもない。

実はバカにされたくなくて彼には内緒にしていたのだが、牙威はすでにもう、一昨日《おととい》の晩、こっそりと遙に会いに行ってきたのだ。

連休を利用して、久しぶりに実家へ戻っていた遙は、ついでに親戚の法事へも顔を出さなければならなくなったとかで、現在は家族とともに母方の祖母の家へと行っている。

もともと二日間だけの予定だった遙の帰省が、すでに三日目に入っていたこともあり、たまには迎えに行ってみようかと思い立ったのは、ほんの小さな悪戯《いたずら》心からだった。

どうせなら驚かせてやろうと、なんの予告もせず、親戚の家へと突然現れた牙威に、予想どおり、遙はひどく驚いた顔をしてみせた。

だがなぜだかそのあと、遙は気まずそうにすっと眉をひそめたのだ。

「…んだよ?」

「いや、あのね…。ええと、わざわざこんな田舎まで会いに来てくれたのは、とても嬉しいんだけど。実はその…」

言いにくそうに続けられた話によると、どうやら遙は久しぶりに顔を合わせた親戚一同に捕まってしまっていて、法事が終わったあともすぐには帰れそうにないということだった。

そうして遙と話している間も、その家の玄関からは彼の血縁らしい女子高生が二人、突然現われた自分と遙を見比べては、ひそひそとなにかを話している。それを見た瞬間、牙威はらしくもなく遙が困ったように眉を寄せたわけが、なんとなく見えた気がした。

「ああ、こっちも用があって近くまで来たからさ。ちょっと顔を見に来ただけだし。気にするな」

関東圏の外れまで、わざわざ遙の気を追いかけてやってきておきながら、ついでのように振る舞ってみせたあの苦しい言い訳を、遙が信じたかどうかは分からない。

『せめてお茶だけでも飲んでいかない？』と引き止めてくれた遙を振りきるようにして戻ってきたのは、それが遙にとって最良の選択だと思ったからだが、もしかしたら自分は、思った以上にそのことを引きずっているのかもしれなかった。

今になってみれば、あれは突然予告もなく出向いていった自分が、迂闊だったのだと分かる。

生まれながら人とは異なる力を持つために、家族との間に距離を感じて育ってきた遙にしてみれば、自分のような異端《いたん》の象徴ともいえる人物と知り合いだなんて、できれば彼らには知られたくなかったのだろう。

悔しいがその点では、遙を気遣い表立って連絡を取らずにいた嵯雪のほうが、正しい判断だったといえる。

遙の性格では、わざわざ自分に会いに来てくれた相手を門前で追い返すような真似《まね》もできない。だからこそ、困ったなと思った瞬間、その感情が表に出たのかもしれなかった。

「……チッ」

無意識のまま、親指にあったささくれをむしってしまっていたらしい。じんわりと赤く滲《にじ》んできた血を舌で舐め取りながら、牙威は再び小さく舌を鳴らした。

人から疎《うと》まれる感覚には慣れている。

痛みや苦しみにも、いくらでも鈍感《どんかん》になれる。

なのに今更、遙に嫌がられたかもしれないと思うと、喉の奥がズキズキと強く痛むような感覚を覚えるのが、自分でも不思議でならなかった。

今もこうして通い慣れた庭にいながら、自分の名を呼ぶあの優しい声が聞こえないというだけで、ひどくもの寂しくなっている。

そういうところからしてみても、考えている以上に自分は遙に囚《とら》われているのかもしれなかった。

あの穏やかな横顔や、澄んだ眼差《まなざ》し。

驚くほど柔軟な考え方とか、傍《はた》で見ていて心配になるほどのお人よし加減とか、知れば知るほど、あんな人間は他にはいないような気がしてきてしまう。

遙の優しさは、自分だけに向けられているのではない。頼りない子供や、小さな動植物にまで分け隔《へだ》てなく遙は優しい。だからこそ、あれほど清浄な気を内に溜め込むことができるのだろう。

ならばこそ、牙威としてはこれ以上その優しさに付け入るような真似だけは決してしたくはなかった。


早く伴侶《はんりょ》となりえる玉を持ち、龍として安定することを願う嵯雪や守谷の心配は痛いほどよく分かっていたが、これは牙威が心に固く決めていたことでもある。

今だけでも、一緒にいてくれればそれでいい。

あのとき、『できるなら傍にいて欲しい』と遙に願った自分の言葉に嘘はないし、それに頷《うなず》き返してくれた彼の気持ちを疑っているわけでもない。

だがそれでも、たったそれだけの約束をずっと守り続けていくことが、どれだけ厳しいことなのを牙威は十分に知っていた。自分が冠城の龍として生きていく限り。

こんなことを言えばきっとまた遙には殴られてしまいそうだが、彼が今だけでも怖がらずに傍にいてくれて、癒《いや》してくれることを思えば、すでに十分すぎるほどである。

この出会いは、自分の人生にとって最初で最後の僥倖《ぎょうこう》だったように思う。

遙という存在と出会えた。それだけで、いつか朽《く》ち果《は》てるときが来たとしても、自分は生きていてよかったと思うことができるだろう。

重い足取りのまま離れの扉《とびら》をがらっと開けた途端《とたん》、つい先ほどまで恋しく思っていた相手に出迎えられた牙威は、その場でポカンと口を開いた。

「あ、おかえり」

「遅かったんだね。お昼頃に出て行ったって聞いたから、夕飯前には戻ってくるのかと思ったんだけど、なかなか帰ってこないから用意してもらったお吸い物が冷めちゃったよ。すぐ温め直すね」

言いながらすでに並べられていた配膳《はいぜん》の準備にばたばたと取りかかる遙は、すっかり中でくつろいでいたようだ。直前まで嵯雪でも来ていたのか、テーブルの上には使用済みのお茶のセットが並べられており、どうやら彼がかなり長い間この部屋で自分の帰りを待ってくれていたことを知る。

「……なんで遙がここに？　っていうか、いつから来てたんだ？」

「え？　ああ、ここに着いたのは三時頃だったかな。本当はもう少し早く戻れるはずだったんだけどね。久しぶりの田舎だったから、なんだか引き止められちゃって。従姉妹《いとこ》たちにはどっか連れてけってせがまれるし…」

「そうじゃねぇよ。てっきり、帰るなら向こうの家に帰るもんだと…」

「あ、もしかして向こうの家にも行ってきてくれたの？」

牙威がぼんやりと口を開くと、遙はぱっと顔を輝かせて喜んだ。

「そ、んなんじゃねぇけど」

それどころか、今の今まで『もしかしたらそろそろ帰ってくるかもしれないし』などと思いながら、いつまでも未練たらしく縁側で待っていたのだが、そんなことは口が裂けても言いたくなかった。

遙に会いたくて、すっかり身体が冷えきるまで粘っていたのに、その頃には、遙はすでに自室で待ってくれていたなんて、バカらしくて笑い話にもならない。

「いや、この間もせっかく君が田舎まで来てくれたっていうのに、なんかバタバタしててろくに話もできなかったからね。こっちに直接来ちゃったほうが早いかなって」

「そうか…」

どうやら追い返すような形で別れたことを、遙もかなり気にしてくれていたらしい。『本当にごめんね』と小さく謝ってきた遙の声を聞いた途端、牙威はそれまでうじうじと拗ねていた自分が恥ずかしくなってきてしまった。

「それに、僕も君に早く会いたかったし。だから父さんに頼んで、帰りがけにここまで車で送ってもらったんだ」

さらりと『早く会いたかった』などと、胸に迫るようなセリフを吐かれてどきりとする。だがそのことよりも、家族に冠城まで送ってもらったという遙の言葉に、牙威は思わず耳を疑ってしまった。

「……それ、ばれたらまずいんじゃねーか？」

「え、なんで？」

「いや、だってな…。こんないかにもヤバそうな宗教団体に通ってきてるなんてさ」

しかも龍神である自分と関わっているなんて、遙にとっては最も知られたくないことのひとつではないのだろうか？

しかしそんな牙威の心の声をあっさり否定するように、遙はきょとんとした顔で、『そんなの、別に気にするようなことじゃないだろ？』ときっぱり言い切った。

「それに冠城は別に宗教団体とかじゃないじゃないか。もう、君も嵯雪さんもそんな冗談ばっかかり言ってて…。詳しくではないけど、両親にはここでちょっとした修行させてもらってることは、ちゃんと話してあるよ」

「へ？」

　気を高めるために、遙は最近、守谷や嵯雪に習って少しずつ精神統一の修行や躰道《たいどう》などを始めている。そのことだけでなく、どうやら冠城の家に少なからず関わっていることを家族にも正直に話しているらしいと聞いて、牙威はかなり拍子《ひょうし》抜けしてしまった。

「自分のことは自分で決めるって中学の頃からそうやってきたから、今更両親も反対する気はないみたいだし、君も嵯雪さんもそんなに心配することはないんだよ？」

　もしかしたら、ただあんまり僕のことには関心がないだけかもしれないけどねと、ちょっとだけ苦笑を零したものの、遙は特にそれを気にしてはいないようだった。

「そうそう。妹にだけはね。牙威のことをちょっぴり話したんだ。そしたら、今度会いたいってせがまれたよ」

　それどころか、そう言って笑ってみせた笑顔はとても嬉しそうなもので。

――――どういうことだ？

「遙は……、俺と知り合いだって、家族に知られても構わないのかよ？」

「そんなのは別にいいけど…、え？　なんで急にそんなこと聞くの？」

　突然とっぴな質問が出てきたことに驚いたのだろう。備え付けの小さなキッチンの前で、汁物の入った鍋を温め直していた遙は驚いたようにこちらを振り返った。

　はっきりとした否定をもらえたことで、ほっとするのと同時に、どっと脱力するのが自分でも分かる。

　彼の家族が近くにいると知っていながら、迂闊《うかつ》に遙へ近づいてしまったことを激しく後悔していたのだが、それはどうやら杞憂《きゆう》だったようだ。

「じゃあなんでこの間会ったとき、あんな顔して…」

「あんな顔って？」

「なんつーか、迷惑そうっつーか、ちょっと困ってたじゃんか」

「え…っ！　いや、ごめん。別にそんなつもりじゃなかったけど……っ」

牙威の言葉に、遙は一瞬ひどく驚いたような顔を見せたあと、それはないよと手と首を同時に振ってみせた。

「そっか。それなら…まぁ、いいや……」

誤解させてしまったことを申し訳ながって、遙は『気にさせちゃったのならごめん』と何度も詫《わ》びてきたが、牙威にしてみればそんなことはもうどうでもよかった。

遙から疎まれているわけではないのなら、それだけでいい。

「え、ちょっと…牙威？　どうしたの？」

どっと安心感を覚えるのと同時に、ずるずるとその場へとへたり込む。

ここに帰ってくるまでもひどく足取りは重かったが、今はさらに泥沼にでもはまってしまったかのように、身体が重くて思うように動かなくなっていた。

それと同時に、ぐらりと視界が回り始め、まるで封《ふう》印《いん》布《ふ》なしで思い切り力を使ったあとみたいに、全身から力が脱け落ち、世界の全てがぐにゃりと歪《ゆが》んでいく。

その中で、心配そうな遙の顔だけはなぜかはっきりと見えた気がした。

「え、牙威？　牙威、ちょっと……っ」

「なんだ…。そっか…」

一気に押し寄せてきた安心感とともに、牙威はそのままカクリと目を閉じた。

「…は？　ただの風邪《かぜ》？」

「そう、ただの風邪」

小さな囁き声に、重い瞼《まぶた》がぴくりと動く。

まだぼんやりとした状態で、倒れるように眠り込んだときのことを思い返していた牙威は、ヒソヒソと聞こえてくる話し声にうっすらと目を開けた。

そこに遙だけでなく、いつやってきたのか嵯雪の姿まで見つけて、思わず小さく眉を寄せる。

「……龍神の力があっても、やっぱり風邪とかは普通に引いたりするんですね」

「らしいねぇ。信じられないような話でアレだけど。でもこれがもし外部に漏れたりしたら、そんな龍神はうさんくさいって、仕事ががくっと減りそうだよね」

「そういう問題ですか…？」

いつものごとく、ふざけたことをのほほんと呟いていた嵯雪は、それでもそれなりに心配もしていたのか『うちもほんと人遣いが荒いからねぇ。ただの風邪ぐらいで済んでよかったよ』とひとつ大きく溜《た》め息《いき》を吐《つ》いた。

「ま、もとの身体はただの人間なんだし。そういうこともあるんじゃないの？　…って、起きたのならそう言いなよね」

「牙威？」

「…今、目が覚めたばっかなんだよ…」

人の顔を覗き込みながら文句をつけてくる嵯雪へ、ぶっきらぼうに言い返したが、自分の声ながらあまりにもがらがらとしているそれに、牙威は思わずぎょっとしてしまった。

「ははーん。これまではたとえ大怪我をしても、自分には治癒能力があるからって無頓着《むとんちゃく》だったのが災《わざわ》いしたね。こんな寒空の下、薄着のまま何時間もどこほっつき歩いてたんだか知らないけどさ。少しは自分の身体にも気を配れっていう、いい教訓だよ」

言うだけ言うと、嵯雪は反論が返ってくる前にすくっと立ち上がり、『田舎から戻ってきたばかりのところ悪いんだけど、この手のかかる子供の面倒よろしく見てやって』と遙に向かって手を振りながら、出ていってしまった。

「くそ…。嵯雪のヤロー。好き勝手言って逃げ出しやがって…」

「気を遣ってくれたんだよ。君はまだかなり熱が高いんだから。いつもの調子でやり合ってたら、治るものも治らないだろ。あ、そうだ。お医者さんが目が覚めたらこれ飲むようにって。できたら食事のあとがいいらしいんだけど」

そう言ってすかさず頓服《とんぷく》が入っているらしい、白い包み紙を差し出される。どうやら知らない間に医者も往診《おうしん》に来ていたらしいのだが、いつ来ていつ帰ったのかも分からなかった。

いくら冠城の結界の中にいるとはいえ、どんなときでも警戒心を剝き出しにしていた昔の自分からは、まるで考えられない。

「……いらない」

「いらないって…、だめだよ。ちゃんと飲まなきゃ。嵯雪さんだって、身体のことを少しは考えろって言ってただろ」

白い包みを差し出してくる遙の手を押し返すと、真剣な顔で諭《さと》されてしまう。

「……お願いだから、もっと自分のことも大事にして欲しい」

そんな風に頼み込まれると、まさか粉薬《こなぐすり》が嫌いだから飲みたくないんだなどと、子供じみたことは言えなくなってしまった。

牙威はしぶしぶと起き上がると、遙の手から白湯《さゆ》と薬を受け取った。

……嵯雪の野郎。分かってて遙に渡しやがったな。

どうせ牙威一人では粉薬など手に取ろうともしないことを見越して、遙へ薬を託していったのだろう。そういうところだけは余計な知恵が回る男だ。

仕方がなく、心配そうな遙の顔を横目に見ながらいっきに薬を飲み干す。舌の上に残る苦味を無理やり白湯で誤魔化《ごまか》すと、牙威は再びごろりと布団の上で横になった。

朝から頭の重かった理由が、これで判明した。ここ何年も風邪など引いた覚えもなかったから、具合が悪いかどうかさえよく分かっていなかったのだが。

「……なにやってんだ？」

再び横になった牙威の額《ひたい》の上に、そっと置かれた柔らかな感覚に目を開ける。

「え？　ああ、こうしていたら少しは気が送れるかなって」

額に当てられた遙の手のひらは、珍しくひんやりとしていて、それが今は気持ちよかった。いつもならば自分のほうが体温は低くて、肌を合わせるたびに遙の身体の温かさに驚かされるぐらいなのだが。

どうやら嵯雪の言うとおり、今はかなり熱が上がっているらしい。風邪の引き始めに、外で何時間もうろうろしていたのがいけなかったのだろう。

「そうだ、さっきの話なんだけど」

「……さっきの話？」

「うん。君が田舎の家まで会いに来てくれたときのことだけど。さっきも言ったとは思うけど、僕は君が来てくれたことを迷惑だなんて思ってないからね」

「え、ああ…」

倒れるように眠り込む直前、熱に浮かされた頭でなにかわけの分からないようなことを口走ったような気もするが、自分ではほとんど覚えていない。

「あれは…別にもういい」

「よくなんかないよ。確かに…その、急に君が現れたときには驚いたし、なんだかバタバタしてて追い返すみたいな形になっちゃったけど。でもそれも、別に君と知り合いだってことを家族に知られたくなかったからとかじゃなくて…。だいたい君がせっかく来てくれたのに、迷惑だなんて思ってないしっ」

自分の目が覚めたらちゃんと誤解を解かなければと、どうやら遙はずっと考え込んでいたらしい。額に当てられた手のひらの感触を優しく受け止めながら、牙威は『そっか…』と小さく頷き返した。

牙威としてみれば、別に遙が親しい人間に自分の存在を教えたくなかったのだとしても、本当は構わないのだ。

周囲など関係ないし、遙さえ傍にいてくれるのならば。

だがそう思ってはいても、やはり言葉にして『迷惑だなんて思っていない』と言われれば、それはそれで嬉しくならないはずはなかった。

「でもじゃあなんであのとき、困ったような顔してたんだよ？」

ふと浮かんだ疑問を口にすると、遙はうっと言葉を喉に詰まらせた。そうして、ふいと牙威から視線を逸らせてしまう。

それがなんだか彼らしくない仕草のように思えて、牙威は『遙？』と訝しげにその名を呼んだ。

「………い、いや、あの。だってさ、普段、君はいつもここの大人たちの中で暮らしているから、分からないかもしれないけどね…」

「なんだ、それ。俺が世間知らずとでも言いたいわけか？」

「ちち、違うよ。そういうんじゃなくて…っ」

わけの分からない言葉に眉をひそめると、遙は慌てたように首を左右に振った。だがやはりその先は、言いにくそうに再び黙り込んでしまう。

別に問い詰めるつもりはなかったのだが、そんな顔をされるとかえって気になってしまい、言葉の先を待って牙威がじっと見つめていると、遙はやがて観念したように口を開いた。

「……だって、君かっこいいんだもの」

一瞬、なにを言われたのか分からず、惚《ほう》けてしまった。

「…………、…は？」

遙自身も自分で口にした言葉に照れたのか、思いきりかーっと顔を赤らめると、さらに言いつくろうように早口で話し始めた。

「いや、ええと。きっと牙威はそういうの、気にしたことなんかないんだろうなって分かってはいるんだけど。……君ってばさ、顔とか本当に綺麗だし、かっこいいんだよ。どこにいてもすごく目立ってるし。この間、田舎の家に来てくれたときだって、従姉妹たちは揃って『誰、あの人っ。紹介して紹介して』って大騒ぎで…」

「……」

「だから、君が会いに来てくれたのは本当に嬉しかったし、できるならあのまま一緒に帰りたかったんだけど、なんていうか…」

冠城の中での牙威の存在は、いろいろな意味であまりにも突出《とっしゅつ》していて、そうした反応を受けたことはない。

だが普通の人間の中に混ざれば、女の子たちからきゃーきゃー騒がれることもあるのだと思ったら驚いて、思わず困ったような顔になってしまったのだと、遙はぼそぼそと恥ずかしそうに告げた。

「ごめん…」

「いや、別に謝るようなことじゃねぇけど。でもそれってさ…」

聞きようによっては、かなり激しい愛の告白のような気がするのは、自分勝手な思い込みだろうか？

しかしそれに深く突っ込むまでもなく、恥じ入るように俯《うつむ》く遙の姿をみているだけで、なんとなくその答えは見えたような気がして、牙威は静かに口をつぐんだ。

真っ赤になって口籠もりながらも、本当は年下の従姉妹に嫉妬《しっと》したのだと素直に告白した恋人を前にして、これ以上の言葉が必要だとも思えない。それどころか、こんな美味《おい》しい場面でありながら、なにもできないでいる自分の健康状態がひどく恨めしかった。

まったく、これだから遙には勝てないのだ。

無意識のまま、自分の心臓を撃ち抜くような驚きと喜びをいつも運んできてくれる。

それが新鮮で、そしてとても愛《いと》おしい。

「なんだ…、そっか。心配して損したな」

それに、遙はもう一度だけ『ごめん』と謝ると、傍に置いてあったタオルを手に取って、牙威の額や鼻の頭に浮かんだ汗をそっと拭ってくれた。そうして少しでも気を高めるようにと、その手を再び牙威の額へ優しく押し当ててくる。

じんわりと伝わってくるぬくもりが、どれだけ尊《とうと》くて得がたいものなのか。それを、牙威は遙に出会って初めて知った気がする。

「あのね、これだけは覚えておいて」

「…なんだよ?」

「僕は君と出会ってからのことを、迷惑だなんて思ったことは一度もないよ」

迷いのない静かな囁きに、牙威の胸の中で漣《さざなみ》が起こる。

感動とは、こういう瞬間のことを言うのかもしれない。

「それにね。せっかく久しぶりに会った従姉妹たちには悪いんだけど、本当はずっと、早く帰って君に会いたいなって、向こうにいてもそればかり思ってたんだ」

少しだけ申し訳なさそうな顔で、遙がこっそりと告げた言葉に、牙威は一瞬きつく目を閉じた。

もらえる日がくることなど考えてみたこともなかったような、そんな大切で幸福な一言を、分けてくれる人がいる。それにどれだけ救われていることだろう。

額に押し当てられた、優しいぬくもり。

遙はきっと自分などより、よっぽど強い。

冠城に一生縛り付ける気などないと言いながら、その実誰より一番、この手をずっと繋ぎ留めたいと願っていたのは自分自身だということを、牙威はこのときようやく自覚した。

そして多分、もしその願いを口にしたとしても、遙は笑って頷いてくれるのだろう。これまでもずっとそうであったように。

　未来のことなど誰にも分らない。龍として生きることを選んだ自分が、いつまでこの手を握り続けていられるのかも。

　それでも失いたくないならば、できるだけの努力をすることを怠ってはいけないのだろうと、彼を見ているとそう思う。

　そしてできるだけ長く、ともにいられることを願い続けるのだ。なによりも強く。

　毎日そう思い続けることが、やがて祈りとなり、現実になるように。

「……俺も……」

「え、なに？」

　ごめん、よく聞こえなかったと顔を覗き込んでくる遙から、気恥ずかしくてそっと目を逸らしながらも、牙威はもう一度口を開いた。

「…ずっと会いてぇって、…そう思ってた」

　ぼそりとした小さな声。なのにそれに、思い切り嬉しそうにはにかんでみせた遙の笑顔に、喉の奥が掠れたように熱くなった。それが今ある熱のせいなのかどうかは、分からなかったけれども。

　不思議と今夜は深く眠れるような気がして、牙威は額に寄せられていた手を取ると、それを握り締めながら目を閉じた。

　熱のせいか珍しく甘えた素振りを見せる恋人に、遙はまた小さく笑ったが、手はずっと繋いだままでいてくれた。

　それだけで、この幸せが永遠に続いていくような、そんな気がした。

あとがき

そろそろ本格的に春が待ち遠しい季節になってきました。春は好きな季節なのですが、同時に花粉に悩まされることを思うと喜んでばかりもいられなく、少しだけ複雑な心境で毎日を送っております。

発売が延びておりました『蒼天の月』ですが、ようやく一冊にまとめることができました。雑誌からずっとお待ちいただいていた方には大変申し訳ありませんでした。

また初めて読まれる方も、楽しんでいただけますと嬉しいです。

このお話を雑誌で書かせていただいたときは、ファンタジー色が濃いうえ、三回連載という初めての試みに不安も強く、締切一週間前になってから担当様に『やっぱり違う話を書きます。これ消します』と本気で泣きついたのも、今となってはよい思い出（？）です。

当初は書き下ろしを加えて二冊に分ける計画を立てていたものを、急遽一冊にまとめることになったため、これまた初めての二段組となりました。それでも入りきらずに、ライン数まで増やしていただいたので、かなりぎゅぎゅっとした本になっているのではないでしょうか。読みにくかったら申し訳ありません…。

おかげで校正をやってもやっても終わらないというステキな事態にあいました…。

雑誌掲載時にイラストをつけてくださった蓮見様、また今回新たに彼らをイメージしてくださった夢花様、お世話になりました担当様、編集部の皆さんには深く感謝しております。ありがとうございました。

もちろん応援してくださる読者様にも、いつも色々と励ましていただくたび、心から嬉しく思っています。ありがとうございます。メールやお手紙でいただく一言があればこそ、とろくさい私でもなんとか続けられているのだなーと、最近改めて感じることが多いです。なかなかお返事を書けないことが大変心苦しいのですが、いただいたお手紙は全て大事にとってありますし、今年こそはなにかの形で還元できたらなと思っております。

ではまた、機会がありましたらどこかでお目にかかれると嬉しいです。

２００５年　２月　　可南さらさ　拝

初出

蒼天の月――――――――――――2001年　小説エクリプス6月号（桜桃書房）掲載

蒼天の月２――――――――――2001年　小説エクリプス10・12月号（桜桃書房）掲載

やがて祈りになる日まで――――書き下ろし

この本を読んでの
ご意見・ご感想を
お寄せ下さい。

〒151-0051
東京都渋谷区千駄ヶ谷4-9-7
(株)幻冬舎コミックス　小説リンクス編集部
「可南《かなん》さらさ先生」係／「夢花李《ゆめかすもも》先生」係

リンクス ロマンス

蒼天の月

2005年2月28日　第1刷発行

著者……………可南《かなん》さらさ
発行人…………伊藤嘉彦
発行元…………株式会社　幻冬舎コミックス
〒151-0051　東京都渋谷区千駄ヶ谷4-9-7
TEL 03-5411-6431 (編集)
発売元…………株式会社　幻冬舎
〒151-0051　東京都渋谷区千駄ヶ谷4-9-7
TEL 03-5411-6222 (営業)
振替00120-8-767643
印刷・製本所…図書印刷株式会社
検印廃止

ISBN4-344-80531-3 C0293
Printed in Japan

幻冬舎コミックスホームページ　http://www.gentosha-comics.net